MW01087326

Raphaël Confiant

Madame St-Clair
Reine de Harlem

Mercure de France

Raphaël Confiant est né à la Martinique. Auteur de nombreux romans en créole, il a été révélé en France par *Le nègre et l'amiral* (Grasset, 1988) et a obtenu le prix Novembre pour *Eau de café* (Grasset, 1991). Il est également coauteur d'*Éloge de la créolité* avec Patrick Chamoiseau et Jean Bernabé (Gallimard, 1989). Ses romans *Le meurtre du Samedi-Gloria* (Mercure de France, 1997) et *L'Hôtel du Bon Plaisir* (Mercure de France, 2009) ont obtenu respectivement le prix RFO et celui de l'AFD.

À Mérine, Maguy, Suzy, Joëlle et Louise,
Âmes combattantes du pays-Martinique

PREMIÈRE NOTE

Ever since Miss Susie Johnson
Lost her Jockee Lee
There has been much excitement
And more to be

You can hear her moanin'
Moanin' night and morning
She's wonderin where her
Easy rider has gone

Yellow Dog Blues

(Depuis que mamzelle Susie Johnson
A perdu son Jockee Lee
Il y a eu beaucoup d'animation
Et plus encore

On peut l'entendre se lamenter
Se lamenter nuit et jour
Elle se demande où est passé
Son amant si volage)

CHAPITRE PREMIER

J'ai toujours su qu'un jour Madame Queen (Queenie pour les intimes) s'évaporerait. Que Stéphanie St-Clair se soustrairait à la vue du monde. Il ne s'agirait ni de subite disparition, ni de fuite éperdue, ni même de s'échapper-descendre dans la folie douce (celle que d'aucuns, dans ma Martinique natale, attribuent à la fourmi-manioc), mais d'une manière d'effacement. Comme la tache que le geste machinal du laveur de carreau soustrait à la vue des passants alors même que ces derniers ne l'avaient sans doute pas remarquée. J'ai été reine et ne le suis désormais plus, voilà ! J'ai eu tout Harlem à mes pieds dès le début de ce siècle que la presse avait décrété le plus brillant de toute l'histoire de l'humanité, oui, tout Harlem, y compris Sugar Hill, ce quartier où les Nègres de haut parage avaient trouvé refuge, loin de la négraille misé-reuse et des coups de feu en pleine rue. Sugar Hill, mais aussi, oui, cette Edgecombe Avenue et cet immeuble de quatorze étages — l'un des plus hauts de New York — où j'avais mes appartements. J'ai longtemps eu peur d'en emprunter cette invention diabolique qu'est l'ascenseur, à la grande hilarité de Duke, mon garde du corps et homme occasionnel, qui me lançait :

— Queenie, tu vas fondre encore plus si tu t'amuses à chaque fois à grimper jusque chez toi !

L'animal avait raison : sans être fluette, je n'avais jamais été une femme bien en chair, chose qui m'avait longtemps chagrinée. Jeune fille, ma mère (si je peux appeler ainsi celle qui m'a donné le jour) m'obligeait à avaler tranches de fruit à pain, carreaux de chou de Chine ou d'igname, le tout abondamment arrosé d'huile parce que, à l'entendre, c'était la seule façon pour qu'un homme se décide à m'entrevisager. Sans compter ces cuillerées d'huile de foie de morue qu'elle me forçait à ingurgiter alors que j'avais cessé depuis longtemps d'être une petite marmaille. Mais rien n'y faisait car si j'étais plutôt grosse mangeuse, mon corps semblait ne rien conserver de toutes ces nourritures et je demeurais désespérément maigre-zoquelette. « Une mangouste ! » se gaussait ma mère. « Une fouine ! » rigolera bien plus tard Roberto, cet homme qui se présentait tantôt comme Corse tantôt comme Napolitain, dont les vocalises m'avaient enchantée sur le port de Marseille et à qui j'avais ouvert la porte de mon intimité sans faire de minauderies. Je montais donc marche après marche, étage après étage, jusqu'au neuvième, seule dans la semi-obscurité de cet

14

interminable escalier sur les paliers duquel on apercevait un quadrilatère de rues que se disputaient une foule sempiternellement pressée et des automobiles de plus en plus nombreuses qui lâchaient d'épaisses colonnes de fumée dans leur sillage.

Cette escalade pouvait se produire deux ou trois fois dans la journée, et pourtant Madame Queen ne se décourageait point. Mon plus proche voisin, un musicien de jazz, vedette depuis 1923 d'un club célèbre, le Savoy Ballroom, claironnait sa femme de ménage. Lorsqu'il arrivait que nous nous croisions, lui sortant de l'ascenseur, moi, arrivant essoufflée devant mon appartement où m'attendait un Duke résigné, il s'essayait à la gentillesse :

— Comme je vous comprends, madame ! Dans vos îles là-bas, on vit au plus près de la nature, n'est-ce pas ? On a besoin du grand air…

Longtemps, je me suis encolérée. Stupidement.

— Je suis française, monsieur ! lui voltigeais-je au visage, les veines du cou trépidantes. *I am french, you understand what I mean ?*

— Oui, madame, répondait l'homme en français, sans doute les seuls et uniques mots qu'il connaissait dans ma langue, se dépêchant de gagner son appartement.

Mais ma mémoire court trop vite. C'est qu'à présent je suis vieille, et le mitan du siècle, vingtième du nom, est largement dépassé, deux guerres mondiales l'ont traversé et, dans cette maison de retraite du Queens où je finis mes jours, je n'en reviens pas que des nurses blanches s'occupent de ma personne sans prêter la moindre attention à la couleur de mon épiderme et s'adressent à moi avec déférence. Cher neveu, je vois votre main tressauter sur votre carnet, j'espère que vous notez scrupuleusement ce que vous m'avez demandé de vous raconter même si ma parole sera un brin décousue.

Or, je n'avais évidemment pas toujours habité ce bel endroit. Comme tous ceux qui rêvaient d'Amérique, dont le cœur avait chamadé à la vue de la statue de la Liberté (le jour de mon arrivée, le brouillard l'avait, hélas, dissimulée à la vue des passagers du *Virginie*, ce rafiot sur lequel j'avais pris place à Marseille sur un coup de tête ou plus vraisemblablement par chagrin d'amour), j'avais d'abord connu tout un lot d'avanies. Les douaniers s'étaient passé et repassé mon passeport, certains dubitatifs, d'autres incrédules. Une *black French*, pensez donc ! Depuis quand Paris accueillait-il des *nigger bastards* ? On m'avait alors parquée dans un cagibi, le temps que les autorités portuaires vérifient mes dires, et j'avais vu défiler la lie de l'humanité : Siciliens guenilleux et sales à faire peur, le visage en lame de couteau à force de n'avoir pas mangé à leur faim durant la traversée ; gens d'Europe de l'Est, Polonais pour la plupart, qui braillaient pour un rien et barytonnaient, heureux de poser le pied sur le Nouveau Monde ; Juifs de partout, souffreteux, en quête de la Terre promise, qui gardaient les yeux baissés, traînant des hordes de bambins ; Irlandais, de taille élancée et blonds, impressionnants de dignité mais le regard éteint, accrochés à des valises fatiguées. Ah ces foutus *Irish* de merde, comme je regrette de les avoir pris en compassion à ce moment-là ! C'est qu'on nous avait placés en quarantaine dans un immense bâtiment occupant les trois quarts d'une île que nous apprendrions être Ellis Island, nous les passagers de troisième classe, alors que ceux de première et de seconde avaient pu entrer sans difficulté sur le territoire américain. Nous attendions notre tour de passer la visite médicale, voyant des passagers du navire qui avait précédé le nôtre l'avant-veille errer de-ci de-là, étreints par le désespoir, arborant sur l'espèce de tunique en toile écrue dont on les avait affublés une lettre hâtivement tracée : « H » ou « E ». Nous finîmes par découvrir que ces malheureux souffraient de maux de cœur (« H » pour *heart*) ou d'yeux (« E » pour *eyes*) et qu'ils étaient en instance de rapatriement dans leur pays, le sud de l'Italie pour la plupart d'entre eux. Leur rêve américain s'était brisé avant même d'avoir commencé ! Moi, à la vérité, je n'avais jamais nourri pareille chimère. Si j'avais quitté Marseille, cela avait été sur un coup de tête et j'aurais fort bien pu avoir embarqué sur un navire en partance pour Valparaiso ou Saigon. Pour autant qu'il m'en souvienne, durant les vingt-six premières années de ma vie que j'ai passées à la Martinique, je n'ai jamais entendu personne, ni Noir, ni Mulâtre, ni Blanc créole, vanter les États-Unis d'Amérique, et encore moins souhaiter y vivre. La France était notre unique boussole.

Quand, final de compte, mon passeport me fut rendu, sans toutefois que la méfiance des douaniers se fût totalement dissipée, j'avais cru bon venir en aide à une famille irlandaise dont la mère me paraissait souffrante. Quoique plus jeune que moi, elle avait déjà trois enfants dont un bébé qu'elle avait le plus grand mal à tenir entre ses bras. Spontanément, je lui avais offert mes services et son mari n'avait rien dit. Il avançait sur les quais d'un pas d'automate, grommelant quelque chose que je ne comprenais pas (à l'époque je baragouinais juste quelques mots d'anglais). Avait-il perdu la raison ? Je n'en savais rien et, de toute façon, je m'en fichais. Pour la première fois, un petit être s'agitait tout contre ma poitrine, moi qui dans mon pays avais rejeté avec horreur l'idée de devenir « da » dans quelque grande et riche famille blanche créole ou mulâtre. C'était là le projet que caressait ma mère et, longtemps, cette rosse n'en démordit pas. Elle embellissait ce métier, le parant de jolis noms : « nounou », « gouvernante », et que sais-je encore. Je lui avais hurlé au visage : « Jamais pas ! Tu m'entends ? Jamais pas ! » Elle m'avait rétorqué que ce n'était pas là du bon français et que, si jamais j'acceptais d'être placée chez les Beauchamp de Malmaison ou les Dupin de Fromillac, outre le fait qu'on me verserait des gages importants, en un rien de temps je parlerais aussi bien que le dictionnaire Larousse. Pff ! Couillonnades !

Dans la rue, personne n'attendait les immigrants. Sauf des colonnes de taxis dont les chauffeurs hélaient le client dans sa langue. L'un d'eux accepta de nous embarquer en troussant le nez et ne nous demanda même pas à quelle adresse nous désirions nous rendre. Fonçant à coups de klaxon à travers des avenues dont la largeur m'impressionna, il se mit à marmonner une chanson mélancolique, quoique rythmée, dont je ne compris pas le sens. La famille ne pipait mot. Comme si elle se laissait conduire par le destin. Comme prête à en subir tous les aléas alors que moi, je devais contenir mon enthousiasme. J'étais en Amérique ! J'avais envie de hurler ma joie, de descendre de ce taxi bringuebalant et d'embrasser tous les passants dont je croiserais le chemin. Il me semblait revivre par toutes les fibres de mon corps, par tous les pores de ma peau. Mais brusquement, nous traversions un quartier aux maisons à moitié écroulées dont les rues étaient envahies par des hordes de gens au visage crasseux, des hommes surtout, dont certains brandissaient des bouteilles de ce que je devinais être de l'alcool. Surprise sans bornes ! Ces créatures qui semblaient prendre plaisir à se vautrer dans l'avilissement étaient de toutes les races : des Nègres, des Blancs, des indéfinissables surtout.

— *You're at Five Points. It's forty dollars !*

(Vous voilà à Five Points. Ça fait quarante dollars !)

Angus, comme j'avais entendu sa femme l'appeler, se raidit et, écartant les deux garçons assis sur ses genoux, déclara d'une voix timide qui jurait avec son imposante membrature :

— *It's too much, sir...* (C'est trop, monsieur...)

Le chauffeur de taxi ne se perdit pas en vaines palabres. Il descendit du véhicule en braillant et prenant les passants à témoin, hurla que nous étions des Irlandais de merde qui auraient mieux fait de rester dans leur île de merde au lieu de venir infester l'Amérique avec nos poux et notre gale. Sur le moment, le détail de sa furibonderie m'avait été obscur, mais curieusement chacun des mots s'était gravé dans ma tête alors que je ne parlais pas cette langue, et plus tard, bien plus tard, ils me reviendraient en mémoire, surtout le soir, avant de m'endormir, lorsque je referais mon parcours depuis ma Martinique, eh oui, mon cher neveu Frédéric, dont malheureusement le souvenir s'estompait peu à peu jusqu'à Harlem et mon bel appartement d'Edgecombe Avenue. Cette vieille habitude, une manie, pour tout avouer, me plongeait dans une rêverie qui agaçait au plus haut point Bumpy Johnson, mon employé, mon garde du corps, mon négociateur avec la mafia et surtout mon homme à moi, une fois Duke licencié comme je te l'expliquerai plus tard. C'est que lui aussi avait une vieille habitude : dès que nous nous mettions au lit, quelle que soit l'heure, neuf ou dix heures en hiver, minuit et plus pendant les autres saisons, il se jetait sur ma personne et, sans un mot, ôtait ma robe de nuit avant de m'empaler, puis de me chevaucher sauvagement en poussant des ahanements grotesques. Je voyais la grosse bosse qui ornait l'arrière de son crâne, celle qui lui avait valu ce surnom de Bumpy, tressauter comiquement de droite à gauche. Lors de notre toute première rencontre, alors que je venais de m'installer comme banquière de la loterie clandestine, misant (ô intrépide !) les dix mille dollars que j'avais réussi à économiser lors de mon passage dans le gang des quarante voleurs, puis grâce au trafic de *jamaican ginger* dont je t'entretiendrai plus tard, cette anomalie ou cette infirmité, je ne savais comment la désigner, m'avait rebutée. Pourtant Ellsworth Johnson portait beau pour peu qu'on ignorât celle-ci et par-dessus tout il avait un art de convaincre tout à fait exceptionnel, rehaussé par une pointe d'accent sudiste, lui qui était très fier d'être né à Charleston, en Caroline du Sud.

Mais je m'égare un peu : le taximan était un fou. *A crazy man !* Un bougre fou dans le mitan de la tête, comme on dit à la Martinique. Le voici qui débagage son véhicule, ouvre nos valises et, quand la fermeture résiste, les éventre à l'aide d'un couteau tout en prenant le monde entier à témoin :

— Citoyens des États-Unis, ne nous laissons pas dépouiller par ces bandes de sauvages, ces culs-terreux d'Irlandais de merde. Allez, je saisis ça ! Et ça aussi !... Foutez le camp maintenant avant que j'appelle la police !

Il n'avait même pas remarqué que j'étais noire, m'étais-je dit dans un premier temps. Je me trompais : il ne m'avait pas remarquée du tout. J'étais une créature invisible, un être insignifiant, ou bien quelque animal de compagnie sur lequel on ne jette qu'un regard distrait. Ou alors il m'avait prise pour la servante des Mulryan. Nous nous sommes retrouvés sur le trottoir, dans ce quartier pouilleux de Five Points, abasourdis, incapables de ramasser nos effets qu'un vent brutal menaçait de disperser, Angus tenant mollement ses garçons, chacun portant une drôle de casquette, par la main, Daireen, sa femme, couvrant de son châle son bébé qui pleurait et moi, Stéphanie, la Négresse martiniquaise subitement nationalisée Irlandaise par une brute épaisse. Avant d'embarquer à Marseille, j'avais tenu à apprendre quelques expressions américaines qui me permettraient de faire mes premiers pas sans avoir à quémander l'aide de quiconque (je n'ai jamais aimé dépendre de qui que ce soit !). Celui qui me les avait enseignées, un vieil homme, ancien professeur d'anglais dans une institution religieuse, m'avait intriguée parce que chaque beau matin il faisait les cent pas sur le Vieux-Port, habillé en marin, casquette vissée sur le crâne, mélancolique. J'avais fini par l'aborder, timidement, craignant qu'il n'eût peur des Noirs comme c'était le cas de beaucoup d'habitants de cette ville pourtant joyeuse dont le ciel bleu sans aucun nuage m'avait stupéfiée. Là-bas, chez nous, dans notre Martinique, semblable miracle ne se produisait que quelques jours dans l'année, au tout début du mois de septembre, comme pour nous prévenir de l'arrivée des cyclones, et notre bleu pâle n'avait point l'éclat de l'indigo méditerranéen.

— Par... pardon de vous dé... déranger, monsieur, avais-je balbutié en esquissant un sourire engageant.

L'homme s'arrêta net, me mesura du regard de la tête aux pieds, ôta précautionneusement ses binocles, avant de me saisir les mains. Les siennes étaient douces et vieilles avec des veines proéminentes. Je ne fus pas surprise : dans mon enfance, lors du catéchisme, des prêtres venaient nous saluer de semblable manière à l'église de Sainte-Thérèse. À l'époque, il était inimaginable qu'un homme d'église pût être noir et plus tard, beaucoup plus tard, une fois arrivée en Amérique, je sursauterais lorsque je laisserais mon tout premier garde du corps, Duke, me conduire à l'église baptiste de la 135e Rue et que j'y découvrirais un pasteur de ma race, vêtu d'une toge violette, qui face à un autel modeste sautillerait, agiterait les bras en direction du ciel, pousserait des exclamations qui me sembleraient vengeresses avant de se rouler par terre. J'avais dû contenir un fou rire et Duke m'avait fusillée du regard.

— Négresse d'Afrique ou fille des îles d'Amérique ? m'avait lancé le vieux marin marseillais sur un ton aimable.

— Je viens de… la Martinique.

— Ah, peuchère ! La Martinique, mais je l'ai visitée et plusieurs fois. Terre magique s'il en est !

Et de me citer tout un et cetera de noms de lieux : Le Morne-Rouge, la montagne Pelée, le Cul-de-Sac marin, Rivière-Salée, Coulée d'Or, la Caravelle. Puis, m'invitant à m'asseoir à ses côtés à même le quai, nos pieds ballottant à quelques mètres de la mer, sale à cet endroit, face à des navires battant moult pavillons, il me révéla la vérité. Il n'avait jamais, au grand jamais, voyagé de sa vie ! Sa connaissance du monde, de « l'univers », disait-il pompeusement, il la devait aux livres de géographie, aux atlas, aux romans et surtout aux discussions qu'il avait avec les marins en provenance d'Amérique du Sud, du Vietnam ou encore de la côte africaine. À ceux qui avaient fini par devenir ses amis, il faisait acheter pour lui des objets exotiques — parchemin des Indes, arc et flèches de Guinée, caftans des terres musulmanes — qui l'aidaient à mieux sentir ces pays où il ne se rendrait jamais. Il avait ri, quoique pas de méchante façon, de mon désir de m'installer n'importe où dans le vaste monde. Me conseillant l'Amérique, il avait pris plaisir, un mois durant, à me raconter les affrontements entre Indiens et cow-boys, la guerre de Sécession, l'extermination des bisons ou les villes immenses aux avenues pour la plupart rectilignes, où il était pourtant impossible de se perdre car celles-ci portaient des numéros et pas des noms contrairement au Vieux Monde.

— Tout est vieux ici, mademoiselle ! Vieux-Port, Vieille Europe, Vieux Monde. Ha-ha-ha !... Tentez-y votre chance ! Je ne comprends pas pourquoi vous n'y êtes pas allée directement. La Martinique est si proche des États-Unis...

Je n'avais pas osé lui avouer que je voulais d'abord explorer cette France que nous vénérions à l'égal d'une deuxième mère. Toujours est-il qu'il m'enseigna des rudiments d'anglais qui, mon cher neveu, ne servirent guère lorsque je débarquai à New York, ville où trente-six accents différents se côtoyaient, mais me permirent de déchiffrer une pancarte dans ce quartier pouilleux de Fifty Points où le taximan nous avait largués : *For rent* (À louer). En effet, je m'étais aperçue que mes compagnons irlandais ne savaient pas lire ! Je tombais des nues car il était, dans ma petite tête de native de la Martinique, impensable que des Blancs n'aient jamais été à l'école. Je sonnai à la porte de ce qui paraissait être un bâtiment désaffecté lorsqu'une femme d'âge mûr apparut à la fenêtre du premier étage et se mit à hurler :

— *Get out ! Dirty Nigger woman !* (Dégage, sale Négresse !)

Puis, voyant que j'étais accompagnée d'une famille blanche et que je tenais leur bébé de même couleur entre mes bras, elle se radoucit :

— Trente dollars la semaine, payables de suite !... Pour la Négresse, c'est gratuit. Elle m'aidera pour le ménage et prendra ses quartiers au fond de la cuisine. C'est OK ?

Les Mulryan étaient venus en Amérique sans un sou vaillant ! À moins qu'ils ne se soient fait dépouiller sur le bateau. En troisième classe, ce genre de scélératesse était courant vu que les passagers étaient pour beaucoup des repris de justice et autres bandits de grand chemin qui fuyaient leur pays dans l'espoir de se reconstruire une vie flambant neuve et dépourvue de taches. Peu de femmes voyageaient seules et toutes se révélèrent être des putaines qui commencèrent à exercer en haute mer contre quelques billets, et pour les moins attirantes une bouteille de vin italien. Un énergumène, natif de Sardaigne, se vantant d'être un grand contrebandier devant l'Éternel, saoul du matin au soir et dégobillant chaque fois qu'il faisait deux pas, avait tenté de m'aguicher d'une manière un peu spéciale. Enfin, avec des propos cochonniers :

— Hé toi, là, viens que je te baise, salope ! Je veux voir si ta noirceur va déteindre sur ma peau. Ha-ha-ha !

Voyant que je ne réagissais point (dans pareil cas, j'avais pour habitude de me retirer en mon for intérieur), il s'enhardit à me peloter la poitrine, que j'avais pourtant peu fournie. Mon sang vieux-nègre ne fit qu'un tour, celui des esclaves d'antan lorsqu'un maître trop injuste les accablait de coups de rigoise. Mes tempes s'échauffèrent. Mes pupilles palpitèrent. Je serrai les dents et soudain, vim !, je lui balançai la pointe de ma chaussure droite dans les génitoires. Le Sarde s'effondra sans un mot à la stupéfaction des autres passagers, ravis à l'idée d'avoir un peu de distraction. Replié en position de fœtus sur le sol froidureux de la troisième classe, métal rugueux agité par les incessantes trépidations des moteurs, il couinait comme un bébé atteint de coliques. Un silence s'établit qui dura une bonne heure avant que chacun revienne à ses activités, ce qui était un bien grand mot dans cette espèce d'immense boîte à sardines où nous étions coincés les uns contre les autres sans pouvoir faire autre chose qu'aller aux toilettes qui puaient et, deux fois par jour, dans un réfectoire qui ne pouvait accueillir qu'une trentaine de personnes à la fois. J'étais la seule Noire à bord et aussi la seule Française, une vraie curiosité donc, mais du jour où j'avais étalé le contrebandier sarde, on se mit à m'observer, certains avec amusement, d'autres avec une déférence inquiète.

Angus et sa femme se tenaient cois, complètement désemparés. Je n'avais d'autre solution que de venir une nouvelle fois en aide à ces Irlandais de petite conséquence. Ils m'avaient émue à notre débarquée à Ellis Island, mais là ils me faisaient pitié. C'était un sentiment si étrange pour moi, qui avais vécu dans une île où le Blanc se situe toujours en haut et le Nègre forcément en bas, que je ressentis de la gêne, une profonde gêne pour tout dire, en ayant à sortir soixante dollars (la tenancière exigeait une semaine de loyer d'avance) de ma bourse. Mais parlons un peu de toi, mon cher neveu ! Sais-tu que lorsque j'ai reçu ta lettre, je ne l'ai pas immédiatement ouverte ? À la vérité, si tu n'avais pas inscrit ton nom et ton adresse au dos de l'enveloppe, je l'aurais sans doute posée sur la commode de ma chambre à coucher et l'y aurait oubliée. Frédéric Sainte-Claire, 26, boulevard de la Levée, Fort-de-France, Martinique (French West Indies). Tu vois, il me reste quelques miettes de mémoire malgré mes soixante-seize ans. Tu affirmes vouloir connaître le détail de ma vie tout en prétextant ne pas être un écrivain, eh bien contente-toi dans ce cas de reproduire mes paroles et arrange-les comme tu pourras par la suite !

Merci en tout cas d'être venu jusqu'à moi...

CHAPITRE 2

Les Verneuil vivaient dans la nostalgie de ce qu'ils appelaient, toujours à voix feutrée, le Petit Paris des Antilles, cette ville de Saint-Pierre de la Martinique qu'un beau matin du mois de mai 1902 la montagne Pelée avait détruite malgré ses hautes demeures en pierre de taille, son théâtre où se produisaient des troupes lyriques venues d'En-France, sa Maison de la Bourse, son sémaphore et son tramway tiré par un cheval au poitrail impressionnant. Hormis une poignée de chanceux qui, quelques jours auparavant, s'étaient rendus à Fort-de-France à bord des vedettes de la Compagnie Girard ou ceux qui, dans les campagnes environnantes, ayant pris peur devant les fumerolles qui s'échappaient du volcan et le brusque exode des animaux, domestiques ou sauvages, leur avaient emboîté le pas, les trente mille habitants de la plus belle cité de l'archipel après La Havane avaient péri en une poignée de minutes. En moins de temps que la culbute d'une puce, disait comiquement le concubin de la mère de Stéphanie, un bougre m'en-fous-ben qui vivait de djobs et sans doute de menus trafics sur le port, haussant les épaules lorsque Félicienne le houspillait afin de le pousser à chercher ce qu'elle appelait « un vrai travail ». Pour la jeune enfant, sa mère envisageait ni plus ni moins qu'une vie de personne debout derrière une chaise, autre expression imagée désignant les jeunes filles pauvres que l'on plaçait chez les riches et qui, lors des repas, se tenaient à portée de voix de manière à recevoir les ordres de ces derniers. En effet, après s'être esquintée dans une foison de métiers modestes tels que lessivière, charbonnière, vendeuse de repas en gamelle, balayeuse municipale et même séancière (oui, elle prétendait déchiffrer l'avenir contre un billet de cent francs !), activités qui lui avaient permis d'envoyer sa fille à l'école cinq années durant — ce qui, dans les milieux plébéiens, était un exploit —, elle sentit ses forces l'abandonner peu à peu. Dans son quartier, La Cour Fruit-à-Pain, elle était la première levée et empoignait son balai-coco pour débarrasser sa minuscule cour de terre battue des feuilles mortes ou des fruits trop mûrs tombés durant la nuit. Le voisinage la félicitait pour son sens de la propreté car, parfois, son énergie débordante la poussait à nettoyer au-delà des limites de son chez elle. Tant que sa petite Stéphanie assoyait ses fesses sur un banc d'école, elle refusa que celle-ci lui prête main-forte. C'est qu'elle nourrissait un rêve fou : celui de voir sa fille réussir haut la main au certificat d'études, ce qui aurait facilité son embauche à l'Hôpital colonial comme fille de salle. Ou possiblement dans des commerces en gros du Bord de Mer où les Békés embauchaient des employés aux écritures.

— *Ay résité lison'w olié ou rété la ka gadé mwen !* (Va apprendre tes leçons au lieu de rester plantée devant moi !) lançait-elle à la jeune enfant quand cette dernière, plutôt matinale elle aussi, faisait mine de s'approcher.

Félicienne Sainte-Claire, robuste Négresse au verbe haut, s'étonnait d'avoir mis au monde cette fillette à la fois taiseuse et fluette et se demandait qui avait bien pu être son géniteur. Longtemps, en effet, elle avait cultivé des relations multiples avec des hommes dont elle n'attendait rien, hormis « un bon coup de coco de temps en temps », selon sa propre expression qui choquait les âmes sensibles, à vrai dire peu nombreuses à La Cour Fruit-à-Pain. Félicienne ne se cachait pas pour affirmer : « La seule chose qui est bonne chez un homme, c'est ce qu'il trimballe entre ses jambes. Le restant c'est du caca-chien, foutre ! » Quel que soit le nom qu'elle donnait à cet entre-deux (« coco », « lolo », « lapin », « braquemart », « tournevis »), chacun comprenait qu'elle l'appréciait tout en étant une bondieuseuse qui chaque dimanche matin accourait à la messe de neuf heures à la cathédrale. Elle habillait toujours Stéphanie de blanc, la chaussait de blanc et lui mettait des rubans blancs dans les cheveux. Elle-même préférait une couleur plus sobre, le gris, n'ignorant pas qu'à la cathédrale, au beau mitan de l'En-Ville, les Mulâtresses bourgeoises la regarderaient de haut quand bien même elle ferait attention à s'installer sur l'un des derniers bancs. Félicienne n'avait jamais fréquenté que de loin en loin les deux autres églises de Fort-de-France, celles qui étaient comme réservées à la négraille : celles des Terres-Sainville et de Sainte-Thérèse.

— *Man sé an moun kon tout moun. Man pa piti pasé pèsonn !* (Je suis une personne comme tout le monde. Je ne suis inférieure à quiconque !) s'exclamait-elle lorsque ses voisines s'étonnaient de sa témérité.

La plus proche d'entre elles, sa véritable amie-ma-cocotte, Louisiane, une Câpresse qui faisait la couturière pour tout le quartier, aimait à se gausser des frasques de la mère de Stéphanie, elle qui n'appartenait qu'à un homme et un seul auquel elle était entièrement soumise. Une brute épaisse (un « *soubarou* », disait-on en créole) qui lui « cueillait des mangues sous les côtes » assez régulièrement, manière détournée de dire qu'il la cognait pour un oui ou un non. Il débarquait quand bon lui semblait derrière son dos, celui que l'on surnommait « Tête-Cercueil », car il avait la calotte facile et le canif rapide, se voulant un fier-à-bras, exigeait que la couturière lui prépare sur-le-champ deux carreaux de fruit à pain et une tranche de morue séchée, réclamait une bouteille de rhum à cinquante-cinq degrés, s'installait autour de la table en bambou qu'il avait construite à son seul usage derrière la case, à l'ombre d'un quenettier, et s'empiffrait sans un mot. Sans un mot doux surtout. Seuls des « hon ! » de satisfaction s'échappaient de sa bouche pleine de temps à autre. Puis, il s'octroyait une pause-tête sur le lit de Louisiane, dormait tout son saoul, avant de se réveiller deux ou trois heures plus tard en beuglant dans son créole rugueux :

— *Vini isiya wouvè dé fant katjé'w ba mwen, madigwàn-la ?* (Hé, la salope, viens donc m'ouvrir tes cuisses !)

La couturière s'exécutait immédiatement, qu'il fût onze heures du matin ou cinq heures de l'après-midi, car monsieur ne passait jamais la nuit à La Cour Fruit-à-Pain. Et le quartier de subir les ahanements et les éructations salaces du fier-à-bras quand il pilonnait celle à qui il avait promis le mariage si elle restait sage, c'est-à-dire ne laissait aucun bougre vicieux lui sucrer les oreilles. La mère de Stéphanie était la seule à être scandalisée par un tel comportement ; le voisinage, lui, y trouvait matière à s'esbaudir d'autant qu'on s'ennuyait ferme, hormis à Noël et pendant le carnaval, dans le quartier. Plus souvent que rarement, Félicienne lançait à sa fille :

— Tu ne vas pas rester dans ce pays, non-non-non ! C'est pas possible de vivre ici pour une femme. Quand tu seras devenue femme, pars au Panama ou au Bénézuèle, Stéphanie !

La fillette se prenait à rêver de ces contrées

qu'elle imaginait fabuleuses, très différentes en tout cas de sa sordide Martinique où le Nègre était traité plus bas qu'un ver de terre. Elle le sentait au regard lourd de mépris de sa maîtresse d'école, une vieille fille békée au patronyme à double particule, qui à la moindre faute de français ou erreur de calcul d'une élève à la complexion trop foncée à son goût se lançait dans une tirade contre cet « imbécile d'Alsacien de Victor Schœlcher qui avait voulu à tout prix que les esclaves libérés aillent à l'école ». Stéphanie se fermait, dans ces cas-là, comme les feuilles de l'herbe-à-Marie-honte, s'interrogeant sur cet homme qui, selon sa maîtresse, lui avait permis de se trouver à cette place. Un jour, elle s'était aventurée à poser la question à sa mère, mais cette dernière l'avait rabrouée car les enfants, ça doit écouter ce que les grandes personnes disent en veillant à garder la bouche cousue. Les enfants bien élevés à tout le moins :

— Ce n'est pas parce qu'on n'a pas deux francs quatre sous de côté, qu'on vit au jour le jour et qu'on trimballe les mêmes hardes toute l'année qu'on doit oublier la bonne conduite, Stéphanie.

La mère de la fillette était très à cheval, non seulement sur la propreté, mais aussi sur l'éducation. Il fallait que Stéphanie dise bonjour à haute et intelligible voix à tous ceux qui traversaient La Cour Fruit-à-Pain, même ceux qu'elle ne connaissait ni d'Ève ni d'Adam. Avant son départ pour l'école, Félicienne lui vérifiait les dents, les oreilles et les ongles comme s'il y allait de la vie de l'enfant. Cette dernière se révéla une bonne élève qui rapportait assez souvent des bons points en dépit de l'ostracisme qu'elle subissait de la part de ses maîtresses, lesquelles lui refusaient parfois l'entrée de leur salle de classe quand Félicienne, bousculée parce qu'elle n'avait pas fini de préparer les gamelles de repas qu'elle vendait sur le port, l'avait coiffée à la va-vite avec des papillotes. Les cheveux en grains semblables à du caca-mouton étaient bannis dans les lieux respectables, c'est pourquoi chaque samedi après-midi Félicienne mettait un fer à chauffer sur du charbon de bois et lissait ses cheveux et ceux de sa fillette. L'odeur du roussi écœurait cette dernière qui évitait de se plaindre car, chaque fois qu'elle contrariait sa mère, Félicienne lui intimait l'ordre d'aller chercher la cravache en corde mahault suspendue derrière la porte de la cuisine et lui taillait les fesses.

Très vite, Stéphanie sut lire, mais elle ne disposait d'aucun livre à la maison et devait se contenter de vieux journaux de « Là-bas » que sa mère rapportait une fois par mois du port, cadeau, supposait-elle, de quelque marin blanc qui espérait qu'un jour Félicienne finirait par céder à ses avances. Stéphanie, en dépit de son très jeune âge, connaissait tout des affaires du sexe. Leur case était trop exiguë pour étouffer les ébats de sa mère et de son concubin m'en-fous-ben, et quant à ceux de leur voisine Louisiane et de son malotru d'amant, n'en parlons même pas ! Elle était habituée à voir des hommes nus ou presque qui se douchaient dans le quartier avec l'eau recueillie dans des fûts métalliques, fûts que l'on plaçait à l'en-bas des gouttières. Les rapports vénériens, pour parler en termes choisis, n'avaient aucun secret pour elle et elle n'y trouvait rien de particulièrement intéressant. Ce qui explique qu'une fois embauchée comme bonne chez les Verneuil elle ne fit pas de difficulté lorsque leur grand garçon, Eugène, qui préparait la deuxième partie du baccalauréat, entra une nuit dans sa chambre qui ne fermait pas à clé, se glissa dans son lit, lui enleva sa gaule de mauvaise toile et la pénétra sans un mot. En fait, ce mot, susurré, survint le lendemain matin alors qu'il s'apprêtait à partir pour le lycée Schoelcher et qu'elle devait lui servir son petit déjeuner. Ce n'était point un mot d'amour comme elle l'avait sottement espéré :

— Ne dites rien à quiconque ! Compris ?

Le jeune homme la vouvoyait comme il le faisait pour ses parents, ne tutoyant que ses deux frères plus jeunes et la dernière de la famille, une adorable enfant qui portait le joli prénom d'Héloïse. Stéphanie, n'ayant rien ressenti, approuva d'un bref signe de tête avant de se dépêcher de commencer sa tâche du jour, celle que lui avait assignée, la cheftaine des servantes, Man Ida, qui jouait le rôle de gouvernante auprès des enfants, lesquels l'appelaient affectueusement « da » sans que Stéphanie sût s'il s'agissait du nom créole de la fonction ou d'une abréviation

36

de son prénom. Eugène recommença plusieurs soirs de suite et jamais Stéphanie ne chercha à s'opposer à ses étreintes brutales. Le dimanche après-midi était son jour de congé et elle regagnait avec heureuseté La Cour Fruit-à-Pain où elle remettait la totalité de ses gages à sa mère. Félicienne était travaillée par le remords :

— Ma fille, c'est pas ma faute si j'ai pas pu t'envoyer plus loin à l'école... La vie devient de plus en plus raide pour le Nègre dans ce pays. Tu es intelligente et tu sais lire et écrire, j'ai pas peur pour ton avenir...

Et de lui reparler de départ quand elle serait majeure. Vingt et un ans, ça arrivait très vite. Sans crier gare. Maintenant elle évoquait plutôt Paris, dont les photos dans le magazine *L'Illustration*, l'un de ceux que lui rapportait son marin amoureux, l'enchantaient. Sauf qu'en attendant il fallait qu'elle fasse attention à ce qu'un malveillant ne lui dépose pas un « polichinelle » dans le ventre car cela reviendrait à réduire à néant tous les efforts qu'elle, Félicienne, avait déployés durant tant d'années pour permettre à Stéphanie de s'élever dans la vie. C'est non sans appréhension que la jeune fille regagnait le dimanche soir la villa des Verneuil avec sa cour intérieure, ombragée par un vénérable manguier Bassignac, et son charmant bassin d'eau vive à la rue Victor-Hugo, l'une des plus prestancieuses de l'En-Ville. Le soir même, Eugène, le futur bachelier, l'héritier prometteur de cette riche famille mulâtresse qu'étaient les Verneuil, lui monterait à nouveau sur le ventre et, fatalement, ce dernier finirait par s'arrondir. Elle en avait déjà vu moult exemples à La Cour Fruit-à-Pain où des garces à peine nubiles promenaient fièrement leur grossesse alors même qu'elles n'étaient pas, pour beaucoup d'entre elles, sûres de savoir quelle fourmi les avait piquées lorsqu'elles avaient posé leur pied dans quelque nid.

Pour calmer la terreur qui grandissait jour après jour ou, plus exactement, nuit après nuit, Stéphanie profitait de ses rares moments de liberté pour jeter un œil aux encyclopédies et aux atlas qui décoraient le salon des Verneuil. De peur d'être surprise par Man Ida, la gouvernante, elle se contentait d'examiner les cartes des pays et des continents, des océans aussi, exaltée par leurs noms : Birmanie, Argentine, Turquie, océan Indien. Elle coquillait les yeux devant les photos des différents peuples et leurs costumes rutilants, se persuadant elle-même qu'un jour elle partirait et que ce serait un voyage sans retour. Non pas qu'elle n'aimât pas sa mère, Félicienne, mais parce qu'un sombre pressentiment l'habitait depuis sa haute enfance : sa mère monterait en Galilée avant d'atteindre l'âge de la vieillesse. Sa mort serait rapide, brutale même, sans souffrance ni agonie. Ce pressentiment n'était fondé sur rien, d'autant que Félicienne respirait la santé et ne fréquentait que rarement les docteurs, mais il était là enfoui en elle, au plus profond de la jeune enfant, et si cela l'avait un temps attristée, elle avait fini par s'y habituer. Sa mère partie, que lui resterait-il comme famille en Martinique ? Un père qu'elle n'avait jamais connu et qui n'avait jamais cherché à la connaître ? Des tantes qu'elles ne voyaient qu'une fois l'an, à Pâques, car elles habitaient dans le sud du pays, au Vauclin ? Ah, si elle avait eu des frères et sœurs ! Mais inexplicablement, alors que toutes ses voisines de La Cour Fruit-à-Pain avaient cinq, six, voire sept rejetons, Félicienne Sainte-Claire n'en avait qu'une et une seule : Stéphanie. D'aucuns s'en étonnaient, certains l'accusant d'être une scélérate. Comme cette Gratienne, qui semblait en vouloir à l'univers entier et à la mère de Stéphanie en particulier quand bien même chacun s'employait à vivre très à l'écart de sa majestueuse personne. Malgré l'éléphantiasis qui affectait sa jambe gauche, elle s'habillait de très coquette façon, s'attachait de superbes madras dans les cheveux, et, pipe en terre au bec, elle déplaçait sa lourde carcasse à l'entrée des cases qu'elle louait pour tancer les locataires en retard de loyer. La malignité publique assurait que, dans son jeune temps, elle avait été une créature splendide qui vendait ses charmes aux gradés blancs de l'Amirauté, ce qui lui avait permis d'amasser un pécule lui ayant servi à faire construire les cases qu'elle louait à La Cour Fruit-à-Pain. Si Gratienne était impitoyable envers les mauvais payeurs (elle avait à son service un féroce major du quartier Bord de Canal pour les expulser), elle avait la dent mauvaise contre ceux et celles sur lesquels elle n'avait aucun moyen de pression : les propriétaires de leur case comme Félicienne Sainte-Claire. Elle s'ingéniait à repérer leur moindre défaut et prenait un vif plaisir à débagouler tout un lot de méchancetés. S'agissant de Félicienne, elle ricanait de la sorte :

— Soit ta matrice est devenue plus sèche que de la bagasse, soit tu t'amuses à tuer les bébés qui sont dans ton ventre avec des décoctions maléfiques ! L'écorce d'ananas vert est très efficace, paraît-il... Hon ! Dans le premier cas, tu es à plaindre, dans l'autre, tu es une vraie putaine-vagabonde...

La mère de Stéphanie ne réagissait pas à ces vilaineries. Le pourquoi de sa soudaine incapacité à mettre au monde d'autres enfants après la naissance de sa fille, elle le gardait pour elle. Sauf que Stéphanie aurait bien aimé savoir le pourquoi du comment, d'autant qu'elle aussi semblait bréhaigne. Le fils Verneuil avait, en effet, déjà engrossé pas moins de deux petites bonnes avant qu'elle soit embauchée dans cette famille où la mère, professeur de piano à domicile, semblait encourager son auguste héritier dans cette voie. Du moins tacitement, car un soir elle avait brusquement pénétré dans la chambrette de la jeune fille au moment où son fils la bourriquait et elle en avait refermé la porte sans mot dire. Le lendemain, elle n'avait non plus fait aucune remarque à ce sujet. Par Man Ida, la vieille gouvernante, Stéphanie apprit que dès que la grossesse d'une servante était découverte, elle se voyait remettre sur-le-champ son billet-ce-n'est-plus-la-peine. Avec simplement deux mois de gages pour tenir la brise.

— Je travaille chez les Verneuil depuis trente-six ans, ajouta-t-elle. J'ai connu le papa de M. Verneuil, c'était un grand Mulâtre très respectueux. Par contre, son fils et surtout Eugène, son petit-fils, deux sacrés mâles-cochons !...

Un jour que la maison était vide parce que ses patrons étaient partis en changement d'air au Morne-Rouge et que la gouvernante en avait profité pour visiter sa sœur dans une lointaine commune du Nord-Atlantique, Stéphanie en profita pour examiner les atlas de manière plus précise. Les photos d'animaux sauvages de la brousse africaine la fascinèrent, de même que celles d'Indiens de l'Amazonie. Elle tomba en arrêt devant la Grande Muraille de Chine. Mais ce fut une banale photo d'une rue de New York qui la captiva. On y voyait un Noir plantureux d'une cinquantaine d'années faisant le pied de grue, un sourire débonnaire aux lèvres, à la devanture d'un magasin qui, bien que Stéphanie ne sût pas l'anglais, semblait vendre des sucreries au vu de ce qu'exhibait sa vitrine :

« *THE MIRROR CANDIES* »

Mais ce qu'il y avait d'amusant, c'est que l'homme, chapeauté d'un haut-de-forme du plus bel effet, ne faisait pas de réclame pour cet établissement, mais pour un dentiste dont le cabinet se trouvait juste à côté. On pouvait lire sur le large tablier qu'il arborait :

« *DENTAL PARLOR* »

Et sur une sorte de buffet en verre, placé à sa gauche et exposant des dentiers de toutes sortes, l'inscription :

« *THE WOLRD DENTAL ASSOCIATION* »

L'atlas comportait pourtant d'autres photos magnifiques de la ville de New York — celle du pont Washington et de l'avenue bordant la Harlem River ou encore celle de Greenwich Village lors d'une foire du hot-dog —, mais c'est celle-là, celle du bonimenteur nègre, qui retint son attention. Peut-être parce qu'il lui rappelait ces crieurs de magasins de Syriens, dans cette rue de Fort-de-France où ces derniers avaient commencé à s'établir. On les avait d'abord connus pauvres hères, fraîchement descendus du bateau, une valise fatiguée à la main et incapables de baragouiner ne serait-ce qu'un mot de français ni évidemment de créole, colportant dans des brouettes leurs marchandises à bon marché, et puis dans les premières années du siècle certains d'entre ces Levantins s'étaient enrichis et avaient ouvert boutique. La négraille préféra vite fréquenter ces lieux où il était possible de marchander et d'ouvrir un carnet de crédit plutôt que les magasins huppés des rues Schoelcher, Lamartine et Victor-Hugo.

« J'irai à New York ! » s'était dit Stéphanie en son for intérieur, stupéfaite de sa propre audace. De ce jour, elle profita de toutes les occasions où elle se trouvait seule dans la villa pour farfouiller dans la bibliothèque à la recherche de plus amples informations sur cette ville qui la faisait rêver. Malheureusement, hormis les atlas, la famille Verneuil possédait peu d'ouvrages concernant l'Amérique. Par contre, sur des rayonnages entiers s'étalaient les œuvres de Balzac, Zola, Stendhal et Maupassant que la jeune servante s'efforçait de lire, ne terminant toutefois aucune d'elles, excepté *La Peau de chagrin* du premier nommé qui lui fit une forte impression et la hanta des semaines durant. Elle se rendit compte que l'aîné des garçons, cet Eugène qui la forçait nuitamment, éprouvait une attraction particulière pour les romans du deuxième, en particulier *Nana* qu'il avait surligné et annoté en certains endroits. Elle avait reconnu son écriture parce qu'il lui laissait des mots dans sa chambrette, sous son oreiller, pour lui demander toujours la même chose : si elle était dans ses périodes. Elle se contentait d'y inscrire « oui » ou « non » et de redéposer la missive dans la chambre du jeune homme lorsqu'elle faisait son lit le matin après le départ de celui-ci pour le lycée Schoelcher. Par curiosité, elle s'était plongée dans l'œuvre en question et dans d'autres romans du même auteur mais avait vite lâché prise, trouvant leur vocabulaire beaucoup trop compliqué. Une fois, elle était tombée sur un deuxième livre dont elle avait réussi à achever la lecture. Son auteur avait un beau nom : François René de Chateaubriand. Un nom de Blanc créole, se dit-elle, qui l'imagina en grand planteur quelque part en France, avant de réaliser que c'était pure sottise puisque là-bas ne poussaient ni la canne à sucre, ni le café, ni le cacao, ni la banane. Son livre avait un titre qui plaisait à Stéphanie : *Atala ou les Amours de deux sauvages dans le désert*. Pour la première fois de sa vie, elle lut un livre deux fois, puis la semaine suivante et ainsi de suite jusqu'à le connaître quasiment par cœur. Elle en vint même à le voler sans crainte de risquer le renvoi car la bibliothèque de la famille Verneuil, héritée du fameux grand-père qui se comportait en gentleman avec Man Ida et enrichie par ses descendants, était inépuisable. Pas une semaine, en effet, sans que M. Verneuil, son épouse ou leur fils Eugène en rapportât un nouveau à la maison. Désormais, certains s'empilaient au galetas, endroit où l'on ne se rendait que pour y chasser quelque chauve-souris trop bruyante.

Le soir, sur le coup de six heures, quand, en période d'hivernage surtout, le soleil tombait comme une roche sur l'En-Ville, les maîtresses de maison bourgeoises autorisaient leurs bonnes à se tenir sur le pas-de-porte de leur cuisine ou de leur buanderie si cette dernière disposait d'une ouverture sur la rue. Là, des amoureux venaient leur murmurer des gracieusetés jusqu'à l'heure du dîner, moment où ces donzelles se trouvaient obligées de regagner leur poste. Florise, la bonne des Verneuil chargée du linge et du récurage — Stéphanie s'occupait des repas — se fanfreluchait frénétiquement, s'aspergeant de parfum à bon marché, dans l'espoir que son homme viendrait, ce qui n'était le cas qu'une fois sur deux, voire trois, sans que cela dérangeât le moins du monde cette gourgandine. Elle était toujours la première à faire la sentinelle, un pied à l'intérieur de la maison, l'autre sur le trottoir, incapable de maîtriser l'agitation qui l'habitait, chantonnant quelque chanson d'amour en français, langue que pourtant elle maîtrisait peu, manière de se bailler du courage. Sa consœur, la maigre-zoquelette de La Cour Fruit-à-Pain, quant à elle, ne s'adonnait point à ces amours vespérales. Non pas que Stéphanie fût le moins du monde prude, mais parce qu'elle jugeait grotesques les étreintes debout, le couple appuyé sur le chambranle d'une porte, et leurs ahanements à peine étouffés qui semblaient voguer de maison en maison, à la grande hilarité des patrons. Elle préférait rester seule dans sa chambrette où Florise la retrouvait perdue dans ses pensées. Du jour où elle avait découvert l'ouvrage de Chateaubriand, elle ne cessa de le lire et le relire jusqu'à connaître par cœur les aventures de Chactas et Atala, pleurant à chaudes larmes lorsqu'elle arrivait au moment où la jeune Indienne décidait de s'empoisonner pour ne pas céder à la tentation de la chair, contrainte qu'elle était par un vœu que sa mère avait prononcé devant Dieu avant sa naissance pour la protéger.

— *Pa di mwen sé an liv ka fè dlo koulé nan zié'w kon sa ?* (Ne me dis pas que c'est un livre qui t'arrache des larmes ?) la dérisionnait Florise, un brin incrédule.

Au déroulé du temps, Stéphanie finit par s'identifier à l'héroïne de Chateaubriand jusqu'à employer certaines de ses phrases, à la stupéfaction de Mme Verneuil qui, toutefois, n'identifia pas l'origine de ce qu'elle considérait comme une stupide coquetterie de petite Négresse désireuse sans doute de se hausser du col. La première Amérique dont rêva Stéphanie fut une terre à la fois bucolique et tragique, une vaste forêt peuplée d'Indiens et de missionnaires chrétiens, de trappeurs et de trafiquants d'alcool. Entre-temps, de manière tout à fait inexplicable, Eugène calma son appétit vénérien et elle put, final de compte, dormir tranquille la nuit. Du reste, un autre souci, beaucoup plus grave, l'habita : la santé de sa mère se mit brusquement à décliner. Un après-midi, alors qu'elle écaillait du poisson sur le rebord du bassin de la cour intérieure, Louisiane, leur voisine, la couturière qui acceptait sans broncher les frasques de son homme et se montrait d'une humeur toujours égale, se présenta à la porte en fer forgé de la villa, intimidée au possible.

— Stéphanie, hé !... Hé, viens me voir, s'il te plaît ! chuchota-t-elle en lançant des regards inquiets à droite et à gauche.

À cette heure-là, Mme Verneuil faisait la sieste, fort heureusement car il était formellement interdit aux servantes des maisons bourgeoises du centre de Foyal, autre nom de Fort-de-France qu'affectionnaient les gens de bien, de faire causette avec les passants, les colporteurs levantins, les marchandes ambulantes et bien évidemment les enjôleurs de jeunes filles en fleurs. Sous peine de renvoi immédiat ! Stéphanie s'approcha avec précaution de la grille d'entrée. Louisiane avait l'air bouleversé.

— *Sa ka fè pasé twa jou i pa ka doubout... Fok ou vini wè'y !* (Cela fait trois jours qu'elle ne se lève pas. Il faut que tu viennes la voir !)

Une longue frissonnade traversa le corps de Stéphanie, mais aucune larme ne germa à ses yeux. Elle fit oui de la tête à la couturière et lui tourna le dos. La jeune femme alla s'asseoir à la cuisine, incapable de travailler. Elle demeura dans cette position jusqu'à l'heure de midi, moment où elle devait dresser la table en mahogany sculpté de la salle à manger, fierté de la famille Verneuil parce que ce meuble avait traversé trois générations. Une exclamation la fit sursauter :

— *Estéfani, sa ka rivé'w ? Ou vini dekdek oben ki sa ?* (Stéphanie, qu'est-ce qui t'arrive ? Tu es devenue folle ou quoi ?)

Elle n'identifia d'abord pas la voix car sa maîtresse employait très rarement le créole. En fait, presque uniquement avec les pacotilleuses venues des îles anglaises ou espagnoles circumvoisines ou lorsqu'elle voulait remonter les bretelles à un gamin téméraire qui cherchait à cueillir des mangots à coups de roche dans le bel arbre qui ornementait la cour de la villa et dont les basses branches surplombaient une partie du trottoir. Stéphanie se retourna lentement, le corps comme ankylosé, incapable de remuer les lèvres, le regard figé.

— Chez moi, il n'est pas question de chagrin d'amour, ma fille ! continua à aboyer Mme Verneuil. Si un homme t'a tourné la tête, eh bien cela te regarde, mais il est hors de question que j'accepte ce qui s'est passé aujourd'hui. Allez, cours dans ta chambre et fais tes paquets ! Je te prépare ton solde de tout compte… Ah là là, quelle vie de nos jours ! On ne peut même plus compter sur sa valetaille…

Stéphanie ne protesta point. Ni ne chercha à lui bailler d'explications. Elle s'exécuta comme un automate. L'autre servante, Florise, fut réquisitionnée par sa patronne pour la remplacer aux fourneaux car l'heure de retour du travail du maître de maison approchait dangereusement et ce dernier ne tolérait aucune bévue dans la bonne marche du ménage. Stéphanie ne put dire au revoir à sa consœur. Du reste, elle possédait assez peu d'effets — en tout et pour tout, trois robes, quelques culottes et corsages qu'elle fourra dans un panier caraïbe — et fut prête en cinq-sept. Mme Verneuil, sans daigner lui accorder la moindre compassion ni lui dire un seul merci, lui tendit une enveloppe en maugréant :

— Allez, vous pouvez vivre votre vie, mamzelle ! Tout le monde sait ce que vous valez à présent.

Stéphanie décrypta sans difficulté la menace voilée de celle qu'elle en était venue par habitude à considérer comme une deuxième mère : plus aucune maison bourgeoise, de l'En-Ville en tout cas, ne la recruterait. Cette perspective, pas plus que celle de devenir bientôt orpheline, n'affecta la jeune fille. Elle se sentait devenue un morceau de bois. De marbre même. Sensation étrange qui alourdissait chacun de ses pas, chacun de ses mouvements, y compris ses battements d'yeux, mais qui, paradoxalement, lui procurait un bien-être grandissant. Elle remonta le boulevard de la Levée qui séparait Foyal en deux parties distinctes. D'un côté, le quadrilatère de rues bien propres et calmes tout autour de la cathédrale ; de l'autre, le quartier pouilleux des Terres-Sainville qui commençait à s'étendre sur des terres marécageuses où la fièvre jaune faisait des ravages. Parallèlement à ce boulevard coulait un canal à l'eau nauséabonde où chacun voltigeait ses restes ou des objets usagés, canal dans lequel s'ébrouaient à toute heure du jour des femelles-cochons en liberté et sur les berges duquel jouaient des gamins turbulents. Stéphanie se souvenait de l'antienne de M. Verneuil :

— Quel dommage d'avoir été obligé de s'installer dans ce cul-de-sac qu'est Fort-de-France ! Dans les rues de notre belle cité de Saint-Pierre d'antan coulait une eau vive descendue des

flancs de la montagne Pelée... Une eau dia-
phane, oui...

Un concours de gens s'était rassemblé à La
Cour Fruit-à-Pain et ils discutaient à haute voix,
certains s'esclaffant. Quand ils aperçurent Stéphanie, leur comportement changea du tout au
tout. Les voix déclinèrent, les mines s'affligèrent
et les corps se raidirent. La jeune fille comprit
immédiatement qu'un grand désastre venait de
se produire. Le plus grand désastre qui pût frapper une enfant à peine sortie de l'adolescence
et qui n'avait ni père, ni frère, ni sœur. Voici
qu'elle se retrouvait seule au monde ! Hésitant
à pénétrer dans la case de sa mère où des pleu-
reuses vacarmaient déjà, elle prit une résolution
en son for intérieur : « Je vais laisser ce pays-là
derrière mon dos et sans perdre de temps ! New
York, je le sais, m'attend... »

CHAPITRE 3

Ma chance à moi, Stéphanie St-Clair, Négresse française débarquée au beau mitan de la frénésie américaine, fut qu'à mon arrivée Harlem commençait à se dépeupler de ses premiers habitants irlandais, puis italiens, lesquels cédaient la place jour après jour, immeuble après immeuble, à toute une trâlée de Nègres venus du Sud profond avec leur accent traînant du Mississippi et leur vêture ridicule en coton de l'Alabama. Ils n'étaient pas forcément les bienvenus parmi leurs frères natifs du Nord qui les regardaient de haut et s'employaient à les tenir à distance. De Sugar Hill, fief de la bourgeoisie noire, on surplombait la Vallée, désignation du cœur de Harlem où s'entassaient bougres de sacs et de cordes, ménestrels et autres musiciens de rue, trafiquants d'héroïne, clochards et femmes de douteuse vertu, toute une humanité en déshérence au sein de laquelle on jouait sans sourciller du couteau ou du colt 45 sans que cela émût outre mesure le New York Police Department.

Dix ans durant, j'avais frayé avec ce monde-là, étrangère à tout : à la langue d'abord et à mon incapacité, que je ne surmonterais jamais, à prononcer ce terrible « th », ce qui faisait qu'on me dérisionnait à coups de « ze » ; aux Nègres qui affectaient de ne pas comprendre mes manières ; aux Blancs, enfin disons à la police, qui dix fois, vingt fois, m'arrêta pour vagabondage, n'acceptant de me relâcher que contre ce que ces salauds appelaient une caution et qui n'était qu'un dessous-de-table ; aux Latinos de Spanish Harlem qui commençaient à peine à se constituer, ces braillards, dont pourtant je me sentais plus proche. Dix longues années au cours desquelles j'avais tenu bon, vivant dans des maisons abandonnées, faisant commerce de drogues douces et drogues dures, vendant mon devant non pas au plus offrant comme les *sluts* au visage ravagé par la vérole de la 47e Rue, mais à qui consentait à me traiter comme une madame, exigence qui surprenait beaucoup les *Whities* en goguette. Car dès le premier jour où j'ai posé le pied sur cette terre d'Amérique, pourtant pas si éloignée de mon île natale, je me jurai que personne ne me marcherait plus sur les pieds ni ne me traiterait en petite Négresse. Personne ! Il avait été payé pour le savoir, ce gros porc d'O'Reilly, chef d'un des plus redoutables gangs de New York, celui des quarante voleurs, qui m'avait embauchée parce que j'avais réussi à le convaincre que je baragouinais plusieurs langues étrangères, notamment l'italien et le yiddish. Mon travail consistait à hanter les bars et les bordels pour savoir lesquels marchaient le mieux, et à les signaler à cet Irlandais grognon qui ne pouvait s'empêcher de postillonner quand il s'adressait à vous. Dans lesdits établissements débarquaient des individus en gabardine et feutre mou qui demandaient à voir le patron et lui imposaient illico une taxe dont il lui était impossible de discuter le montant. Les récalcitrants, rares, il faut dire, revenaient à la raison grâce à quelque rafale de mitraillette lancée contre leur devanture ou, pour les plus têtus, une bombe qui ne ferait aucune victime puisque placée en milieu de matinée quand les lieux étaient quasiment vides. Chacun comprenait que le Syndicat du crime venait de lancer un premier avertissement.

Ce job ne me rapportait pas autant que je ne l'aurais espéré, mais en tout cas nettement plus que ce que gagnaient mes colocataires. Angus Mulryan avait été embauché comme terrassier ou cantonnier, je ne sais plus, dans le nord de New York et devait se lever dès trois heures du matin pour pouvoir s'y rendre. Quant à sa femme, qui inexplicablement avait perdu son air souffreteux et gagnait jour après jour en assurance, elle offrait ses services dans une laverie publique. Daireen avait voulu m'entraîner dans cette profession minable, qui vous contraignait à faire le pied de grue dans le vent et le froid, dans l'espoir qu'une famille bourgeoise consente à vous confier son linge à laver. Je n'y avais tenu qu'une dizaine de jours, car Stéphanie St-Clair n'était point venue en Amérique pour nettoyer les sous-vêtements dégoûtants de gens qui ne se baignaient qu'une fois par semaine. J'avais gardé cette vieille habitude de la Martinique consistant à se doucher matin et soir, chose qui enrageait notre logeuse de Five Points qui trouvait que je gaspillais l'eau, cette dernière étant comprise dans notre loyer. On le payait chaque fin de semaine et régulièrement la mégère menaçait de nous flanquer à la porte. Elle ne s'adressait jamais directement à moi, mais à Angus :

— Dites à votre Négresse de servante que, dans ce pays, l'eau est payante ! Sans doute que dans la brousse d'où elle vient on la partage gratuitement avec les crocodiles et les hippopotames, mais ici c'est pas pareil !

Angus faisait mine de me tancer, mais il savait qu'il avait besoin de moi, non seulement parce que je contribuais au règlement du loyer et à l'achat des courses, mais parce qu'il m'arrivait de garder leur dernier enfant lorsqu'ils devaient se rendre à quelque fête irlandaise. Dans ces moments-là, je me sentais très triste car j'étais la seule à ne pas bénéficier de l'aile apaisante d'une communauté. Les Yiddish fêtaient Hanoukka, les Irlandais la Saint-Patrick, les Italiens une multitude de saints et de saintes catholiques, et les Noirs américains, tous baptistes ou évangélistes, avaient leurs propres cérémonies auxquelles je me sentais étrangère. Si les chants de gospel me touchaient, je trouvais l'accoutrement de ceux qui s'y adonnaient tout à fait ridicule et leurs gesticulations grotesques. Je me retrouvais seule quand ça festoyait et, le jour où une voisine blanche m'invita à partager son repas de Thanksgiving, je ne pus que rester plantée là, devant elle, sans articuler la moindre réponse.

— Je vous observe depuis des mois, ma jeune dame, m'avait-elle lancé un matin où, pressée, je me rendais à une convocation d'O'Reilly, le chef du gang des quarante voleurs.

Le cambriolage du coffre-fort d'un récalcitrant — le propriétaire d'un night-club d'apparence miteuse, mais qui, bénéficiant de la proximité de la Harlem River, trouvait à s'approvisionner régulièrement en héroïne — avait mal tourné. Je m'y étais pourtant fait embaucher comme femme de ménage durant deux bons mois, notant les allées et venues, les conciliabules, les cartons ou caisses dépourvus d'inscription débarqués à des moments différents dans l'arrière-cour de l'établissement. La plupart de mes consœurs, négresses évidemment, n'étaient guère assidues à la tâche car elles traînaient derrière elles des tiaulées de marmaille parmi lesquelles il y en avait toujours un que la grippe avait cloué au lit ou une qui avait fugué. Plus ou moins dépenaillées, le visage fermé, la bouche cousue, elles maniaient torchons et balais comme habitées par une rage sourde. Comme si elles affrontaient un ennemi personnel. Parfois, une crise d'hystérie s'emparait de telle ou telle qui, sans crier gare, défaisait son mouchoir de tête, envoyait valser son tablier, donnait un coup de pied dans son seau d'eau savonneuse avant de brandir son balai comme s'il s'agissait d'une sagaie. On les voyait véhémenter :

— *I'm fed up with that motherfucking life ! God, you have forgotten me and my children although I've been praying you for years and years. Now, I don't give a damn about that job !* (J'en ai marre de cette putain d'existence ! Mon Dieu, tu nous as oubliés, moi et mes enfants, alors que je ne cesse de t'adresser des prières depuis des années et des années. Maintenant, j'en ai rien à foutre de ce boulot !)

Le *signore* Silvio Mancini, un Napolitain court sur pattes, accourait depuis son bureau du premier étage, et dans un mauvais anglais, bien pire que le mien quoiqu'il se vantât d'habiter en Amérique depuis des lustres, se mettait à agonir la pauvresse d'injuriées plus que sonores avant de lui demander de prendre la porte sur-le-champ. Ce qui me stupéfia c'est qu'aucune des autres employées ne tentait de parlementer au profit de celle qui dès le lendemain ou le surlendemain finirait sur le trottoir pour pouvoir nourrir sa progéniture. Chacune restait dans sa chacunière, continuant à épousseter les fauteuils ou à passer la serpillière comme si de rien n'était. Il n'y avait que moi, femelle à la tête dure, Négresse enragée de la Martinique, qui étouffais de colère. Mais impossible de l'exprimer ! Une mission m'avait été confiée : d'abord, repérer l'endroit exact où était dissimulé le coffre-fort du *signore* Mancini ; ensuite, évaluer le nombre de mafiosi qui gardaient les lieux. Ce ne fut pas une tâche très difficile car, comme je viens de l'expliquer, j'étais la plus assidue des employées et, à cause de mon accent français, on me traitait de manière différente des autres. Les trente-sept dollars qui m'étaient tendus chaque samedi à midi étaient exactement les mêmes que ceux des autres femmes de ménage, mais le *signore* Mancini, qui tenait à s'acquitter personnellement de cette besogne, y mettait un brin de déférence que n'appréciaient ni mes camarades de misère ni les trois mafiosi en armes qui accompagnaient à chaque pas celui qu'ils nommaient tantôt « *il capo* », tantôt « le boss ».

— *Come stai, mia piccola Francese nera ? Ha-ha-ha ! Ho viaggiato nel tuo paese prima di venire qui.* (Comment vas-tu, ma petite Française noire ? Ha-ha-ha ! J'ai voyagé dans ton pays avant de venir ici.)

À force de baigner dans des conversations en italien, j'avais fini par m'habituer à cette langue et à en grappiller pas mal de mots, ayant le don des langues, le seul sans doute que ce fameux Bon Dieu auquel tout le monde, Noirs comme Blancs, croyait sauf moi avait daigné m'accorder. Dès l'enfance, en Martinique, j'avais eu beau me forcer durant les leçons de catéchisme, je n'arrivais pas à me convaincre que là-haut dans le ciel, il y avait une créature blanche et barbue aux yeux bleus qui veillait sur le monde entier, et cela à chaque instant. Je m'étais toujours bien gardée de faire part à qui que ce soit de ces mécréantes pensées et surtout pas ici, en Amérique, où il semblait particulièrement vénéré. Tous les mafiosi, à commencer par le *signore* Mancini, arboraient une chaînette au cou au bout de laquelle pendait une minuscule croix dorée, et dès qu'un coup de feu partait chacun la baisait d'un geste furtif tout en dégainant son arme. Le Vesuvio Club n'était, en effet, pas un endroit très tranquille, même s'il arrivait que, charmés par les longues jambes des danseuses de french-cancan qui s'y produisaient, les voyous se tiennent tranquilles.

Je devins assez vite la préférée du *signore* Mancini, qui fut définitivement conquis par ma personne quand je me mis à balbutier quelques mots dans sa langue, puis, au bout d'un moment, des phrases complètes. Je fus préposée au nettoyage de son bureau auquel n'avaient accès que ses gardes du corps. Lorsqu'il recevait un autre *capo*, il l'emmenait dans une pièce du deuxième étage aux rideaux toujours fermés qui donnait sur une terrasse et un escalier de secours. C'était en quelque sorte le saint des saints et seule la mère du *signore* Mancini pouvait y entrer. Elle aérait l'endroit à la nuit tombée, m'informa-t-elle, car nous étions devenues de bons zigues, et surtout la débarrassait de ses mégots de cigares cubains et de ses cadavres de bouteilles de whisky et de gin dont son fils et ses compères faisaient une consommation intensive. La « *mamma* », comme tout le monde l'appelait, était plutôt gentillette et sans façon. Indifférente en tout cas à la couleur de peau des gens. Elle ne jargouinait pas un traître mot d'anglais et il était douteux qu'elle se fût jamais éloignée à plus de deux rues du Vesuvio Club. Je devins en quelque sorte sa confidente :

— Stéphanie, si tu savais le nombre de gens assassinés que mon Silvio a sur la conscience, tu prendrais tes jambes à ton cou ! *Ah, Dio mio, proteggi mi !*... Je demande tout le temps au Seigneur de lui pardonner, je plaide sa cause, mais a-t-il une chance d'aller au Purgatoire ? Je ne sais pas...

Par deux fois, en effet, arrivant plus tôt au travail le matin parce que je commençais à en avoir par-dessus la tête de ma famille irlandaise et de ses mioches braillards (Daireen en avait mis deux nouveaux au monde, coup sur coup, depuis son arrivée sur la Terre promise), j'avais vu descendre de drôles de ballots de ce fameux deuxième étage. Des corps, de toute évidence, emmaillotés dans des draps sales attachés par des cordes que l'on transportait en voiture jusqu'à un coin isolé de la Harlem River toute proche et que l'on balançait dans ses eaux noirâtres. J'avais vite compris que le Napolitain cherchait à élargir son territoire et que, fatalement, il entrait en guerre avec des compatriotes, ou alors des gangsters yiddish ou irlandais. O'Reilly, mon patron, le chef du gang des quarante voleurs, avait une conception autre du métier. Il préférait opérer des razzias ici et là au lieu de se tailler un royaume comme c'était le rêve de tous les voyous de quelque notoriété que comptait New York. Du reste, cet Irish cinglé ne respectait pas la règle d'or de la mafia : ne se tuer qu'entre soi et ne jamais, au grand jamais, toucher aux policiers, aux juges ou aux politiciens. Jamais ! Ces derniers, il suffisait de leur graisser la patte pour qu'ils deviennent aussi doux que des agneaux ou, pour certains, aveugles aux pires trafics. Et les trafics, tricheries, magouilles et compagnie, on trouvait ça surtout dans le milieu des courses où ça pariait des dizaines de milliers de dollars officiellement, et trois fois ou quatre fois plus clandestinement.

— Me confondez pas avec cette tapette de Lucky Luciano ! beuglait-il quand un membre de notre gang essayait de tempérer ses ardeurs après qu'il eut flingué ou fait flinguer un flic trop curieux, ou demandé de placer une bombe dans la voiture d'un politicien.

O'Reilly était une terreur. Un être parfaitement incontrôlable. Paradoxalement, alors que les femmes n'étaient pour lui que des petites mains dans le business ou des culs à baiser à la hussarde, il m'aimait bien. À ses yeux, je faisais figure d'animal de foire ou peut-être de mascotte. Allez savoir ! Une Négresse française qui ne s'en laissait pas compter et qui le regardait droit dans les yeux, ça le faisait rire. Il était enragé parce que le *signore* Mancini refusait la protection qu'il lui avait proposée, cela à un prix que j'ignorais, mais qui ne pouvait être inférieur à celui que nous imposions aux établissements moins cotés. C'était une manière de secret d'État. Seul O'Reilly savait et les trente-neuf autres voleurs fermaient leur gueule, y compris moi, la fiéraude. C'est qu'il nous payait notre dû sans sourciller, bandit mais réglo. Déshonnête avec le monde extérieur, mais tout ce qu'il y avait de plus honnête avec les membres de son gang.

Ayant eu accès au bureau du *signore* Mancini, au premier étage, je découvris vite un mur couvert d'un épais rideau rouge dont la fonction ne pouvait pas être uniquement décorative. Je mis du temps à repérer le coffre-fort qui y était encastré tellement il était bien caché. O'Reilly, ravi de cette information, m'embrassa sur les deux joues dans un élan vite réprimé, ce qui n'empêcha pas les membres du gang présents ce jour-là de le moquer.

— Baise-la, cette Négresse, et qu'on en finisse ! avait braillé un vieux type au visage ridé et couvert de taches de rousseur, l'un des plus haut placés dans notre hiérarchie.

Lui, Salvatore, s'était spécialisé dans le cambriolage de bijoux chez les riches de Manhattan où son expertise en plomberie donnait le change. Quasiment chaque semaine, il rapportait des colliers de perles, des bagues serties de pierres précieuses, des bracelets en argent, toute une bimbeloterie (à mes yeux, car je n'ai jamais aimé ces choses encombrantes dont s'accommode volontiers la gent féminine pour plaire aux hommes) qui nous était distribuée afin que nous la revendions. O'Reilly était malin : il n'écoulait jamais son butin en gros afin de ne pas éveiller les soupçons. Chaque membre du groupe des quarante voleurs se voyait confier un ou deux bijoux que nous avions ordre de négocier au meilleur prix, et cela dans la semaine, sinon il nous était retiré et confié à quelqu'un d'autre. Alors là, adieu la prime ! Ces vingt pour cent que nous octroyait royalement l'Irlandais fou. Cette tâche n'était guère difficile pour moi car mon terrain de prospection était Harlem et chacun sait à quel point les Négresses raffolent des colifichets. À cette époque, Five Points avait fini par me convenir et je n'avais aucune velléité d'aller vivre dans ce quartier de Nègres misérables auxquels il ne me serait jamais venu à l'idée de m'identifier. Ça t'étonne, hein, cher neveu ? J'y abordais la première personne féminine rencontrée pour peu qu'elle n'ait pas l'air d'être dans la dèche et, discrètement, j'exhibais le bijou. En général, elle demeurait interloquée, mais la convoitise se mettait à briller dans ses yeux et elle m'invitait à la suivre chez elle. Certaines accumulaient des liasses de billets sous leur matelas ou quelque latte amovible du plancher de leur logement, fruit du labeur de plusieurs années qu'elles n'hésitaient pourtant pas à dilapider à la six-quatre-deux, fascinées qu'elles étaient par une bague surmontée d'une émeraude de Colombie ou quelque camée serti d'or. Il m'arrivait de refuser de faire la transaction si la femme ne disposait pas de la somme suffisante et, lorsque je reprenais mon bien, je voyais une profonde détresse ennuager le regard de l'infortunée. Dans ces cas-là, je m'employais à aguicher les hommes, mais avec la plus extrême prudence car, à Harlem, on avait vite fait de vous attraper par les cheveux, de vous attirer dans une ruelle déserte pour vous défoncer la chagatte contre un mur. L'amour sucre-saucé-dans-du-miel des Blancs, ça n'existait point dans ce quartier malfamé ! Qui minaudait auprès d'une femme passait sur-le-champ pour une couille molle, voire un pédéraste, et se voyait dérisionner à gorge déployée. Si bien que moi, j'abordais la gent masculine d'abrupte manière, mais tout en feignant la désinvolture :

— *Hey, man, you want to see a nice thing ? Don't look at me like that, baby ! I'm not the Devil woman...* (Hé, mec, tu veux voir un joli truc ? Me regarde pas de la sorte, chéri ! Suis pas la Diablesse.)

Fort heureusement, ma vêture négligée et surtout mes formes peu plantureuses ne me désignaient pas comme une péripatéticienne, et plus souvent que rarement les hommes s'arrêtaient pour jeter un œil à l'objet mystérieux que je leur proposais. Certains maniaient le bijou avec une précaution un peu comique, d'autres sifflaient d'une admiration non feinte, mais tous commençaient par me proposer un prix dérisoire :

— Deux cents ?

— Va chier, mec !

— Six cents alors ? faisait le bonhomme, surpris qu'une personne aussi fluette que moi pût faire preuve de tant de hardiesse face à un représentant du sexe fort.

— C'est ce que vaut la chatte de ta mère ? Eh ben, mon vieux, figure-toi que t'as là un bijou qui a appartenu à une nièce de la reine d'Angleterre !

— Combien alors ?

Je quadruplais sans la moindre hésitation sa deuxième offre et une fois sur deux il cédait, certain de pouvoir revendre à son tour le bijou plus cher qu'il ne l'avait acheté. En ce temps-là, j'étais, je l'avoue, un garçon manqué. Sans pour autant vivre dans la charognerie, je n'éprouvais aucune appétence pour les beaux vêtements ni pour le maquillage. Encore moins pour les parfums. J'étais un membre à part entière du gang irlandais des quarante voleurs, la terreur de tout New York, pas une capistrelle qu'il fallait ramener sur le pas de sa porte à la nuit close en lui faisant un baise-main. Souvent, il m'arrivait de sortir du Vesuvio Club sur le coup de minuit, voire une heure du matin, parce que final de compte j'y étais montée en grade : le *signore* Mancini m'avait adoubée responsable du nettoyage des étages et j'avais sous mes ordres trois vieilles peaux au ventre proéminent à force d'avoir enfanté et qui n'espéraient plus rien de la vie. Je les envoyais s'occuper du deuxième étage et de la terrasse, me réservant le premier où se trouvait le coffre-fort. Je n'avais jamais vu notre patron l'ouvrir et me demandais bien à quel moment il y déposait les plus que confortables recettes de l'établissement et celles de son commerce d'héroïne. Son comptable, un Sicilien, ténébreux mais pas beau pour un sou, était une vraie tombe. Il officiait dans une arrière-salle située derrière l'estrade où se produisaient les danseuses, salle plongée dans une demi-pénombre où il m'était arrivé de me rendre deux ou trois fois pour lui apporter un repas, l'établissement étant aussi doté d'un restaurant. Il m'avait entrevisagé d'un air inquiet parce que devant lui étaient placées en équilibre instable des montagnes de billets dont beaucoup, au vu de leur couleur, étaient de grosses coupures. J'avais rapporté à O'Reilly toutes les informations que j'avais pu recueillir et il en avait conclu que le meilleur jour pour s'attaquer au Vesuvio Club était le lundi soir, tard dans la nuit, car ce jour-là le ballet faisait relâche et le restaurant fonctionnait au ralenti. Or, visiblement, quelque chose n'avait pas marché car l'Irlandais fou m'avait fait mander sur l'heure et passé un savon du tonnerre de Dieu :

— Tu avais tout faux, Stéphanie ! Ce que tu croyais être le coffre-fort de cette vieille baderne de Silvio Mancini, c'est juste un endroit où il planque ses papiers personnels, rien d'autre. Apparemment, il a eu des tas d'ennuis dans le passé avec la justice en Sicile et ici avec les services de l'immigration...

De rage, l'irascible Irlandais avait fait sauter le night-club. Au lendemain de Noël 1915 ou alors celui de l'année suivante, je n'en suis plus très sûre. Heureusement, personne ne s'y trouvait, mais cela avait fort énervé la police new-yorkaise et nous avions été contraints de mettre nos activités en sourdine pendant quelques mois. Nous, les femmes de ménage, avions toutes été arrêtées et interrogées sans ménagement aucun, mais nous avions joué les idiotes comme le Nègre sait si bien le faire devant le Blanc, et moi qui, en réalité, était la seule concernée, j'avais pu passer au travers des mailles du filet. C'est à dater de cette époque-là que je me mis à envisager sérieusement de quitter le gang des quarante voleurs au sein duquel je faisais tache au sens propre du terme comme au sens figuré puisque femme et noire. Je n'étais pas experte en couteau et en revolver comme mes collègues et avais quelques scrupules à m'attaquer aux dénantis. Je jouais à l'homme, mais je n'en étais pas un et ça, fatalement, ça me retomberait sur le nez un jour ou l'autre.

Et puis, l'*Irish Mob*, comme on la surnommait, cette mafia celtique qui dominait New York depuis le mitan du XIXᵉ siècle commençait à perdre sérieusement du terrain devant les Yiddish et surtout les Italiens. Ils avaient bien fondé, ces messieurs paradant en kilt le jour de la Saint-Patrick, une sorte d'association d'entraide, le White Hand Gang, mais ils n'avaient pu contenir ces nouveaux venus aux seuls trafics sur le port. Jour après jour, les Ritals s'aventuraient dans New York, s'immisçaient dans le business d'alcool clandestin, de cigarettes de contrebande, des courses de chevaux et, s'enhardissant, dans celui de la drogue. O'Reilly fulminait contre ses compatriotes :

— Sont devenus des bourgeois maintenant ! Se prennent pour de foutus Anglais et voici le résultat !

Notre gang des quarante voleurs qui refusait de s'affilier à qui que ce soit, tout en ayant largement profité de l'omnipotence de l'*Irish Mob*, risquait l'élimination pure et simple. Et ça, pas à long ou moyen terme, mais à court terme ! Nous connaissions désormais des désertions et il nous était de plus en plus difficile de recruter. Hormis le couac du coffre-fort du Vesuvio Club, j'accomplissais bien les missions qui m'étaient confiées. Rien à dire ! Mais cet O'Reilly en voulait toujours plus jusqu'à me pousser à proposer mes services comme entraîneuse dans un bar à l'allure vermineuse mais qu'il soupçonnait d'engranger des mille et des cents car réputé pour héberger de sublimissimes Quarteronnes de La Nouvelle-Orléans. Il ne voulait rien entendre quoique je lui eusse fait valoir que la nature ne m'avait point dotée de ces formes généreuses qui font saliver la gent masculine et qu'aucun tenancier qui se respectait n'accepterait de m'embaucher. Fou de rage, l'Irlandais, au visage tiqueté de taches de rousseur et aux yeux d'un bleu sidéral, ce qui vous obligeait à baisser le regard devant lui, s'imagina qu'il pouvait employer la manière forte avec moi. Il me saisit à la gorge d'une main et se mit à me calotter de l'autre en braillant :

— *Stupid black french bitch !* (Idiote de putain française nègre !)

Mon sang créole ne fit qu'un tour. Je lui saisis les graines et me mis à les purger si fort qu'il en perdit le souffle et s'évanouit à moitié sur le trottoir, corps flasque que les passants s'empressaient comiquement de contourner. Il était presque six heures du soir en cette journée d'automne qu'un vent mauvais balayait depuis le matin, et les lampadaires n'étaient pas encore allumés. Je me jetai sur O'Reilly que je rouai de coups de pied au visage jusqu'à ce qu'il perde connaissance pour de bon et, ouvrant prestement la braguette de son pantalon, je sortis son braquemart et ses génitoires avant de sectionner ces dernières à l'aide du rasoir que je portais en permanence sur moi. Non, mon cher Frédéric, je ne te raconte pas des craques ! Un hurlement inhumain couvrit le brouhaha de l'avenue maintenant déserte, suivi d'un silence cathédralesque. J'étais comme statufiée et si d'aventure une patrouille de police était passée, c'en aurait été fini de ma personne. Une Négresse qui émascule un homme blanc, c'était la peine de mort assurée ! Par miracle, j'eus le temps de me ressaisir et de m'escamper de Five Points sans rien dire à ma famille irlandaise. Dès le lendemain, le gang des quarante voleurs mit un contrat sur ma tête et je dus me réfugier chez une vieille dame édentée, originaire de Caroline du Sud, à qui il m'était arrivé de rendre de menus services. Je demeurai cloîtrée chez elle pendant trois semaines, le temps que le gang fasse une croix sur O'Reilly et oublie ma modeste personne.

— Vous, les Négresses françaises, vous êtes donc pires que nous autres ? avait marmonné Miss Coolidge, mi-rigolarde, mi-inquiète.

Je n'avais émis aucune objection. À l'époque, je n'étais pas assez cultivée pour lui faire savoir qu'au temps du fouet et des chaînes — comme je l'apprendrais plus tard de la bouche du grand intellectuel noir W. E. B. Du Bois — les planteurs blancs américains menaçaient leurs esclaves de les vendre à leurs compères de la Martinique s'ils manifestaient la moindre velléité de révolte. Je n'ai découvert tout cela et bien d'autres choses importantes de la sorte qu'une fois devenue la reine de la loterie marron de Harlem, Madame Queen, alias Queenie, et qu'habitant Edgecombe Avenue je me mis à fréquenter le grand monde, c'est-à-dire poètes, historiens, philosophes et musiciens nègres. Oui, au moment de mon premier meurtre (il y en a eu deux ou trois ensuite, ou trois ou quatre, je ne sais plus), j'étais encore engoncée dans une timidité sauvage, mon seul ami, mon unique protecteur étant ce vieux rasoir que m'avait offert la veille de mon départ de la Martinique ce barbier émérite du boulevard de la Levée qui, à l'instar de ses confrères, s'évertuait à me sucrer les oreilles de beau matin lorsque je m'en revenais de l'embouchure du canal Levassor où, comme des dizaines d'autres servantes, j'allais jeter le contenu du pot de chambre de la famille Verneuil. En général, nous nous levions avant le devant-jour pour éviter de croiser les dames bourgeoises qui se rendaient à la messe de six heures à la cathédrale, mais pas trop tôt non plus parce que toutes qualités de bougres sans foi ni loi rôdaillaient à la recherche d'une occasion : larcineurs, enjôleurs, Nègres sans aveu, boit-sans-soif, bourses-ou-la-vie, galope-chopine et autres marauds. Florise, la repasseuse des Verneuil, avait eu à subir les assauts d'une de ces créatures immondes alors même que le sang n'avait même pas commencé à couler entre ses cuisses. Elle avait été ramenée sans crier gare d'une lointaine campagne par M. Verneuil qui avait simplement lancé à la cantonade :

— Stéphanie a un peu trop de travail. Ginette, la nouvellement arrivée, s'occupera des repas… Elle est orpheline depuis peu.

Personne n'avait pipé mot ni demandé de plus amples explications. Surtout pas Mme Verneuil pour qui son mari était une sorte de dieu vivant. Enfant chétive et au regard sempiternellement triste, Ginette n'était pas préposée aux pots de chambre (il y en avait trois dans la maison, chose qui multipliait mes allers-retours au canal), sauf qu'un jour, je fus obligée de garder le lit par la faute de terribles maux de ventre qui n'avaient rien à voir avec mes périodes. Elle dut me remplacer et revint la chemise de nuit sale et déchirée, hagarde, balbutiant des propos incompréhensibles, son corps agité par une tremblade sans nom. Dans une ruelle sombre, deux chiens-fer s'étaient jetés sur elle et l'avaient coquée dans ménagements, la rouant ensuite de coups avant de prendre la discampette, les cris de la jeune fille ayant alerté des voisins. Quel âge avait-elle ? Quatorze ou quinze ans sans doute. Pas plus en tout cas. De ce jour, je me munis d'un bec de mère-espadon acheté à un pêcheur, ce qui provoqua la colère de mon patron lorsqu'il s'en aperçut :

— Stéphanie, je sais bien que tu as mauvais caractère, c'est écrit en toutes lettres sur ton front, mais sache que si tu blesses ou tues quelqu'un avec ça, je décline toute responsabilité. Et pour toi, ça sera la guillotine assurée !

Oui, j'avais mon caractère. Bon ou mauvais, je ne sais pas. J'étais déjà prête à l'âge de seize ans à tenir tête à l'univers entier s'il le fallait et, ma foi, j'en retirais une manière de fierté, même si cela agaçait profondément ma mère, laquelle ne cessait de me seriner son adage favori : « Les Négresses têtues ne vont pas loin dans la vie. » Sauf que si j'étais en mesure de tenir tête à tous les vagabonds et troussailleurs de jupons qui hantaient les rues de l'En-Ville à l'aube, je fus d'abord complètement impuissante devant cette créature diabolique qu'en créole nous appelons « *dorlis* », et mon patron, dans son français collet monté, « incube ». Le bruit courait à travers l'En-Ville que cette créature invisible (hormis, ô inexplicable, ses yeux bleus) avait commencé à hanter les chambrettes des employées de maison et que nombre d'entre ces dernières avaient été retrouvées hagardes par leur patronne, au devant-jour, la chemise de nuit déchirée, le corps couvert de zébrures. Je n'ignorais pas que pour chasser le *dorlis*, il fallait soit mettre une culotte noire à l'envers soit déposer une demi-calebasse remplie de sable ou de grains de riz sur le pas de sa porte, soit planter une paire de ciseaux écartée dans le plancher, mais je m'imaginais assez forte pour affronter tous les violeurs du monde, fussent-ils emmanchés avec Satan. Je n'avais jamais eu peur de rien et à La Cour Fruit-à-Pain j'étais qualifié de « terrible » au sens créole du terme, c'est-à-dire d'effrontée, voire de présomptueuse. Aucun coup de cravache donné par ma chère mère ni aucune menace de qui que ce soit ne m'avait jamais fait baisser la garde, chose qui provoquait parfois un éclat de rire chez ceux que mon apparence frêle avait trompés. Je ne prenais pas la moindre précaution lorsque sur les huit heures du soir, heure imposée aux servantes par notre patronne, nous devions nous mettre au lit. Il faut dire que je n'ai jamais eu le sommeil facile alors que ma mère s'endormait dès qu'elle avait posé la tête sur l'oreiller. Une fois embauchée par la famille Verneuil, mon mal s'était aggravé : je ne fermais vraiment l'œil que trois ou quatre heures par nuit sans que pour autant, au matin, je me sentisse le moins du monde fatiguée. J'avais gardé ce secret pour moi et seul Eugène, le fils aîné, finit par s'en apercevoir lorsque, se faufilant dans ma chambrette peu avant minuit,

il commençait doucement à retrousser ma chemise. Je me redressais alors sur les coudes, ce
qui le faisait reculer d'un bond, ne sachant s'il
devait continuer ou rebrousser chemin. J'ôtais
moi-même mes vêtements, repoussais mon drap
et, cuisses ouvertes, je m'offrais à lui sans bouger
ni gémir, n'espérant qu'une seule chose : qu'il
en finisse au plus vite. Trop empressé, il jouissait
au bout d'une dizaine de secondes et, comme
honteux, s'éclipsait sur la pointe des pieds.
Je n'avais que deux craintes, celle de tomber
enceinte comme je te l'ai déjà dit, cher neveu,
et celle d'être congédiée. Quoique incroyante,
ou en tout cas indifférente au Bon Dieu et aux
simagrées qui entouraient son culte, j'en vins à
croire qu'une force occulte, une sorte de divinité,
me protégeait.

À être trop sûre de soi, on finit toujours par
le payer, et c'est ce qui m'arriva. L'incube trans-
perça les frêles façades en bois de récupération
de l'espèce de case adjacente à la villa des Verneuil que je partageais avec Florise et désormais
Ginette, nos chambrettes n'étant séparées que
par un paravent sommaire. La créature diabolique se mit à tourbillonner au-dessus de ma
personne, sans le moindre bruit, sorte de voile
transparent qui brusquement se transforma en
une forme monstrueuse, mi-homme, mi-animal,
qui tenta de m'aveugler ou de m'hypnotiser.
J'eus en tout cas très mal aux yeux et dus faire
un effort inouï pour pouvoir les ouvrir à nouveau. Je me sentais légère, si légère que j'avais

le sentiment de flotter au-dessus de mon lit. La créature, elle, se dépêchait de m'enlever mes vêtements de nuit et je me sentais incapable de lui opposer la moindre résistance. Au moment où elle s'apprêtait à me pénétrer, je rassemblai toutes mes forces et me dégageai en poussant un cri. Cri sans doute strident car la maisonnée accourut dans ma chambrette. D'abord ma consœur Florise, puis le couple Verneuil, mon patron s'éclairant à l'aide d'une lampe à pétrole. L'incube s'escampa dans un bruit de succion si effrayant qu'il nous figea sur place. Pour la première fois depuis que je vivais dans cette maison, je me sentis considérée comme un être humain. Mme Verneuil m'apporta un verre d'eau des Carmes et me tamponna le visage avec de l'alcool camphré ; M. Verneuil m'examina pour voir si je n'avais pas été blessée. Ils ne me posèrent aucune question car il était absolument évident que j'avais subi l'attaque d'un *dorlis*. De ce jour, on m'obligea à mettre une culotte noire à l'envers lorsque j'allais au lit et, très fier, mon patron lançait à ses visiteurs lorsque je leur servais le punch sur la véranda :

— Vous voyez cette capistrelle, les amis, ne vous fiez pas à son apparence ! Elle a fait déguerpir un incube.

Pardonne-moi, cher Frédéric, si je divague, tu arrangeras tout ça dans le bon ordre le moment venu ! C'est sans doute à cause (ou grâce) à mon caractère rebelle que, peu après avoir émasculé O'Reilly, je me suis prise d'affection pour un

Nègre de la Jamaïque, à la face pourtant babouinesque, qui haranguait les foules à Central Park, du moins dans la partie réservée aux Nègres qui jouxte Harlem. Il portait par contre un nom qui sonnait bien : Marcus Garvey. D'abord, je l'avais pris pour un fou. Lui et ses partisans. Ces derniers l'appelaient le Moïse noir ! Ce qui, quoique je n'aie jamais été une fervente chrétienne, me sembla pour le moins blasphématoire. Il s'agitait beaucoup en parlant, ses yeux fulminaient, sa voix furibondait et, en été, il utilisait une quantité phénoménale de mouchoirs pour s'éponger le front. Ce temps durant, ses troupes (car elles arboraient des tenues chamarrées à l'aspect un peu militaire) fendaient la foule des curieux en gueulant :

— Lisez *The Negro World*, le seul journal qui dit la vérité sur le sort fait à la race noire dans cette nouvelle terre d'abomination qu'est l'Amérique !

J'avais fini par en acheter un exemplaire que j'avais lu attentivement, quoique Duke, mon homme de l'époque, ait haussé les épaules et m'ait lancé, goguenard :

— *Bullshit !* (Conneries !) Qu'ils retournent en Afrique puisque les crocodiles et les girafes ont l'air de tant leur plaire ! Moi, chez moi, c'est ici, et ça parce que mes ancêtres ont travaillé comme esclaves dans les champs de coton du Sud. C'est la sueur nègre qui a bâti ce pays tel qu'il est aujourd'hui. On ne va tout de même pas le laisser aux Blancs !

Curieuse idée, en effet, qui j'avoue ne m'avait jamais traversé l'esprit. Pourtant, sur le port de Marseille, quand j'avais pris la décision de partir pour New York, j'avais eu le choix. Un large choix de navires en partance pour Tanger, Saigon, Dakar, Cotonou, Libreville, Valparaiso, Tahiti, Pondichéry, et j'en oublie sûrement. Ah oui, beaucoup de destinations sud-américaines aussi et, maintenant que ça me revient, j'avais hésité un bref instant entre Rio de Janeiro et New York. Mais l'Afrique, ça ne m'avait pas tentée une seule seconde ! Petite fille, j'avais accompagné ma mère sur la jetée de Fort-de-France un bel après-midi d'avril ou mai de 1880 et quelques. Des centaines de personnes avaient déboulé de tous les quartiers d'En-Ville. Surtout des plébéiens. Des désœuvrés, des boit-sans-soif, des majors à la mine patibulaire dissimulant leur couteau à cran d'arrêt dans la poche de leur short en toile kaki, des ramasseurs de tinettes et des balayeurs de rue, la plupart coolies-indiens. Et aussi des femmes : lessiveuses au bord de la rivière Madame, charbonnières qui avaient pour tâche de vider le ventre des gros navires transatlantiques, marchandes de légumes, servantes à la journée, et j'en passe. C'est qu'un bruit avait couru, rapporté par Radio-bois-patate, comme quoi un roi africain serait conduit à la Martinique avec sa cour parce qu'il s'était révolté contre la France dans un pays nommé Danhomey ou Dahomey. Quelque chose comme ça. On l'avait présenté comme sorcier, adepte du vaudou et autres raconteries, si bien que tout le monde avait eu hâte de l'apercevoir. D'aucuns rigolaient à l'avance :

— Un roi nègre, la belle affaire ! Y z'ont des palais et des carrosses dans leur brousse peut-être ? Ha-ha-ha !

D'autres bouillaient d'une enrageaison qui leur faisait couler une légère écume au coin des lèvres :

— Ma peau est noire, ça oui, je le sais, mais vouloir me faire avaler qu'un bougre plus noir qu'hier soir se glorifie du titre de roi, c'est rien d'autre qu'une foutue couillonnade !

— Plus noir qu'un péché mortel tu veux dire ! avait renchéri un homme qui détaillait ma mère de la tête au pied avec un regard concupiscent.

Celle-ci m'avait prise dans ses bras au moment de l'arrivée du canot tant la foule était dense. J'avais vu de mes yeux vu cet homme échineux, vêtu de peau de bête, coiffé d'un étrange chapeau conique, entouré d'une dizaine de jeunes Négresses aux seins nus, qui observait l'univers avec hautaineté. Il tenait une pipe démesurée à la bouche et lâchait à intervalles réguliers de minuscules nuages blancs. Un « Oooh » de saisissement s'était élevé parmi les spectateurs et les gardes de police avaient eu le plus grand mal à les contenir pour qu'ils n'envahissent pas le modeste quai de La Française, où (je l'apprendrais plus tard de la bouche de ma mère) le gouverneur de la colonie et ses principaux collaborateurs étaient venus accueillir ce fameux roi nègre au nom de Béhanzin que les conteurs des veillées mortuaires devaient dérisionner plus tard en Berzin-d'An-Neuf. Ce dernier et sa cour avaient été internés au fort Tartenson, sous la garde de soldats blancs, ce qui fit que petit à petit la population se désintéressa de ces étranges Africains. Moi, pour autant que je m'en souvienne, j'avais été frappée par l'extrême dignité de leur maintien, surtout de Béhanzin, quoique à mon âge de l'époque je ne disposasse pas encore d'un tel vocabulaire pour le qualifier. Eh bien, je retrouvais cette fermeté du regard dans celui de Marcus Garvey, l'homme qui, juché sur un banc de Central Park, en plein New York, voulait unifier tous les Noirs du monde et prêchait, non sans conviction, le retour des descendants d'esclaves américains sur la terre mère d'Afrique. Il n'y avait entre les deux hommes que les vêtements pour différer : habits traditionnels africains pour le révolté du Danhomey ; tenue de généralissime d'opérette pour le descendant d'esclaves jamaïcains.

Tout cela ne signifiait pas que j'adhérais aux plaidoiries enflammées de Garvey, car je n'avais pas quitté ma Martinique pour finir troisième ou quatrième épouse d'un potentat africain. J'étais venu en Amérique pour conquérir cette dernière. Pour être quelqu'un et même plus que quelqu'un. Et, ma foi, les choses s'annonçaient bien après quelques années de vie infâme puisque voilà que, présentement, j'étais crainte des plus féroces gangsters de Harlem et d'une partie du

Bronx. J'avais réussi à dompter les uns après les autres ces faux jetons de Siciliens, ces ivrognes d'Irlandais, ces hypocrites de Yiddish, et surtout ces flics anglo-saxons qui se considéraient comme supérieurs à tout ce beau monde parce qu'ils maîtrisaient mieux l'anglais et portaient un colt à la ceinture. Enfin, ma parole court trop vite, mon bon neveu. Avant d'atteindre l'en-haut de l'échelle, j'ai eu à traverser pas mal de coups durs que je te raconterai...

[DÉCLARATION DES DROITS DES PEUPLES NÈGRES DU MONDE (1920)

Préambule

Considérant que le peuple nègre du monde entier, à travers ses représentants choisis, réunis en Assemblée à Liberty Hall, dans la ville de New York des États-Unis d'Amérique, du 1ᵉʳ au 31 août de l'an mil neuf cent vingt (1920) de l'ère chrétienne, a protesté contre les méfaits et injustices de la part de ses frères blancs, et a proclamé ce qu'ils estiment juste et équitable, un meilleur traitement pour les années à venir. Nous dénonçons le fait que :

Nulle part dans ce monde, à quelques exceptions près, les Nègres, bien que dans les mêmes conditions et les mêmes situations que les Blancs, ne sont traités de la même manière ; ils sont au contraire victimes de discrimination et les droits élémentaires requis pour des êtres humains leur sont refusés uniquement du fait de leur race et de leur couleur. Nous ne sommes pas bienvenus dans les hôtels et auberges publics du simple fait de notre race et de notre couleur.

Nous dénonçons le fait que, dans certaines régions des États-Unis, en cas d'accusation criminelle, notre race se voie refuser le droit au jugement public accordé aux autres races, et que les accusés soient lynchés et brûlés par la foule, traitement brutal et inhumain même infligé à nos femmes.

Que les nations européennes se soient partagé entre elles le Continent africain et en aient pris quasi totalement possession, que les indigènes soient contraints d'abandonner leurs terres et traités dans la plupart des cas comme les esclaves.

Que, au Sud des États-Unis, bien que citoyens protégés par la constitution fédérale et parfois aussi nombreux que les Blancs dans certains États, nous ne soyons ni associés à l'élaboration et à l'administration des lois, ni représentés aux gouvernements, alors que nous sommes tout autant propriétaires de terres, soumis à l'impôt et contraints au service militaire, etc.

Déclaration apprise par cœur et dans son intégralité, cela en un rien de temps, afin de s'en imprégner mais aussi d'améliorer son anglais, Stéphanie St-Clair ayant été dotée par Dame Nature d'une mémoire d'éléphant.]

Pardon, mon neveu bien-aimé, si mon esprit se découd comme une vieille robe trop longtemps portée. J'affirme que je tiens Harlem pour le plus bel endroit de New York et par conséquent du monde. Je répétais à l'envi ce dicton des plus anciens Harlémites : « *I'd rather be a lampost in Harlem than governor of Georgia.* » (Mieux vaut être un lampadaire à Harlem que gouverneur de la Géorgie.)

Tiens, en parlant de lampadaire ! Mon homme

du début de mon installation dans le business des chiffres, Duke, cette canaille qui n'avait jamais travaillé de ses dix doigts, avait voulu me mettre sur le trottoir exactement comme cet abruti d'Irlandais du gang des quarante voleurs. J'avais vraiment de la chance avec les maquereaux ! À l'entendre, il existait des clients qui appréciaient les femmes aux formes peu généreuses telles que moi et, vu qu'il n'y en avait pas beaucoup qui arpentaient les ruelles sombres du quartier, il était certain que je me ferais un paquet de dollars. Il se promit de veiller sur ma personne pendant que j'exercerais pour qu'aucun dérangé du cerveau ne s'avise de me poignarder après la passe juste pour ne pas avoir à me rétribuer. C'était arrivé à deux jeunesses de la 145e Rue, pimpantes créatures venues de Louisiane qui avaient un délicieux accent chantant et avec qui il m'était arrivé de boire des scotchs au Cotton Club en toute fin de soirée c'est-à-dire quand riches blancs venus s'encanailler et mafieux nègres quittaient les lieux une poulette au bras après s'être douciné les oreilles au son de ces musiques — charleston, lindy hop et autres — auxquelles je n'arrivais pas à m'accoutumer. J'avais répondu un « Non ! » sonore à Duke et monsieur s'était cru autorisé à me gifler sur les deux joues comme il le faisait avec toutes ces putes qu'il contrôlait et qui lui rapportaient pas mal d'argent. Je fermais les yeux sur ses activités car ma philosophie avait toujours été claire : les affaires des hommes, ça regarde les hommes, tandis que les affaires des femmes, ça regarde les femmes. Pourtant, il savait que j'avais émasculé un homme et pas n'importe lequel : un Blanc. Un mafieux blanc. O'Reilly, le très redouté chef du non moins redouté gang *irish* des quarante voleurs du quartier de Five Points.

Duke aurait dû se méfier de cette maigrichonne des îles à l'accent français que j'étais. Je ne payais certes pas de mine, mais il était hors de question qu'un homme s'avise de contrôler ma vie. Je n'ai d'abord pas réagi à ses calottes. J'ai joué à la docile. On est revenus chez nous et lui, en chemin, il s'est radouci, me donnant du « *honey* » (chérie) à tours de bras, me prenant par la taille et me glissant des baisers rapides dans le cou. « Attends voir, fils de pute, que je me disais en mon for intérieur ! Tu vas connaître ta douleur et plus vite que tu ne le crois. » Aussitôt pensé, aussitôt fait. Je me suis précipitée à la cuisine, ai attrapé une fourchette que je lui ai plantée dans l'œil droit. Il a poussé un tel barrissement en tombant sur les genoux que j'ai dû m'escamper, car nos voisins accouraient braillant :

— *Wha go'on ?* (Il s'passe quoi ?)

Je n'avais évidemment pas pu prévoir que j'allais l'esquinter au sortir d'un night-club, je n'avais donc pas organisé ma fuite. Je ne portais que mes vêtements de soirée, ce qui parut suspect au patron du motel crasseux où j'avais trouvé refuge. Fort heureusement, il me restait de l'argent et je pouvais tenir quelques jours, le temps de me faire oublier car les bagarres entre Nègres n'intéressaient que très modérément la police de New York. Pourquoi s'embêteraient-ils à enquêter quand deux trafiquants s'entre-tuaient à Harlem alors que déjà ils fermaient les yeux sur les règlements de compte au sein de la mafia blanche ? C'est d'ailleurs pourquoi les Lucky Luciano et autres pouvaient dormir sur leurs deux oreilles. Toutefois, les sbires de Duke seraient à mes trousses et je n'avais d'autre choix que de quitter la ville au plus vite afin de me mettre à l'abri quelque part. Mais où ? Je n'avais aucune famille dans ce pays ni même de vrai ami, quelqu'un sur qui je pouvais compter en toutes circonstances. Alors une idée un peu folle germa dans mon esprit : gagner La Nouvelle-Orléans. Je n'ignorais pas que j'aurais à parcourir une très longue route, mais c'était le seul endroit des États-Unis où j'estimais pouvoir passer inaperçue. Où mon accent français ou créole (les Américains étaient bien incapables de les différencier) ne me trahirait pas en tout cas. Au petit matin, après une nuit sans vrai sommeil, angoissée par chaque bruit provenant de l'escalier, je filai à la gare d'autobus et sautai dans le premier en partance. N'importe lequel me convenait pourvu qu'il descendit dans le Sud, car chaque minute que je passais à Harlem augmentait les chances des sbires de Duke de m'arraisonner. Je connaissais le prix à payer pour avoir osé lever la main sur un chef gangster. Ils me ligoteraient et me conduiraient dans un entrepôt d'East Harlem où ils me violeraient à tour de rôle avant de me loger une balle dans la tête, de m'envelopper dans un drap et me voltiger nuitamment dans l'East River. La nouvelle ne ferait que trois lignes dans les journaux le lendemain ou le surlendemain : « Le corps d'une jeune femme de couleur a été repêché hier matin », etc.

J'étais, avec un vieux bougre au visage chenu qui marmonnait une chanson de blues, la seule *Colored* à bord, mais personne ne nous prêtait attention. Lui-même ne m'accorda aucun regard, puis je compris en remarquant sa canne blanche. La route filait tout droit et cela me rassura. Mais je sursautai lorsque l'aveugle haussa la voix et que je reconnus la chanson préférée de Duke : *Yellow Dog Blues*. Il la serinait du matin au soir, ce qui avait fini par m'agacer, mais j'en avais à force retenu chacun des mots alors que mon anglais était loin d'être parfait. La voix rauque de l'homme couvrit le bruit du moteur :

Ever since Miss Susie Johnson
Lost her Jockee Lee
There has been much excitement
And more to be

You can hear her moanin
Moanin' night and morning
She's wonderin' where her
Easy rider has gone

(Depuis que mamzelle Susie Johnson
À perdu son Jockee Lee
Il y a eu beaucoup d'animation
Et plus encore

On peut l'entendre gémir
Nuit et jour
Elle se demande où est passé
Son amant si volage)

Soudain, à mon immense surprise, les passagers se mirent à entonner la strophe suivante en se balançant sur leurs sièges, les yeux mi-clos :

Cablegram goes off in inquiry
Telegram goes off in sympathy
Letters came from down in Bam
Everywhere Uncle Sam
Is the ruler of delivery

(Les ailes du câblogramme sont portées par de
   nombreuses interrogations
Les ailes du télégramme par un sentiment de
   compassion
Des pluies de lettres tombaient sur Bam
Partout où l'Oncle Sam
Règne sur la livraison du courrier)

J'étais habituée aux Blancs qui déboulaient dans les cabarets de Harlem les vendredis et samedis soir, pour la plupart mafieux aux poches débordantes de liasses de cent dollars,

85

mais aussi artistes, écrivains ou simples amateurs de chair fraîche féminine et colorée. Le charleston, le black bottom, le lindy hop ou le breakaway n'avaient plus aucun secret pour eux. Ils se déchaînaient sur les pistes de danse avec des cavalières de leur race qu'ils abandonnaient au beau mitan de la nuit, ou plutôt que leurs chauffeurs raccompagnaient, pour s'offrir des putains noires ou mulâtresses à l'étage de ces établissements. Rien que de très habituel et somme toute normal : comme en Martinique, l'homme blanc, depuis des siècles, ne s'était-il pas servi de la femme de couleur pour assouvir ses désirs charnels ? Mais là, ô stupeur, les passagers étaient à mille lieues de ces gens-là. C'étaient des travailleurs au visage marqué et aux mains calleuses, des femmes au regard vide qui traînaient des cabas informes, affublées parfois de deux ou trois enfants faméliques. L'autre Amérique ! Celle que l'on ignorait à l'étranger et qui, si je l'avais connue, m'aurait sans doute dissuadée d'embarquer à Marseille à bord de ce paquebot à destination de New York. Même le chauffeur se mit à marmonner la chanson de l'aveugle, et chacun en vint à oublier les énormes crevasses qui parsemaient la route et dans lesquelles s'enfonçait notre autobus avec des craquements inquiétants. De temps à autre, le bus s'arrêtait pour embarquer des passagers parmi lesquels beaucoup de *Colored*. Je n'avais guère eu pour ma part l'occasion de voyager en automobile et si j'avais moins peur de cette invention moderne que de l'ascenseur, je n'étais point rassurée du tout. Je m'agrippais au siège situé devant moi et tentais de faire bonne contenance lorsque je finis par comprendre que tous les passagers étaient habités par le même sentiment : ils avaient entonné *Yellow Dog Blues* uniquement pour se bailler du courage. En effet, les rares qui ne participaient pas à ce qui devint vite un charivari, des vieilles dames aux chapeaux extravagants, égrenaient fébrilement des chapelets. Prenant mon courage à deux mains, j'interrogeai mon plus proche voisin, un *redneck* aux joues couperosées, sur la destination finale du bus.

— *Are you joking, nigger woman ?* (Vous plaisantez, la Négresse ?) grommela-t-il d'un ton rude.

Puis, se calmant, il rigola :

— *We'r going down South, milady ! To the cotton plantations of my father. Ha-ha-ha !* (Nous descendons dans le Sud, chère dame ! En direction des champs de coton de mon père. Ha-ha-ha !)

La plaisanterie dérida les passagers. Le jour commençait à tomber et nous roulions toujours tout droit. Aucun arrêt ne semblait avoir été prévu et j'avais terriblement soif. Au moins, je m'éloignais des sbires de Duke, mais une crainte m'habitait : pourrais-je jamais revenir un jour à Harlem ? Devenu borgne, mon ancien compagnon et garde du corps ne vivrait désormais que pour me faire payer mon geste et je ne pouvais plus espérer qu'une chose. Une seule : qu'il finisse sous les balles d'un autre caïd comme c'était si fréquemment le cas dans notre quartier. Je disais « notre » comme si j'y étais née ou y avais vécu dès l'enfance, alors que je n'y avais débarqué qu'à l'âge de vingt-neuf ans. J'avais, en effet, je te le rappelle, Frédéric, à nouveau pardon si ma parole est décousue puisque j'aborde l'âge de la vieillesse, passé les trois premières années de ma vie en Amérique dans le quartier Five Points, d'abord avec cette famille irlandaise, les Mulryan, à laquelle je m'étais arrimée à ma débarquée à Ellis Island, puis au sein du gang des quarante voleurs, composé également d'Irlandais. Au fond, j'avais failli devenir une Celte noire et le son des cornemuses me plaisait bien lors des défilés de cette communauté. Longtemps après avoir quitté Five Points pour Harlem, il m'arrivait de les entendre dans mes nuits d'insomnie. À force de fréquenter ces gens, j'avais réussi à grappiller des bribes de leur langue si belle à l'oreille, mais si affreuse, à mon humble avis, à l'écrit. Tout particulièrement « *Conàs a tà tu ?* » (Comment vas-tu ?), expression qui me fut maintes fois utile plus tard lorsque à Harlem, la police se mit à me harceler et à m'arrêter sous des motifs divers. Nombre d'agents étaient irlandais ou d'origine irlandaise et il me suffisait de prononcer, quoique assez mal, quelques mots dans leur langue pour qu'ils s'attendrissent sur-le-champ et me laissent filer.

Mon voisin, dans ce bus bringuebalant qui descendait plein sud, n'avait par contre rien d'une âme charitable et je devais m'en apercevoir très vite. Avant que la nuit ne tombe, le chauffeur fit une halte dans une sorte d'auberge située un peu à l'écart de notre route et tout le monde, y compris moi, descendit, sauf les Noirs. J'avais si soif que je ne m'étais même pas tout de suite rendu compte que la partie de l'établissement qui indiquait « *Colored* » était fermée. J'interpellai alors celui qui m'avait appelée « *milady* », lui tendant un billet de dix dollars et lui demandant de m'acheter une bouteille d'eau. Une colère de tous les diables le submergea :

— Tu me prends pour ton boy, espèce de Négresse puante ! Et d'abord, tu l'as volé où cet argent ?

Les passagers blancs, qui attendaient leur tour d'être servis, éclatèrent de rire, se gaussant non pas de moi, mais de celui que j'avais eu le malheur de solliciter. Mon Dieu, quelle horreur ! Je venais d'humilier publiquement un homme blanc. Je regagnai le bus, penaude, où les passagers noirs entreprirent de m'invectiver avec une tonitruance qui me coupa le souffle. Le chanteur aveugle, sans doute informé de mon impair, se montra le plus virulent :

— Tu te crois à Boston ou à Philadelphie ou quoi ? Ces Négresses du Nord sont folles à lier… Si tu avais vécu comme moi en Géorgie, tu n'aurais pas fait preuve d'une telle arrogance envers l'homme blanc. Même après l'abolition, l'esclavage a continué, et dans la plantation où mon père s'escrimait, les contremaîtres fouettaient encore ceux qui n'arrivaient pas à suivre la cadence.

— Pas la peine de lui expliquer tout ça ! grinça une femme à la mine revêche, vêtue d'une ridicule robe rose bonbon. Elle doit travailler chez une famille blanche libérale. C'est ça, hein ? Des couillons de Blancs qui sont persuadés qu'un jour les Nègres deviendront leurs égaux sur cette terre.

— T'as raison, vociféra une autre qui serrait une Bible sur sa poitrine, l'égalité nous ne l'aurons que dans l'autre monde. Notre Seigneur Dieu nous l'a promis. Pour l'instant, nous purgeons la peine infligée par Dieu à notre ancêtre Cham. Alors, prions, mes chers frères et sœurs, pour cette mamzelle qui n'a qu'une cervelle d'oiseau !

Tandis que les passagers blancs remontaient dans le bus, chargés de provisions de toutes sortes, la négraille commença à se balancer à nouveau sur les sièges et à brailler des « Alleluia ! » et des « Oh Lord ! ». Quelques bouteilles de whisky, avalées au goulot, apaisèrent l'ire de mon voisin de siège et de ses congénères à mon endroit. Le bus reprit la route au moment où il fit nuit noire. Bientôt, certains d'entre nous s'endormirent. Beaucoup ronflaient comme des cochons qu'on conduisait à l'abattoir. Pour ma part, le sommeil avait déserté mon existence depuis si longtemps que je ne me souvenais plus si une seule fois il m'était arrivé de fermer les yeux durant une nuit complète. Peut-être au tout début de mon embauche chez les Verneuil, à Fort-de-France, parce que les tâches qui m'avaient été confiées pesaient trop lourdement sur les épaules de la jeune fille de seize ans que j'étais. Ou parce que, pour la toute première fois de ma vie, je dormais dans un vrai lit et non sur un grabat, quoique ma chambrette fût des plus modestes. Perdue dans mes pensées, je ne m'étais pas rendu compte que le chauffeur empruntait maintenant ce qui me sembla être une route de campagne. L'obscurité n'était plus trouée que par de rares lumières, celles de fermes très probablement. Une sourde inquiétude, totalement infondée puisque je n'avais aucune idée de l'itinéraire qu'empruntaient les bus pour descendre dans le Sud, m'assécha encore plus la gorge. Mon voisin *redneck* étant plongé dans les bras de Morphée depuis une bonne heure, je lui subtilisai la bouteille qu'il avait placée dans la poche de sa chemise de grosse toile. J'étais complètement folle cette fois. Il aurait suffi que quelqu'un me surprenne et, là, j'étais bonne pour être débarquée sans ménagements. Seule, noire, femme et peu habile en anglais sur cette route isolée, je n'avais plus qu'à confier mon âme au Diable car, à coup sûr, Dieu m'aurait tourné le dos. Mais bon, je ne croyais pas une miette de cette fable qu'était la malédiction de Cham, fût-ce écrit noir sur blanc dans la Bible. Ou plutôt, j'avais des doutes sur le fait que celui-ci fût un Noir. Comment était-ce possible puisque son prétendu père, Noé, et ses deux supposés frères,

Japhet et Sem, étaient d'une blancheur immaculée ? Sans compter que je ne comprenais pas non plus pourquoi nul ne condamnait l'ivrognerie de Noé qui s'était mis à gambader nu dans la rue avant que ses gentils aîné et cadet accourent avec un drap pour couvrir sa nudité. La Bible s'en prend à Cham parce qu'il se serait moqué de son père, lequel le chassa de chez lui, condamnant lui et ses descendants à subir tous les maux de la terre, à commencer par l'esclavage. Et cela jusqu'à la fin des temps ! Tout ça me paraissait une histoire à dormir debout, un conte mystificateur, mais il est vrai que je n'avais jamais été une bondieuseuse. J'avais bien été obligée, enfant, de supporter la première communion privée et la première communion solennelle que ma très catholique mère m'avait infligées alors qu'elle ne disposait guère de moyens lui permettant de recevoir dignement tous ceux qu'il convenait d'inviter auxdites cérémonies. Ensuite, arrivée aux États-Unis, j'avais dû m'accoutumer aux bruyants offices des temples adventistes, évangélistes ou baptistes des Noirs américains, ce qui m'avait exaspéré encore plus.

Soudain, des chevaux se mirent à cavalcader autour de notre véhicule, montés par des hommes cagoulés, vêtus de blanc, qui brandissaient des torches. Notre chauffeur pila net, ce qui eut pour effet de réveiller les passagers. Croyant à quelque accident, deux-trois vieilles Négresses se mirent à invoquer le Très-Haut, mais elles devaient vite revenir à la réalité. Le visage masqué par des cagoules blanches, le chef surmonté de longs chapeaux coniques également blancs, ils hurlaient des choses incompréhensibles tout en continuant à tournoyer autour de nous de manière frénétique.

— Le Klan ! C'est le Klan !

L'exclamation d'une passagère noire placée à l'avant nous glaça le sang. Ce seul mot (pas besoin de dire Ku Klux Klan !) possédait le pouvoir de terroriser n'importe quel homme ou femme de couleur, même ceux qui, comme moi, n'avaient jamais assisté à leurs exactions. Nous savions par la presse qu'il incendiait les maisons des Noirs, qu'il en kidnappait certains pour les pendre haut et court ou bien les brûler vifs sur des bûchers, mais tout cela se déroulait dans le *Deep South*, ce tristement célèbre Sud profond qui (je l'apprendrais plus tard de la bouche de l'intellectuel noir W. E. B. Du Bois) n'avait pas digéré sa défaite lors de la guerre de Sécession. Or, nous n'étions pour l'heure, à vue de nez, qu'à une soixantaine de kilomètres de New York, certes en direction du Sud, mais nous n'y arriverions vraiment que dans trois ou quatre jours. Je devrais probablement changer plusieurs fois d'autobus. Je n'eus guère le temps de m'abîmer en supputations. Celui qui semblait être le chef de la bande, et portait une chaîne munie d'une grosse croix autour du cou, intima l'ordre à tous les passagers noirs de descendre. Sa voix gutturale est restée au plus profond de moi tellement elle m'avait littéralement liquéfiée :

— *Get out immediately, nigger bastards !* (Sortez de là immédiatement, bande de Négros !)

Je crus ma dernière heure arrivée. Les *Klansmen* mirent pied à terre et nous encerclèrent avant d'allumer un grand feu de bois. Leur chef sépara les hommes des femmes. Aucun d'entre nous ne protesta ni même n'ouvrit la bouche. Nous savions que cela ne servirait à rien. J'ai souvenir du regard perplexe, vaguement effrayé pour certains, des passagers blancs restés à bord. Nos agresseurs érigèrent un poteau à partir d'un arbre visiblement abattu depuis peu car il avait encore pas mal de branches. Ils se saisirent du vieil aveugle qu'ils traînèrent sans ménagements par le col et ligotèrent à celui-là. Le *bluesman* demeura impavide, puis il reprit sa chanson favorite d'une voix tout aussi égale :

> *Ever since Miss Susie Johnson*
> *Lost her Jockee Lee*
> *There has been much excitement*
> *And more to be…*

Sa voix était si envoûtante, si profonde, que les hommes du Klan en furent surpris et se consultèrent du regard. Mais, très vite, ils se ressaisirent et deux d'entre eux se ruèrent sur lui, envoyèrent valdinguer son chapeau et sa canne blanche, lui attachèrent les mains derrière le dos, et leur chef, complètement hilare, nous lança :

— Hé, vous, les bâtards de Nègres, vous préférez quoi ? Qu'on le pende à un arbre ou bien qu'on le fasse griller comme un… heu, comme un quoi déjà ?

— Comme un porc ! Ha-ha-ha ! s'esclaffa un *Klansman*.

— Plutôt comme un mouton vu la laine blanche qui lui décore le crâne, renchérit un autre.

La nuit se rafraîchit soudain et je tressaillis. Curieusement, tout m'était indifférent maintenant. J'avais fui New York pour échapper à l'ire de mon amant, Duke, et dans l'espoir de me refaire une vie à La Nouvelle-Orléans, mais si mon destin était de périr, de la plus affreuse des façons, sur une route isolée, au beau mitan de la nuit, par la faute d'une bande de brutes épaisses pour lesquelles la haïssance des Nègres était une raison de vivre, qu'y pouvais-je ? En fait, cher neveu, sache-le tout de suite, mon destin (si cette chose existait vraiment) était de regagner New York ! Tout se déroula comme dans une sorte de mauvais rêve : les *Klansmen*, sans attendre notre réponse, encore qu'ils aient posé leur question juste pour se payer de notre tête, attachèrent le vieux chanteur de blues au poteau au pied duquel ils avaient allumé un autre feu. Les passagers blancs, toujours assis dans l'autobus, ressemblaient à des fantômes, mais à des fantômes peureux. La lueur des flammes, bientôt hautes, éclairait par intermittence leurs visages marqués à la fois par l'incrédulité et une manière d'appréhension qui en d'autres circonstances eût pu paraître comique. À mon grand étonnement, le *bluesman* ne poussa aucun cri de douleur ni ne se débattit. Il me sembla accepter son sort tel Jésus sur la Croix et certaines passagères noires durent éprouver le même sentiment que moi car elles entonnèrent un chant déchirant dont je ne compris pas toutes les paroles, chant qui était probablement en vieil anglais. Un temps ébranlés, les hommes du Klan les sommèrent de fermer leur caquetoire, frappant les plus hardies au visage à l'aide des fouets dont ils s'étaient servis pour faire galoper leurs chevaux tout autour de l'autobus. Cela aurait pu être un beau spectacle car ils étaient de toute évidence des cavaliers émérites.

— *These bloody Niggers are the Devil's sons, I tell you !* (Ces foutus Négros sont les fils du Diable, je vous dis !) éructa le chef des encagoulés, assez ébranlé par l'impassibilité du vieux chanteur de blues tout au long de son calvaire.

Ce dernier dura bien une trentaine de minutes. Peut-être un peu plus, je ne sais. J'étais dans un état second. Comme hors de mon enveloppe corporelle. Tout m'était indifférent, et j'avais l'impression d'assister à un spectacle ennuyeux joué par de piètres acteurs et dont le sujet était connu à l'avance. Un à un les hommes noirs furent pendus pour les uns, brûlés vifs pour les autres. Aucun des suppliciés n'eut le courage du *bluesman*, si bien que l'épais silence de cette campagne se transforma en un concert de supplications et de hurlements. Puis, sans doute lassés, les hommes du Klan s'en prirent à nous, les femmes. Du moins les jeunes ou assez jeunes. J'allais dans ma vingt-neuvième année, je n'étais arrivée dans ce foutu pays prétendument de rêve que depuis trois courtes années, et voilà que je me trouvais confrontée à ce qu'il y avait de pire pour les tout aussi prétendus descendants de Cham. Les vieilles nous enjoignirent de tenir bon, que ce ne serait qu'un mauvais moment à passer. Qu'ainsi nous avions l'occasion d'expier nos péchés. Que Jésus sur sa Croix et Dieu dans le ciel veillaient sur nous et surtout sur nos âmes car le vrai bonheur pour la race noire se trouvait dans l'autre vie. Elles psalmodiaient ces billevesées en se dandinant et en tapant dans leurs mains. Jamais je ne me sentis aussi éloignée des Nègres américains qu'à ce moment-là. Je sus même, et cela définitivement, que je ne deviendrais jamais un membre à part entière de leur communauté. Jamais. Je faisais et ferais semblant à l'avenir, si par extraordinaire je parvenais à échapper au présent cauchemar, d'être une vraie *negro woman*, mais chaque nuit, au cours des rares intervalles pendant lesquels le sommeil condescendait à me prendre entre ses bras, je continuerais à ne rêver que d'une chose et une seule : ma Martinique natale. Non que j'envisageasse le moins du monde, cher Frédéric, d'y retourner un jour, puisque en cette année 1912 où je l'avais quittée je savais que c'était pour toujours, mais elle demeurerait en moi, enfouie au plus profond de mon être, tel un viatique, une arme secrète qui me permettrait de surmonter les embûches d'une existence que j'espérais la moins pénible possible. C'est pourquoi, ou plutôt ce fut grâce à cette Martinique, certes de plus en plus évanescente au fil du temps, que je parvins à serrer les dents lorsque deux *Klansmen* se jetèrent sur moi et m'entraînèrent dans les fourrés. Au contraire de mes sœurs d'infortune, je ne me débattis point ni n'injuriai mes bourreaux. J'étais devenue de glace. Aussi froide et rigide que cette neige qui au tournant de février transformait le quartier de Five Points en une sorte de banquise. Au début, cela avait enchanté l'insulaire que j'étais alors que ma famille irlandaise ne cessait de pester contre ce qu'elle appelait « un temps de merde ». Je m'étais même amusée à courir sur la glace, riant à gorge déployée lorsque je tombais à plat ventre, m'aventurant avec quelques téméraires sur la Harlem River totalement gelée. Cet enchantement premier ne disparut jamais par la suite, même si j'en vins à ne plus apprécier de ne voir pointer qu'un très timide soleil vers les neuf heures du matin et que le froid me glaçât les os.

Les *Klansmen* ne prirent pas la peine de me dévêtir. Ils déchirèrent ma robe et ma culotte et à tour de rôle s'enfoncèrent en moi avec une rage qui faisait briller leurs yeux sous leurs cagoules. Pour me bailler du courage, je me mis à penser qu'au fond ils n'étaient guère différents de l'incube qui avait tenté de m'assauter nuitamment dans la chambrette que j'occupais chez les Verneuil alors que je n'étais que dans la seizième année de mon âge. Je repensai aussi à Eugène, leur fils aîné, et à ses visites furtives dans ma couche sans que, ô miracle, je tombe enceinte. Mais cette fois, j'étais salie, vraiment salie. Le sperme des encagoulés me dégoulinait le long des cuisses, dégageant une odeur insoufrable. J'entendais les autres passagères noires se lamenter et les plus vieilles, que leur décrépitude avait sauvées de l'opprobre, continuer faire appel à la miséricorde de *Lord*, leur Dieu chrétien en qui elles avaient une absolue confiance. N'étaient-elles pas persuadées, ces pauvres idiotes, que les membres du Klan n'étaient pas des êtres humains, mais des revenants ? Des soldats confédérés revenus pour prendre leur revanche contre les Nègres ! Les premières lueurs du jour surprirent tout le monde. À commencer par nos agresseurs qui s'empressèrent d'enfourcher leurs montures, leur chef tançant les traînards. Le spectacle qui s'offrit à nous lorsque le soleil se dégagea des nuages fut celui d'une désolation sans nom : le corps calciné du vieux *bluesman* arrimé à son poteau, lequel s'était courbé à cause des flammes ; des cordes qui se balançaient doucement aux basses branches d'arbres imposants que nous n'avions pas distinguées à cause de l'obscurité et, au bout de celles-là, des hommes noirs dont la langue rose exagérément sortie de leur bouche semblait faire un pied de nez à l'univers ; des jeunes femmes ahuries, déboussolées même, le regard éteint sans doute pour toujours ; des passagers blancs engoncés sur leur siège, n'ayant pas réussi à dormir, certains furieux, d'autres vaguement honteux.

Le chauffeur redémarra sans un mot. Je me rendis compte qu'il était à moitié ivre car il zig-zaguait de dangereuse manière sur la route de terre, heureusement moins fréquentée que celle du Sud que nous gagnâmes ensuite. L'autobus était presque vide désormais. En tout cas, il ne transportait plus aucun homme noir. Mon voi-sin, le *redneck*, qui s'était moqué de moi en me donnant du « *milady* » m'ignorait à présent. Il regardait fixement le défilé de maisons de plus en plus nombreuses, qui bordaient, des deux côtés, un tracé rectiligne et convenablement empierré. Nous approchions d'une ville, mais j'ignorais laquelle. Il était hors de question pour moi de lui poser la question. J'étais bien plus préoccupée par l'état de mes vêtements. Je ser-rais des deux mains l'en-haut de ma robe déchi-rée sans parvenir tout à fait à dissimuler mes seins que, par bonheur, j'avais peu proéminents. Final de compte, nous arrivâmes dans un quar-tier délabré d'apparence et peuplé de Noirs dont beaucoup semblaient désœuvrés. Le chauffeur nous ordonna, à nous les Négresses, de débar-quer sans plus tarder, n'éteignant même pas le moteur du bus.

— *Good luck, milady !* (Bonne chance, madame !) murmura le *redneck* énigmatique. *You're a brave heart, you know.* (Vous êtes une vaillante personne, vous savez.)

Des passants s'approchèrent de nous et, au

vu de notre désemparement, nous conduisirent jusqu'à une maison proprette, qui jurait avec celles qui l'environnaient. Sa devanture était surmontée d'une pancarte qui indiquait NAACP (National Association for the Advancement of Colored People). J'avais eu l'occasion d'entendre parler de ces gens qui s'occupaient d'améliorer le sort des Noirs, mais, trop occupée avec le gang des quarante voleurs, je n'avais pas jugé utile de me renseigner davantage sur eux. Ils firent en tout cas montre d'une compassion sans égale à notre égard, nous qui venions de traverser une nuit d'enfer et dont l'intimité avait été saccagée par des barbares en cagoules blanches. La ville s'appelait Ramsey et n'était pas du tout placée sur la route du Sud, mais bien du Nord-Ouest. Je m'étais trompée d'autobus dans ma précipitation à fuir New York !

En tout cas, grâce à ces âmes bien nées, mon cher Frédéric, je pus regagner, quelques mois plus tard, New York dont je ne repartirais jamais plus...

CHAPITRE 4

Je louais désormais, dans le nord de Harlem, une chambre assez vaste munie d'une salle d'eau à l'étage d'une maison d'apparence trompeuse car plutôt délabrée à l'intérieur. Mon propriétaire, que tout le monde appelait avec respect *Sergeant* Fitzroy s'en était revenu des champs de bataille d'Europe avec une vareuse bardée de médailles, mais ne paradait point pour autant car les sacrifices qu'il avait accomplis n'avaient servi à rien. Ses parents avaient fini leurs jours dans une misère crasse et, d'eux, il ne lui restait plus qu'une photo abîmée, sa mère assise dans un rocking-chair, son père sur les marches du petit escalier en bois conduisant à l'étroite véranda d'une case. Quant à la jeune femme qu'il avait laissée à Cherokee County, bourgade de la Caroline du Sud, elle ne l'avait point attendu et s'était mariée. Sa pension d'ancien combattant invalide (il avait perdu un œil et claudiquait de la jambe gauche) lui permettait tout juste d'éviter que cette maison qu'il avait acquise pour une

102

bouchée de pain et retapée à Harlem ne tombât en ruine. Quoique d'un tempérament solitaire, il s'était résolu à en louer une partie, et c'est mon accent français qui le convainquit car il était hors de question qu'il abrite sous son toit une *harlot*, mot rare que j'entendais pour la première fois, signifiant « prostituée ».

— Mon unité a combattu dans la Somme, déclara-t-il d'un air rêveur, et aussi en Belgique.

Apparemment, *Sergeant* Fitzroy avait gardé un excellent souvenir des Français et surtout des Françaises, puisque lorsqu'il était ivre, chose qui se produisait au moins une fois par jour, il se vantait d'avoir conquis les cœurs et les corps de nombre d'entre ces dernières. Il y avait aussi pris goût au vin, sujet qu'il aimait aborder avec moi et qui me terrorisait car je n'avais vécu en France que quelques mois et étais bien incapable de comparer un bourgogne avec un cabernet-sauvignon. Je demeurais dans le vague, estropiant volontairement l'anglais pour rendre plus crédible mon origine. À tout un chacun, en effet, je confiais que j'étais née à Marseille. Je vivais dans la crainte que *Sergeant* Fitzroy ne découvrît la supercherie, c'est pourquoi je m'appliquais à payer mon loyer chaque 30 du mois, même si parfois il me restait à peine de quoi me nourrir. C'est qu'au début personne n'avait admis qu'une femme — une étrangère en plus — pût s'établir en tant que banquière dans le business de la loterie clandestine, laquelle portait des noms divers et anodins tels que « *numbers* » et « *policy* ».

Je n'ai, pour ma part, jamais pu m'adapter à ce dernier, trop semblable au mot « police » qu'il était, proximité que j'étais la seule à déceler, l'anglais n'étant pas ma langue maternelle. À la vérité, le NYPD s'intéressait peu aux activités des *Niggers* dès l'instant où elles ne débordaient pas les frontières de Harlem, entièrement occupée qu'elle était par la chasse aux distilleries clandestines dans les quartiers blancs. C'est que moi, Stéphanie St-Clair, j'avais débarqué dans un pays de fous ! Désormais, tout le monde n'avait semblait-il qu'un mot à la bouche : « prohibition ». À ce que m'avait appris mon propriétaire qui se débrouillait, je ne savais comment, pour s'en procurer, cette loi qui interdisait la fabrication, le transport et la vente d'alcool avait été prise sous la pression de ligues féminines qui ne supportaient plus que les maris gaspillent leur salaire dans les « saloons » et rentrent à la maison saouls au point de battre épouse et enfants à la moindre prise de bec. Un pays sans alcool quand on vient de la Martinique qui vit depuis des siècles grâce au commerce du rhum m'était un supplice quotidien car, dès l'enfance, j'avais été habituée à la présence, à l'odeur de l'alcool. Lorsque j'étais grippée, ma mère me frottait avec du rhum camphré ou du bay rum provenant de l'île de Sainte-Lucie. Or donc, ici, aux États-Unis, le commerce illicite d'alcool était tenu par les Blancs, commerce très lucratif en comparaison de notre modeste loterie marron. Commerce tenu à Chicago par le célèbre Al Capone et, ici, à New York, par un de ses compatriotes italiens, Lucky Luciano.

— On a soif à Harlem ! m'avait-on lancé dès mon retour dans le ghetto. Très soif !

Je n'avais d'abord pas compris qu'il ne s'agissait pas de pénurie d'eau, mais de whisky, de gin et de bière. Jusqu'au jour où je m'étais rendue à la seule église catholique du quartier et que le prêtre avait tonné en chaire qu'il ne pourrait bientôt plus assurer la messe faute de pouvoir disposer de vin. Il en avait profité pour casser du sucre sur le dos de ces « maudits protestants » qui, selon lui, étaient favorables à la prohibition. « De même que le Ku Klux Klan ! » avait-il ajouté à voix basse. À la vérité, j'avais d'abord prêté peu d'attention à la prohibition, tout entière occupée que j'étais à me refaire une situation dans cette ville de New York où faire montre d'impitoyabilité, y compris avec les gens de sa race, était la règle d'or. Lorsque les gens de la NAACP m'y avaient rapatriée après m'avoir hébergée gracieusement durant quatre mois dans la ville de Ramsey, j'avais erré un temps à la lisière du Bronx et de Harlem, jusqu'au jour où j'appris que Duke, mon cher Duke, mon garde du corps et amant, avait été descendu d'une balle en plein front lors des affrontements entre la mafia irlandaise et son alter ego italien. L'imbécile avait cru bon de proposer ses services au Syndicat du crime où, fort de sa réputation de férocité, il avait été immédiatement recruté. C'est dire qu'il se trouva en plein dans la guerre pour le contrôle de l'alcool clandestin, lui qui avait eu la chance de n'avoir pas été appelé pour être enrôlé dans celle (contre les Allemands) qui venait de s'achever. Sans doute que le bougre s'était doté d'un faux nom et qu'il m'avait menti même à moi, celle qu'il surnommait dans ses moments de tendresse, ou plus exactement de relâchement, son « mignon trésor français ». Plus tard quand j'évoquerais ce sujet avec Marcus Garvey, le leader du mouvement de rapatriement des Noirs des Amériques dans l'Afrique ancestrale, celui-ci me gronderait :

— Mais Stéphanie St-Clair, ce n'est pas non plus votre nom ! Aucun descendant d'esclave n'a réussi à conserver son nom et le mien, Marcus Garvey, n'est que l'assemblage d'un terme latin et d'un autre anglo-saxon. Pas de quoi pavoiser !… Une fois de l'autre côté de l'Atlantique, si les dieux le veulent, nous nous réapproprierons nos beaux patronymes africains.

Quoique passablement intimidée par la vastitude des connaissances de celui qui, à ce moment-là, cherchait à rassembler des fonds pour constituer la Black Star Line, la compagnie de navigation destinée au transbordement dont il avait fait le but de son existence, j'étais très fière de porter le nom St-Clair. En réalité, à la Martinique, il s'écrivait « Sainte-Claire » et c'est à mon arrivée à Ellis Island que les employés de l'immigration l'avaient autoritairement raccourci. Quoi qu'il en soit, Sainte Claire ou St-Clair était une jolie appellation à côté de tous ces

Petit, Prudent, Bellérophon, Théophraste, ou pire, Coucoune, dont étaient affublés la majorité des gens de couleur de la Martinique. Je n'avais jamais osé interroger ma mère sur notre origine, mais il lui arrivait, lors de conversations avec des voisines du quartier La Cour Fruit-à-Pain, de laisser entendre qu'elle avait eu du côté paternel un ancêtre blanc. Pas un Béké, mais de ces Blancs manants, comme on disait, aventuriers ou âmes en peine qui débarquaient un beau jour aux îles françaises d'Amérique dans l'espoir de tourner une page dans leur vie. Espoir pour beaucoup aussi vain que celui de voir fleurir un papayer mâle, si bien que beaucoup finissaient dans l'abus de rhum et les cuisses vérolées des catins noires ou mulâtresses qu'ils épousaient de temps à autre, hommes et femmes regagnant au sein du couple une manière de respectabilité. À la génération suivante, toute trace d'infamie était en général effacée et, grâce à une couleur de peau plus claire que le vulgum pecus, on pouvait s'insérer dans la mulâtraille ou en tout cas s'échapper de la classe des Nègres aux poches remplies de courants d'air. Pourquoi, en dépit de notre nom, n'avions-nous pas réussi à faire ce saut ? Je ne le saurai jamais, ma mère ayant été de tout temps fort cousue et secrète sur ce qui lui était personnel.

Exit donc Duke, et du même coup la peur que j'avais de réintégrer Harlem et de subir ses représailles. Mon propriétaire, *Sergeant* Fitzroy, étant au courant de tout ce qui se passait dans la moindre ruelle du quartier, se faisait un plaisir de m'en entretenir chaque fois que le temps était à la pluie et que c'était peine perdue pour moi de chercher à collecter des paris. Il n'avait pas personnellement connu Duke, mais la réputation de brutalité de ce dernier l'avait rendu célèbre. C'est ce qui expliquait que la mafia italienne l'avait recruté pour être l'un des exécutants de ses basses œuvres, lesquelles incluaient le racket des restaurants un tant soit peu huppés, des night-clubs et des casinos, le contrôle des prostituées de haut vol, celles qui tenaient salon dans des bordels clandestins, l'organisation du trucage des courses de chevaux, la surveillance du transport de l'héroïne et diverses autres activités illicites de moindre importance. Mais au sortir de la Grande Guerre, le plus juteux de tous à cause de cette foutue histoire de prohibition était celui de l'alcool. Dès avant la fin des hostilités, au cours de l'année 1917, des manifestations avaient été organisées devant les brasseries :

— Parce que, ma chère Stéphanie, elles appartenaient pour la plupart à des Germano-Américains, précisa *Sergeant* Fitzroy. Des gens installés en Amérique depuis deux ou trois générations et qui n'avaient jamais mis les pieds en Europe !

Les Américains d'origine teutonne étaient bien les seuls immigrés avec lesquels je n'avais jamais eu le moindre contact. Il est vrai que pour la plupart ils avaient mieux réussi que les autres, et beaucoup continuaient à pratiquer la langue de leurs grands-parents, notamment dans leurs superbes églises luthériennes. Selon mon propriétaire, ils furent les victimes expiatoires d'une coalition qui allait des Wasp aux Italiens en passant par les Irlandais, les Yiddish et même les Polonais. Sus au Teuton ! Le commerce illicite d'alcool prit alors son essor et des distilleries clandestines virent le jour, ainsi que des bars tout aussi clandestins, les fameux *speakeasies* qui florissaient maintenant jusqu'à Harlem.

— Ton Duke travaillait à grande échelle, ma petite Stéphanie. Tout Noir qu'il était, on le considérait comme un voyou de première catégorie et Lucky Luciano lui avait d'abord confié la tâche d'éliminer les Irlandais du marché.

J'apprenais que, durant mon séjour dans la ville de Ramsey, mon ex-amant avait semé la terreur à Five Points, le tout premier quartier où j'avais vécu en terre d'Amérique, celui où ma « famille » celtique devait continuer à vivre, à moins qu'Angus Mulryan eût trouvé quelque job plus intéressant du côté de Manhattan, ce qui était à l'époque son rêve. Duke, à la tête d'une bande de pistoleros qui pissait sur l'ordre et chiait sur la loi, déboulait à l'improviste, de nuit, dans une distillerie ou un *speakeasy* appartenant à des *Irish* et se mettait à canarder à tout va. À la mitraillette. Parfois, ses hommes et lui utilisaient une méthode encore plus expéditive : les bombes. En un rien de temps, les Ritals évincèrent les rouquins aux yeux verts et, à partir de ce moment-là, le business changea d'échelle. Les quantités d'alcool que réclamait le marché étaient devenues beaucoup trop importantes pour pouvoir être produites sur place dans des fabriques artisanales, contraintes en plus de se dissimuler. Alors Lucky Luciano organisa un vaste trafic avec les deux pays d'à côté.

— Le Canada est très beau en été, chère Stéphanie, malheureusement il ne dure pas très longtemps. Sinon je serais déjà parti m'installer là-bas… Sur le front, en Europe, j'ai côtoyé des Canadiens. C'est pas des gens racistes comme nos Blancs d'ici, quoique rien ne les distingue en apparence. Et puis, ils ont un joli accent anglais. Ah, y en avait aussi qui comme toi parlaient français. J'ai pas pu converser avec eux car je ne connais pas votre langue…

Duke, mon Duke à moi, que j'avais considéré comme un malfrat à la petite semaine, un repris de justice mal repenti, tout juste bon à me servir de protecteur et d'étalon, s'était mué en un formidable organisateur du trafic d'alcool entre la frontière canadienne et la ville de New York. Sa bande et lui étaient chargés de protéger les convois qui s'infiltraient sur le territoire américain par des routes forestières peu fréquentées. Aux dires de *Sergeant* Fitzroy, mon Duke était devenu un vrai boss, respecté non seulement par ses employeurs italiens, mais également par les autres mafias. Le bruit commun assurait même qu'Al Capone aurait souhaité le faire venir à Chicago, mais qu'il avait refusé. Je savais pourquoi ! Ce fils de pute était un rancunier et ne voulait pas quitter New York tant qu'il ne m'aurait pas mis la main dessus et réglé mon compte. L'éborgné ne m'avait sans doute pas pardonné et devait ronger son frein, pire, crever de rage. Sans doute scrutait-il dans les rues, de son unique œil, toute femme dont l'apparence présentait quelque similitude avec la mienne, chose pas très difficile car, en ce temps-là, les Négresses américaines étaient presque toutes, la trentaine venue, de grosses dondons. Je le connaissais par cœur, mon Duke ! Et sans doute que les hommes de main qu'il dirigeait avaient aussi pour mission de mettre le grappin sur une maigrichonne au teint café au lait toujours tirée à quatre épingles et affligée d'un fort accent français. Oui, Duke avait voulu ma mort. Aucun doute là-dessus ! Mais une divinité inconnue me protégeait, divinité à laquelle je ne vouais pourtant aucun culte. C'est sans doute elle qui poussa Duke à se hausser du col et à se prendre pour un boss, un *capo* sicilien. À prélever sa part du butin à l'insu du Syndicat du crime et à l'écouler dans le seul endroit de New York où il estimait que ce dernier ne repérerait pas son manège, à savoir le ghetto noir.

— Des *speakeasies* ont commencé à ouvrir un peu partout à travers Harlem, continua *Sergeant* Fitzroy d'un ton mélancolique. Même moi qui n'apprécie que le vin, j'ai fini par devenir un habitué de celui qui se trouvait derrière le Savoy Ballroom. D'ailleurs, des Blancs qui venaient y écouter du jazz en profitaient pour y aller étancher leur soif ! Ha-ha-ha !

Duke subtilisait des fûts entiers à son propre profit et se mit à jouer au nabab, roulant dans une Ford m'as-tu-vu conduite par un chauffeur blanc, un saute-ruisseau originaire d'un pays d'Europe de l'Est — la Hongrie ou l'Ukraine — qui avait échoué en Amérique pour d'obscures raisons. J'avais eu l'occasion, avant mon altercation avec Duke, de l'apercevoir deux ou trois fois qui errait dans Harlem, un gros livre à la main, arrêtant les passants pour leur prêcher la bonne parole. Ces derniers, s'imaginant qu'il s'agissait de la Bible, s'arrêtaient volontiers, amusés à l'idée qu'un Blanc osât s'aventurer dans le fief des Nègres, et cela avec l'idée de les convertir, mais quand l'énergumène montrait la couverture de son livre — *Le Capital* — et commençait à débagouler tout un flot de sentences incompréhensibles, ils tournaient les talons illico presto. Son antienne m'était restée : « Prolétaires de tous pays, unissez-vous ! » Il appelait à l'unité des Blancs et des Noirs exploités par l'odieux système capitaliste, cela dans le but d'instaurer une société où tous seraient égaux. Cela faisait mourir de rire tout le monde car l'on savait de science certaine, surtout, nous les Nègres, que nous étions en guerre et que chaque jour était un combat. Et aussi que cette guerre ne finirait jamais et que nous n'avions qu'une issue : la gagner ou la perdre. Comment Duke avait-il embauché cet hurluberlu slave comme chauffeur ? Pourquoi n'avait-il pas choisi quelqu'un de notre race, ce qui eût été plus discret ? J'y voyais l'arrogance naturelle de cet homme frustre qui savait à peine lire et écrire et qui avait une revanche à prendre sur la vie. Toujours est-il qu'à force de se faire couillonner, ses patrons ritals furent contraints d'abréger l'existence de celui qui, non content de défier ouvertement les règles non écrites de la mafia dont la toute première était d'être d'une fidélité et d'une honnêteté nonpareilles à l'endroit de ses supérieurs, se permettait le luxe suprême d'humilier la race blanche. Car outre la balle qui lui explosa le crâne, son chauffeur, le prédicateur du *Capital*, en reçut deux autres à chaque tempe. Du moins, c'est ce que les journaux avaient raconté au lendemain de cette exécution.

J'étais à nouveau libre de mes mouvements dans cette ville de New York où l'on commençait à construire des buildings vertigineux de quinze, vingt, voire trente étages. Même dans le quartier noir, enfin à Sugar Hill, dans cette partie où les riches *Colored* avaient trouvé refuge. J'ai longtemps craint de le traverser, des gardiens y chassant à l'aide de matraques toute personne qui avait l'air d'un cherche-pain. Soyons sincère ! Telle étais-je, effarouchable au possible, après l'effroyable épisode de l'attaque du bus par le Ku Klux Klan que j'avais cru à destination du Sud, où j'avais eu le malheur de prendre place. La NAACP m'avait généreusement octroyé huit cents dollars lorsque j'avais décidé de regagner

New York, mais cet argent fila vite et, n'eût été la générosité extrême de *Sergeant* Fitzroy, peu exigeant sur ses loyers, je me serais retrouvée à la rue comme une vulgaire mendiante. Il fallait absolument me refaire. Et le plus rapidement serait le mieux ! La prohibition constituait une gêne, quoique des rumeurs persistantes fissent régulièrement état de son abolition. Chacun savait que le maire de la ville fréquentait le 21 Club où l'on servait dans des arrière-salles un excellent alcool que la mafia importait d'Europe en le faisant transiter par un îlot français, Saint-Pierre-et-Miquelon, situé au large du Canada. Si cet endroit ne disait strictement rien à personne, surtout pas aux natifs de Harlem, moi qui avais, des années durant, feuilleté les atlas colorés de la famille Verneuil dans mon adolescence, quand j'y étais servante, je voyais très bien ce minuscule archipel avec sa forme d'hippocampe, sans doute battu par les vents de l'Atlantique.

Pas facile du tout d'intégrer ce milieu du business d'alcool clandestin et surtout de m'y faire une place, car il était hors de question pour moi de croupir dans mon état de gagne-petit. J'étais venue en Amérique pour réussir ma vie, c'est-à-dire avoir une maison confortable, des domestiques sous mes ordres, des employés dans l'entreprise que je monterais et des hommes aimants à mes pieds qui me couvriraient de fleurs et de bijoux. Ce n'était nullement un rêve, mais une certitude ancrée en moi dès l'instant où j'avais quitté ma Martinique natale, la prédiction d'une vieille quimboiseuse y étant pour beau-coup. Simplement, une femme dans la mafia, c'était comme qui dirait un chien à bord d'une yole, selon une expression créole qu'affectionnait ma mère. Un éléphant dans un magasin de por-celaine, disait ce bon français que je ne connais-sais que par les livres. Servir de petite main, ça oui, les gangsters noirs ou blancs l'acceptaient volontiers. Messagère, accoucheuse de secrets sur l'oreiller, livreuse de gamelles de nourriture à des heures indues de la nuit à ces messieurs qui tenaient conférence ou, moins insignifiant, espionne, voilà l'essentiel des tâches qui étaient réservées à la gent féminine. Quant à moi, je récusais tout net cette condition subalterne qui nous était imposée. Un homme est un homme, une femme est une femme, certes, mais je ne voyais pas en quoi nous étions inférieures aux porteurs de pantalons et de chapeaux en feutre. Je trouvais ridicules ces ligues de tempérance, menées pour la plupart par des femmes blanches qui faisaient la chasse au *moonshine*, l'alcool clandestin, au motif que des maris sobres ren-traient plus tôt au foyer et ne cognaient plus leur conjointe. Oui, ridicule ! Pour ce qui me concerne, je ne voyais pas comment un homme pourrait diriger mon existence et encore moins lever la main sur moi. Ah certes, on m'avait, dès ma prime enfance, taxée de rebelle, de garçon manqué, de forte tête ou de tête brûlée ! Mais je n'en avais eu cure et avais continué à n'en faire qu'à ma tête justement.

Si donc il n'était pas facile à Harlem de mettre le pied dans le business d'alcool fabriqué à partir du maïs dans le Middle West ou à base d'écorce d'arbre, par contre celui du *Jake* offrait des opportunités. Pour tout dire, ce truc m'a tirée d'un foutu pétrin qui menaçait de s'éterniser et de me plonger dans la désespérance. Un jour que j'étais malade, chose qui m'arrivait plus rarement que souvent, j'avais dû me rendre à contrecœur chez le médecin de mon propriétaire. Ce dernier me l'avait vivement recommandé au motif qu'il avait été le seul à soulager ses blessures de guerre, notamment ce genou qu'une balle avait traversé lorsque son régiment fut attaqué dans les Ardennes et qui, dès la tombée de la nuit, le faisait souffrir le martyre. Dr Johnson semblait, en effet, être un bon praticien. Rien à voir avec ces médicastres expéditifs qui, sans vous écouter, vous intimaient l'ordre d'ôter votre corsage et posaient aussitôt leur stéthoscope sur votre dos avant de prendre votre pouls et de déclarer « Je vois, je vois ! » d'un air pénétré. Puis, de vous rédiger une ordonnance à la six-quatre-deux en réclamant leurs émoluments d'un air faussement distrait. Tout ça durait moins longtemps qu'une passe avec ces racoleuses qui officiaient à la lisière de Central Park et de Harlem.

— Vous fumez ? m'avait demandé le Dr Johnson sur un ton presque paternel alors qu'il était plus jeune que moi.

— Cigarette, oui... Des Chesterfield. De

temps à autre, je m'autorise un bon cigare cubain.

— Il faut arrêter immédiatement. Vous avez la respiration un peu courte pour votre âge. Je crains pour vos poumons. Combien par jour, jeune dame ?

— Dix, douze... parfois vingt, ça dépend...

Il commençait à me porter sur les nerfs, ce toubib propre sur lui avec son nœud papillon et son accent affecté. Le bon Oncle Tom comme les aimaient tant les Blancs qui se flattaient d'avoir l'esprit large. Sans doute était-il marié avec une de ces Caucasiennes de petite extraction et moche comme un pou dont personne de sa couleur n'avait voulu. Ici comme en Martinique, chacun essayait d'éclaircir la race, mais de manière hypocrite, sans vraiment l'avouer. Ah, ces protestants ! L'ordonnance du Dr Johnson m'ordonnait d'acheter un médicament dont je n'avais jamais entendu parler, le *jamaican ginger*. Je ne raffolais pas de gingembre, mais au seul nom de l'île antillaise, pas trop éloignée de la mienne, je me rendis sans délai dans une pharmacie alors que les rares fois où j'avais par le passé fréquenté un cabinet médical, j'avais consciencieusement déchiré l'ordonnance une fois sortie. Et puis, malgré son goût trop amer à mon gré, le gingembre n'était-il pas réputé posséder des vertus aphrodisiaques ? Peut-être celui de la Jamaïque réveillerait-il mes sens trop tôt anesthésiés. Je n'avais rien ressenti quand Eugène, le fils aîné des Verneuil, m'avait forcée. J'avais simulé dans cet hôtel borgne de Marseille où m'avait entraînée Roberto, mon coup de foudre napolitain, dans l'espoir qu'il m'emmènerait avec lui. J'avais fermé les yeux chaque fois que cet ours mal léché de Duke me montait sur le ventre. J'étais enfin restée impavide, plus froide que le marbre, lorsque ces êtres démoniaques du Ku Klux Klan m'avaient violée pendant presque une nuit. Mais, à bien regarder, cette absence de jouissance ne me dérangeait nullement. Je ne la vivais pas comme une tare, même lorsque des amies comme Shortie ou Annabelle racontaient devant moi l'état d'extase qu'elles avaient atteint avec tel ou tel compagnon. À l'inverse, pour moi, tous les hommes faisaient le même effet. Exactement le même. Seule leur odeur différait.

Stupéfaction ! Ce fameux médicament, ce *jamaican ginger* si joliment nommé (et surnommé *Jake*), contenait de l'alcool alors qu'on était encore en pleine période de prohibition, même si des voix s'élevaient de plus en plus fortement pour en demander l'abolition. Que des escouades de flics lançaient des raids contre les camions qu'ils suspectaient de charroyer des fûts en provenance du Canada ou contre les *speakeasies* dont ils n'hésitaient pas à détruire sur place le matériel de fabrication du produit illicite, à commencer par les alambics. Je m'en rendis compte à la toute première cuillerée. Si je n'étais pas vraiment une boissonnière, je me délectais de mon petit verre, souvent en cachette. Du rhum à la Martinique, du vin à Marseille et, une fois arrivée en Amérique, du gin et du whisky. L'alcool, je savais en reconnaître le goût dès qu'il me touchait le bout de la langue. Non seulement ce médicament ne fit pas passer mon envie de fumer (j'arborais désormais un fume-cigarette), mais il me mit dans un état d'euphorie suspect. Je n'avais ainsi pas chanté depuis fort longtemps, mais une fois que j'avais avalé la prise que m'avait prescrite le médecin, j'entonnais une vieille biguine de Saint-Pierre qui évoquait une certaine Marie-Clémence :

Marie-Clémence maudit ! Tout bagage li maudit !
Patates bouillies'lles maudit ! Madadanm li maudit !
Roïï, larguez moin ! Larguez moin ! Moin ké néyé
     cô moin
Dèriè gros pile roches la dans grand lanmè blé a

   D'entendre les sonorités du créole faisait s'esbaudir notre plus proche voisine, une femme entre deux âges au caractère peu convivial qui d'ordinaire n'adressait la parole à *Sergeant* Fitzroy que tous les 36 du mois et m'ignorait royalement au motif sans doute que j'étais une métèque. Je l'avais surprise une fois à débagouler des critiques à mon égard devant mon propriétaire, alors qu'elle me croyait sortie, me qualifiant de « *foreign bitch* » (pute étrangère). Cette insulte — car je ne vendais aucunement mon devant — m'avait laissée indifférente car je n'étais pas venue en Amérique pour faire plaisir à qui que ce soit, surtout pas aux Nègres américains. J'étais moi et le reste m'importait peu, même si je remerciais tous les jours la NAACP de m'avoir donné une chance de rebondir après l'épisode atroce du Ku Klux Klan. Stéphanie St-Clair ne devrait jamais rien à personne, ou en tout cas ne solliciterait jamais la charité de quiconque. J'avais accepté la main tendue de ces défenseurs de la cause des Noirs, mais je ne leur avais rien demandé. De toute façon, cela aurait pris plus de temps, mais je me serais refaite. Je n'ai jamais eu pour habitude de m'apitoyer sur mon sort, même quand, jeune fille placée chez les Verneuil, je subissais les assauts de leur fils aîné, Eugène, dont je serais curieuse de savoir ce qu'il a bien pu devenir. Avocat comme papa ? Ou alors médecin ou pharmacien ? Au pire, professeur au lycée Schoelcher. Je te surprends à sourire, mon cher Frédéric, tu me diras plus tard ce que cet énergumène est devenu. De mon temps, les enfants de la bourgeoisie foyalaise avaient une vie toute tracée devant eux, alors que nous, les rejetons de plébéiens, nous devions nous en inventer une. Enfin, j'exagère : nous pouvions nous en inventer une. Sinon la nôtre était également, mais de tout autre manière, une ligne droite : pour les garçons, travailler sur le port de Fort-de-France, être portefaix chez quelque commerçant ou Gros Blanc créole, maçon, menuisier ou éboueur municipal ; pour les filles, servante, balayeuse de rue, charbonnière ou mère au foyer d'une marmaille d'une douzaine de turbulents. Cela a-t-il changé depuis, mon cher neveu ? J'avais refusé, pour ma part, ce sombre destin et n'allais pas m'en laisser conter par une mégère que son compagnon avait probablement délaissée et qui ne parvenait pas à lui trouver un remplaçant. Elle avait été prise d'un fou rire quand elle avait entendu le créole jaillir de ma bouche, un rire à gorge déployée même, ce qui rameuta des gens des environs, pour la plupart des désœuvrés qui vivotaient grâce à des djobs ou de menus trafics.

— *Listen dat girl ! Ha-ha-ha ! She speakin' african. Ha-ha-ha !* (Écoutez-moi cette fille ! Ha-ha-ha ! Elle chante en africain. Ha-ha-ha !)

Et redevenant subitement calme, elle me lança d'un ton solennel :

— Si t'as de la joie dans le cœur, ma belle, plutôt que de nous écorcher les oreilles avec tes chansons de sauvages, je vais t'en enseigner une qui est magnifique. Tu veux ?

J'acquiesçai de la tête, à moitié saoule à cause de ce foutu médicament censé guérir mon addiction au tabac, ce *jamaican ginger* qui avait le don de vous faire tourner la cervelle comme une toupie avant même de descendre dans votre gorge. *Sergeant* Fitzroy me considérait avec un étonnement renouvelé. Il avait accepté de me louer une de ses chambres parce que je lui avais fait bon effet dès notre première rencontre. Il se montrait conciliant à propos de mes retards de loyer car il savait que j'étais quelqu'un d'honnête. Et voilà que sans crier gare je tombais saoule comme la première clocharde venue !

— Allez, répète après moi, jeune dame ! continua notre voisine, de plus en plus hilare.

Difficilement, non seulement à cause de mon état d'ébriété, mais à cause de ma connaissance imparfaite de l'anglais, j'obtempérai :

> *Oh, dere's lots o' keer an' trouble*
> *In dis world to swaller down ;*
> > *And ol Sorrer's purty lively*
> *In her way o' gittin' roun*
> > *Yet dere's times*
> *When I furgit 'em*

L'effet du gingembre de Jamaïque se dissipant peu à peu, je compris mieux le sens de la chanson que je me mis à fredonner moitié par dérision, moitié par superstition. Après tout, pourquoi n'aurait-elle pas un effet apaisant sur ma personne. Sauf que l'homme dont il était question oubliait ses soucis grâce à son banjo, alors que moi, je n'avais aucun moyen d'échapper à cette impasse qu'était devenue ma vie. J'avais, certes, pu revenir vivre à Harlem et la menace de Duke ne m'était plus une épée de Damoclès, mais je vivotais. J'étais encore loin de pouvoir réaliser le moindre rêve dans ce pays qui pourtant en offrait plus que n'importe quel autre de par le vaste monde. Heureusement, la prohibition et le *jamaican ginger* devaient provisoirement me sauver la mise. *Sergeant* Fitzroy, après l'avoir goûté, déclara qu'il contenait davantage d'alcool que de médecine. Cette découverte fortuite me fit cogiter des jours et des nuits jusqu'à ce que je me décide à m'en ouvrir à un gangster à la petite semaine, spécialisé dans les courses de chevaux truquées, qui me tournait autour depuis quelques semaines. Un dénommé Ed qui vivait à quatre pâtés d'immeubles du mien. L'animal surveillait mes allées et venues, me couvrant de compliments et me comblant de cadeaux que je refusais systématiquement : parfums de contrebande, bijoux volés et autres.

— C'est le Bon Dieu qui t'envoie, Stéphanie ! s'enthousiasma-t-il lorsque j'évoquais le gingembre de Jamaïque. J'ai toujours cru qu'il ne favorisait que les Blancs, mais là, pas de doute, il a pensé à nous autres, les pauv' Neg'.

Je mis un certain temps à comprendre où il voulait en venir. Lorsqu'il m'exposa ses plans, je demeurai d'abord sceptique, car si fabriquer de l'alcool avec du maïs ou de l'écorce d'arbre était relativement facile à condition de construire une distillerie à l'abri des regards, je voyais mal comment se procurer cette plante, le gingembre, depuis une île aussi éloignée que la Jamaïque. Et puis, il aurait fallu trouver un chimiste qui acceptât de préparer la recette de ce qui devait, aux yeux de la loi, rester un médicament et seulement un médicament. Peu envisageable ! Ed prit mes remarques au sérieux et monta ce qui allait devenir notre affaire, si rocambolesque me parût-elle de prime abord. Cela se réalisa par

étapes. Primo, exercer une pression sur les tou-
bibs de Harlem et du Bronx pour qu'ils donnent
des ordonnances de *jamaican ginger* à tous ceux
que nous leur adresserions, moyennant une
petite rétribution pour ces derniers. Les récalcitrants ou ceux qui se montreraient trop scrupu-
leux, on les mettrait au pas en les braquant au
coin d'une rue. En général, le canon froid d'un
pistolet sur la tempe, ça amène les plus fervents
adorateurs de la Constitution des États-Unis à
larguer sans le moindre sourcillement leurs plus
beaux principes. Quant aux faux malades, eux
aussi y gagneraient. Quelques dollars, ça n'a
jamais fait de mal à des gens qui croupissent
dans la rue et se nourrissent de restes dénichés
dans les poubelles des restaurants. À Harlem,
il y en avait à cette époque-là des régiments
entiers ! Mon job à moi était de racoler de
pauvres bougres à l'air suffisamment souffreteux
pour être crédibles lorsqu'ils présenteraient leurs
ordonnances aux pharmaciens. En effet, circonvenir ces derniers était beaucoup trop risqué,
surveillées de près qu'étaient leurs officines par
les redoutables brigades de la prohibition du
New York Police Departement. Les livraisons
de médicaments étaient sévèrement contrôlées
et tout colis suspect était immédiatement saisi,
son destinataire se voyant conduire au commissariat le plus proche pour un interrogatoire qui
pouvait parfois le mener directement à la prison
de sinistre réputation qu'était Rikers Island.

— On commence modestement, m'avait

déclaré Ed, on regarde comment les choses marchent et si tout est OK, là, on montera d'un cran. Ça te va, Stephie ?

Non seulement ce connard m'appelait « Stephie », petit nom que je détestais, mais il en vint même à me promettre le mariage lorsque notre entreprise deviendrait florissante. Je fis mine d'être d'accord avec cette dernière proposition, mais seul le *jamaican ginger* m'intéressait. J'avais besoin de sortir la tête hors de l'eau et au plus vite si possible. Marre de piétiner, de mariner dans mon jus sans aucune perspective un tant soit peu crédible. À ma grande surprise, notre manège fonctionna comme sur des roulettes. Flattés que je m'intéresse à eux, quoique je me fisse passer pour une bonne sœur, intrigués par mon accent, intéressés par ma personne pour certains, peu de crève-la-faim refusaient le deal que je leur proposais d'une voix faussement compatissante. Au bout d'un mois, Ed et moi eûmes la satisfaction d'avoir à nous partager six mille dollars. Longtemps après, lorsque je deviendrais Mâ'me St-Clair, Queenie, la reine de la loterie illégale de Harlem, et tous ces noms flatteurs dont on m'affublerait, cette somme me paraîtrait dérisoire. Ridicule même. Mais sur le moment, j'avais bondi de joie. Ma première réaction avait été de régler à *Sergeant* Fitzroy mes arriérés de loyers.

— Tout va comme tu veux, ma fille ? m'avait-il interrogée, perplexe.

— Ben oui, ça commence... Pourquoi ?

— Comme ça... Prends soin de toi ! Harlem devient de plus en plus invivable.

L'ancien combattant de la Grande Guerre n'était point dupe. Il savait pertinemment que la soudaine amélioration de ma condition financière ne pouvait provenir d'une activité légale. Je ne possédais aucune qualification me permettant d'espérer devenir un jour nurse, danseuse de ballet, chanteuse de blues, employée de poste ou de chemin de fer. Ma seule chance avait été de bénéficier de cinq bonnes années d'école primaire dans mon île natale et d'avoir, une fois devenue servante chez les Verneuil, pu profiter de leur bibliothèque durant des années. Je lisais et écrivais mieux que la grande majorité des Harlémites, même l'anglais, car j'avais une excellente mémoire visuelle. Mon seul souci était la prononciation et ce fichu « th » que j'avais renoncé à dompter. Toutefois, je finis par m'apercevoir que ce défaut ajoutait à mon charme, du moins celui qu'on me prêtait en dépit de ma minceur, et dans mes moments de colère j'appris vite à exagérer mon accent français, ou plutôt créole, chose qui pour les Américains, je crois te l'avoir déjà fait remarquer, mon cher Frédéric, revenait au même.

Je compris beaucoup plus vite que mon associé, Ed, que notre commerce, quoique de plus en plus florissant, ne durerait pas éternellement. En effet, la pression montait contre la prohibition et cela de toutes parts, pas seulement du côté des amateurs d'alcool. C'est que l'effet escompté n'avait pas été obtenu puisque les maris continuaient à cogner leurs femmes au moindre reproche que leur adressaient ces dernières, les soiffards se rabattaient sur l'héroïne, ce qui était bien pire, et surtout la mafia déjouait les pièges que lui tendaient les brigades policières spécialisées dans la traque des fabricants d'alcool clandestin. En clair, la prohibition se révélait jour après jour un échec. « Une énorme erreur ! » comme osa l'écrire en première page le prestigieux *New York Times*. À l'inverse d'Ed qui dévorait la vie à pleines dents et dépensait sans compter, je me mis à réfléchir à la suite. D'autant que je ne pouvais rester insensible aux dégâts physiques que provoquait l'abus de *jamaican ginger* chez nos clients. Paralysie des membres, cécité partielle et autres horreurs. Ed, lui, s'en contrefichait ! J'entrepris alors d'économiser dix dollars par semaine, puis vingt, jusqu'à cent quand la vente avait été bonne. Par bonheur, mon associé avait cessé de me conter fleurette, ses revenus lui permettant désormais de s'offrir des créatures bien plus appétissantes que moi. En prospectant ici et là, je remarquai ce jeu de paris qui m'avait d'abord paru insignifiant et sur lequel je n'avais jamais pensé miser ne serait-ce qu'un penny : les gens l'appelaient « *numbers* » et c'était une sorte de loterie parallèle à celle de la ville de New York, laquelle faisait rêver tout le monde à cause des gains faramineux qu'on pouvait y gagner. En investiguant plus avant, je réalisai que la première, dénommée aussi « *policy* », ne concernait que le quartier de Harlem et lui seul. Loterie non officielle, mais apparemment tolérée puisque les collecteurs de paris ne cessaient de me solliciter en pleine rue, et cela quelle que fût l'heure. Mon propriétaire, *Sergeant* Fitzroy, y jouait de loin en loin mais sans conviction.

— J'ai jamais rencontré quelqu'un qui soit devenu riche grâce aux « *numbers* », Stéphanie. Mais les banquiers, ceux qui rassemblent les paris, eux oui, je suppose qu'ils s'en mettent plein les poches, avait-il lâché quand je l'avais interrogé sur le sujet. Y en a même qui roulent sur l'or puisqu'ils s'achètent des automobiles…

De ce jour, je me promis dans ma petite tête d'effrontée de devenir banquière, même si, à première vue, il s'agissait d'une idée folle puisque émanant à la fois d'une femme et d'une étrangère. Je me mis à étudier le système en interrogeant l'air de rien collecteurs de paris et banquiers qui pullulaient dans les environs de notre rue. Je décidai d'y jouer moi aussi pour voir. Oh, pas des mille et des cents ! Juste quelques dollars. Comme m'avait prévenue mon propriétaire, je ne gagnai rien du tout. Ni le jour suivant. Ni le surlendemain. Je me demandais pourquoi les gens continuaient à miser sur ce qui de toute évidence relevait de l'arnaque, mais j'eus la réponse le jour où je vis une femme danser comme une folle dans la rue, tourbillonnant sur elle-même, hurlant sa joie face au ciel, les yeux exorbités. Elle venait de gagner vingt mille dollars. Après avoir perdu régulièrement pendant une bonne douzaine d'années, il est vrai. Je me rappelai une sentence aigre-douce qu'aimait à répéter ma mère : « L'espoir fait vivre ». Je venais de découvrir que c'était là la base, les fondations mêmes, de la loterie clandestine de Harlem.

Je deviendrais coûte que coûte banquière ! C'était décidé.

Mieux, mais sans doute étais-je atteinte de mégalomanie, je réorganiserais tout cela en nommant un chef, ou plus exactement une cheftaine : moi, Stéphanie St-Clair. En effet, chaque banquier travaillait pour son propre compte et avait sous sa coupe une douzaine de ramasseurs de paris. Je changerais tout cela en érigeant une pyramide à la pointe de laquelle je m'installerais. Juste en dessous de moi, je mettrais quatre ou cinq banquiers adjoints chargés de contrôler la meute des banquiers subalternes, lesquels seraient chargés à leur tour de diriger la horde des collecteurs de paris. Même à moi, cet échafaudage paraissait délirant, mais Stéphanie St-Clair n'avait jamais eu peur d'aucun défi. Lorsque je pus économiser trente mille dollars grâce au trafic de *jamaican ginger*, je le laissai tomber du jour au lendemain au grand dam d'Ed qui s'imaginait pouvoir mener la belle vie jusque ad vitam aeternam, l'imbécile. Il faut dire que monsieur ne lisait pas les journaux ni n'écoutait la radio. Connaissait-il même le nom du maire de New York ? J'en doutais.

— Stephie, m'implora-t-il, tu ne peux pas

me faire ça, *darling*. Tout ne va-t-il pas comme sur des roulettes entre nous ? Tu as besoin de quelque chose ?... Ah, je vois, je t'avais promis le mariage quand on s'est rencontrés. C'est vrai, je n'en disconviens pas. Eh bien, si c'est ça qui te démange, allons de ce pas voir le pasteur Roberts ! Même si tu es catholique, il n'y verra pas d'inconvénient...

— Épouser un plouc de ton acabit ? Tu rigoles ou quoi ?

— Tu vois comment tu me parles, Stephie ? Je t'ai fait quoi pour mériter pareil traitement ? J'ai jamais essayé de te berner alors que j'en ai eu des tas de fois l'occasion... Je t'en supplie, ne m'abandonne pas !

Là, je lui balançai une des toutes premières injures que j'avais apprises à ma débarquée en Amérique et que, plus tard, je devais utiliser en maintes circonstances du même type :

— *Go fuck yourself, Ed !* (Va te faire foutre, Ed !)

Dans l'instant, le bougre changea du tout au tout. D'amoureux transi, enfin faussement amoureux et faussement transi, il se mua en bête féroce qui fonça sur moi et me flanqua un violent coup de tête qui me fit vaciller et presque perdre connaissance. Nous étions dans son appartement miteux ce jour-là. Mon visage cogna le plancher crasseux car rarement balayé. Le temps que j'essaie de me relever, je recevais un coup de pied dans l'estomac qui me coupa le souffle. Ed gueulait, totalement hors de lui :

— *Dirty black bitch ! I'll destroy your stinky french ass.* (Sale pute de Négresse ! Je vais te bousiller ton cul puant de Française.)

J'ignore d'où je réussis à tirer au fond de moi suffisamment d'énergie pour saisir l'une de ses jambes, me redresser à moitié et le repousser. Manque de chance pour lui, sa tête porta contre le rebord de sa table à manger et son cou se brisa. Je restai immobile un long moment. Un silence pesant régnait à présent dans l'appartement. Je ne savais comment réagir. Tuer une deuxième fois dans ma jeune vie n'était pas pour m'enchanter, même si j'avais agi en légitime défense et n'avais aucunement eu l'intention de faire passer mon associé de vie à trépas. Je me repris très vite, arrangeai mes cheveux et mes vêtements et m'enfuis de l'immeuble. Une fois dans la rue, j'adoptai une attitude normale, évitant de regarder à droite et à gauche et de presser le pas. Le corps d'Ed ne fut découvert que trois jours plus tard et la police conclut à une agression de quelque cambrioleur, ce qui était tout à fait plausible. *Sergeant* Fitzroy, persuadé que j'étais amoureuse du défunt, me présenta ses plus sincères condoléances. J'en ris en mon for intérieur. Ce malandrin à la petite semaine n'était qu'un épisode sans intérêt de la vie que je me promettais de mener. Un grain de sable que le vent charroierait sans laisser la moindre trace sur ma route.

Je misai dix mille dollars sur ma première banque de paris un certain 12 avril 1917. Sur la

143e Rue, où les parieurs étaient nombreux et les banquiers aussi. Ils me regardèrent de travers, mais je parvins vite à les mettre au pas comme je te l'expliquerai plus avant, mon cher Frédéric...

DEUXIÈME NOTE

I never cared much for moonlit skies
I never wink back at fireflies
But now that the stars are in your eyes
I am beginning to see the light
I never went in for afterglow
Or candlelight on the mistletoe…

Duke Ellington (1927)

(Je n'ai jamais prêté attention aux cieux éclairés par
  la lune
Je n'ai jamais fait de clins d'œil aux lucioles
Mais maintenant que tu as des étoiles dans les yeux
Je commence à percevoir la lumière
L'orgasme ne m'a jamais mis dans un état de béa-
  titude
Ni la lueur des bougies sur le gui…)

CHAPITRE 5

À la Compagnie transatlantique, personne n'avait cru Stéphanie lorsqu'elle avait demandé où elle pouvait acheter un billet pour En-France. C'est qu'en dépit de ses vingt-six ans, elle avait l'air d'une toute jeune fille, sans doute à cause de son corps fluet et de sa voix haut perchée. Et aussi parce que depuis le devant-jour des cohortes de femmes de tout âge faisaient la queue pour tenter de se faire enrôler comme charbonnière. Vêtues de hardes qu'elles renonçaient à laver, le visage maculé de suie, elles chantonnaient pour se bailler du courage tout en guettant l'arrivée du commandeur. Ce Mulâtre aux manières brutales ne baillait le bonjour à personne, s'installait derrière la table branlante dans sa guérite et se mettait à consulter un cahier à couverture cartonnée sur lequel il inscrivait le nom des chanceuses qui, les jours précédents, avaient reçu son aval pour traverser les quais jusqu'au ventre d'énormes navires remplis de charbon, cela par le biais d'une échelle de coupée si instable qu'on en attrapait un haut-le-cœur au bout de trois voyages. À la vérité, « voyage » était un mot trop anodin, voire trop beau, pour décrire cette traversée de l'En-Ville, du port jusqu'au canal Levassor, par le boulevard de la Levée, un énorme panier sur la tête, sous un soleil scélérat, cela au moins dix fois de suite si l'on voulait gagner de quoi tenir la brise. Car chacune des charbonnières charroyait derrière elle des grappes de marmaille, jusqu'à parfois huit ou neuf, et les hommes qui les avaient engrossées, ces chiens-fer, leur tournaient le dos sans merci ni au revoir. En ce tout début de siècle vingtième du nom, la misère rongeait sans pitié les quartiers où croupissait la négraille, accompagnée de son cortège de maladies insoufrables : grippe, fièvre jaune, coqueluche, variole et autres.

Depuis qu'elle avait été renvoyée de son job de servante chez les Verneuil, Stéphanie avait exercé bien des métiers, se jurant de ne jamais s'abaisser à celui de charbonnière, réservé qu'il semblait être à la lie de l'humanité. Elle avait quitté La Cour Fruit-à-Pain après une grosse dispute avec Louisiane, la voisine de sa mère qui s'imaginait pouvoir jouer le rôle de cette dernière et lui rappelait sans cesse que la défunte avait sué sang et eau pour lui dénicher une famille de bien. Par conséquent gâcher son avenir.

— *Pis ou konpwann ou vini gran fanm, pwan kay-ou !* (Puisque tu te crois adulte, eh bien, prend ton chez-toi !) lui avait-elle lancé, lui rappelant que le produit de la vente de la case de sa mère avait servi à éponger les dettes de celle-ci à la boutique du quartier et à payer ses funérailles.

Louisiane avait négocié avec l'acquéreur qu'il laisse un peu de temps à Stéphanie afin qu'elle trouve un nouveau logement. Mais là, mamzelle avait exagéré ! Ce soir-là, Stéphanie avait dormi à la belle étoile, expression ironique puisqu'on était en pleine saison d'hivernage et que de violentes rousinées de pluies froides s'abattaient à intervalles réguliers sur l'En-Ville. Ses maigres effets rassemblés dans son éternel panier caraïbe, elle avait d'abord erré aux abords du pont Démosthène, puis du Carénage, avant de se diriger vers le canal Levassor où elle avait trouvé refuge dans une case à canots. Elle n'avait mangé qu'un plat de haricots rouges agrémenté de queue de cochon salé, acheté à une vendeuse ambulante aux abords du Grand Marché, et son ventre bouillonnait. Si elle était à l'abri des intempéries, par contre, des escadrilles de moustiques s'acharnaient sur ses bras et ses jambes et il lui fut impossible de trouver quelque repos. Les abords du quartier, Bord de Canal, étaient plongés dans une noirceur de péché mortel, ce qui n'empêchait pas des chiens sans maître d'y cavalcader en aboyant à tout va. S'armant d'une roche ronde pour le cas où, Stéphanie décida de s'aventurer vers l'embouchure où elle espérait que la brise marine rendrait son séjour moins pénible. Effectivement, le harcèlement des moustiques cessa et le bruit du ressac, faible à cette heure de la nuit, la rassura. Le ciel étant assez clair, elle repéra une case aux agrès où elle alla s'abriter. Soudain, une plainte déchira la nuit, une sorte de lancinement mi-humain, mi-animal, qui fit tressaillir la jeune fille. Elle provenait du rivage, mais Stéphanie eut beau coquiller les yeux, aucune créature n'était visible. Puis, en un virement d'yeux, une vieille dame se matérialisa qui se mit à ricaner d'horrible manière. Elle était en position assise, mais il n'y avait aucun siège sous son arrière-train, ce qui glaça le sang de la jeune fille.

— Yééé yéélélé ! Yééélélé ! chantonait à présent celle qui ne pouvait être qu'une alliée du Diable, une quimboiseuse.

Stéphanie voulut prendre la discampette, mais ses jambes flageolaient et une légère tremblade s'était emparée du reste de son corps. C'est alors que la vieille Négresse ôta tranquillement sa tête, la posa sur ses genoux et se mit à épouiller ses cheveux, peu crépus, avalant avec délices chaque bestiole qu'elle attrapait. Des éclairs mauves zébrèrent le ciel par-dessus la mer. Cette dernière commença à gronder alors que sa surface demeurait étale. Stéphanie voulut adresser une prière au Bon Dieu, mais ayant été peu attentive au catéchisme et bredouillant des nigauderies lorsque sa mère lui intimait, le soir, de génuflexer au bord de son grabat pour réciter le Notre Père, aucun son ne sortit de ses lèvres tétanisées.

— *Vini'w pa isiya, ti mafi ! Fok pa ou pè nennenn, non !* (Viens par ici, jeune fille ! N'aie pas peur de grand-mère !) s'écria la tête de la vieille femme toujours posée sur les genoux de l'alliée du démon.

À son immense surprise, Stéphanie sentit l'effroi qui la tenait immobilisée, au beau mitan de la nuit froide, se dissiper. Inexplicablement. Elle sentit son corps se mouvoir jusqu'à la grève et ses pieds tâter les galets pour ne pas perdre l'équilibre. La quimboiseuse, imperturbable, remit sa tête sur son cou et lui adressa un large sourire édenté. Ses yeux étaient deux cavités sombres dans lesquelles rougeoyaient de minuscules points rouges. Elle fit un geste cabalistique en direction des vagues, qui s'arrêtèrent.

— Tu n'es pas venue ici par hasard, jeune fille, lui déclara la créature. Le hasard n'existe pas, contrairement à ce que croient ces imbéciles d'êtres humains. Moi qui suis montée en Galilée au lendemain du jour de l'abolition de l'esclavage, il y a beau temps que la lumière du soleil n'est pour moi, hélas, qu'un souvenir. Mais je fais depuis le va-et-vient entre l'au-delà et ici-bas. Une mission m'a été confiée qui consiste à protéger ceux et celles à qui les forces supérieures ont forgé un destin. Tu t'appelles comment ?

— Stéphanie... Stéphanie Sainte-Claire...

— Joli prénom... Hum !... Joli nom aussi. Tu es née coiffée, ma toute belle. Sache que tout le monde n'a pas la chance d'avoir un destin ! La plupart des gens d'ici-bas vivent une vie parfaitement ordinaire du berceau à la tombe, même ceux qui se rengorgent parce qu'on les considère comme étant de haut parage. Allez, viens !

Assieds-toi entre mes jambes ! Je m'en vais te coiffer…

La nuit se fit plus opaque, d'énormes nuages obscurcissant les cieux. L'En-Ville n'était au loin qu'une masse informe seulement trouée par la lumière glauque des lampadaires. La jeune fille obéit. Toujours sans éprouver la moindre appréhension. Le sable était humide sous sa jupe. La quimboiseuse défit ses cheveux attachés par un madras-coco-zaloye, de ceux qui n'ont qu'une seule couleur et qu'on ne porte qu'à la maison lorsqu'on s'adonne aux tâches ménagères. Stéphanie ne se mettait le très beau rouge-jaune-vert, que sa mère lui avait offert le jour où les Verneuil l'avaient embauchée, que pour les grandes occasions. La jeune fille sentit soudain une étrange vibration dans ses cheveux. Un peigne lumineux les défrisait à une allure stupéfiante. En tout cas dix fois plus vite que ne le faisait le fer que sa mère mettait à chauffer sur du charbon de bois chaque samedi après-midi. La jeune fille abhorrait ce rituel que presque toutes les femmes de La Cour Fruit-à-Pain s'imposaient dans le but, affirmaient-elles, de se faire belles car les hommes n'avaient pas un regard pour celles qui osaient arborer une tête crépue. Ayant la chevelure ni lisse ni entortillée, Stéphanie n'avait nul besoin de se la « griller », et l'odeur qui se dégageait de cette opération provoquait chez elle un haut-le-cœur. Lui soulevait le foie, disait-elle dans son français créolisé de l'époque. La vieille sorcière passait et repassait le peigne de manière mécanique, raclant parfois le crâne de Stéphanie avant de la parer d'une curieuse coiffure conique qu'elle eut hâte de regarder dans un miroir. Comme si elle avait deviné la pensée de la jeune fille, celle qui avait le pouvoir d'ôter sa tête de son corps tel un vulgaire chapeau lui mit la paume de sa main gauche devant les yeux. Stéphanie poussa un petit cri. Elle s'y vit, très élégamment vêtue d'une robe moirée, coiffée comme une actrice de théâtre, assise nonchalamment dans un fauteuil, en train de tirer sur un fume-cigarette. Enfin, pas tout à fait elle, mais elle dans une dizaine, voire plutôt une vingtaine d'années ! Oui, il s'agissait bien de sa personne mais en plus âgée. Elle était reconnaissable à sa bouche pointue de mangouste, à ses yeux fureteurs, à son front un peu sévère, à sa couleur café au lait quoique plus café que lait.

— *Mi kon sa ou ké yé !* (Ainsi tu deviendras !) murmura la sorcière, qui dans une sorte de susurrement sembla s'enrouler sur elle-même avant de filer comme une mèche en direction du firmament.

Stéphanie en demeura le bec cloué jusqu'au devant-jour. Elle était convaincue d'avoir rêvé. Puis, s'étant ressaisie, elle prit la direction du nouveau quartier des Terres-Sainville, sorte de marécage qui était en train d'être comblé progressivement par des gens descendus des campagnes. Aucune intention précise ne guidait ses pas. Arrivée à hauteur d'un modeste salon de coiffure pour hommes, elle se fit siffler par le propriétaire qui attendait en vain le client :

— La charmante p'tite mamzelle a perdu son chemin ou quoi ? Je la connais, mais elle ne me connaît pas. Ha-ha-ha !

— *Tjip !* (Pff !)

— Allez, fais pas ta vilaine s'il te plaît ! Tu t'appelles comment ?... Je te vois passer assez souvent sur le boulevard de la Levée, tu sais. Je peux t'aider si tu veux...

Stéphanie s'apprêtait à rebrousser chemin, mais un sixième sens la poussa à prêter l'oreille à l'enjôleur. Il avait dans les quarante ans et portait beau avec sa courte barbiche taillée au cordeau. L'homme, qui se présenta comme Philibert, lui proposa d'entrer d'une manière cérémonieuse qui dérida la jeune fille. Il la fit asseoir sur la chaise pivotante qui accueillait ses clients et entreprit de lui arranger les cheveux tout en s'excusant de ne rien connaître à ceux des femmes, beaucoup plus fragiles à l'entendre que ceux des hommes. Il parlait, parlait, parlait, jusqu'à étourdir Stéphanie qui, épuisée par sa nuit agitée, finit par s'assoupir. À son réveil, elle était allongée sur un lit aux draps proprets et le coiffeur, assis à son chevet, l'éventait à l'aide d'un journal. Quoique les fenêtres de l'étage du salon fussent largement ouvertes, il y régnait une chaleur difficilement supportable. Philibert était buste nu. Il se mit à lui mignonner le cou, puis les seins, avant de s'aventurer jusqu'à son ventre, faisant montre d'une douceur si extraordinaire qu'elle en frissonna. Normalement, elle aurait dû se rétracter, repousser la main de cet inconnu, mais quelque chose l'en empêchait. Il continua durant une bonne heure et des spasmes secouèrent la jeune fille, la poussant à s'agripper à son cou. Il s'allongea sur elle avec précaution et commença à lui faire l'amour, ne négligeant aucune partie de son corps. Stéphanie crut arriver au ciel. Elle ne savait plus s'il faisait jour ou nuit, elle avait perdu toute notion du temps, son esprit s'était comme vidé de ses chimères et un léger feulement se mit à sortir de ses lèvres. Le couple demeura ainsi enlacé et cetera de temps. Final de compte, Philibert gagna la salle d'eau où Stéphanie l'entendit se doucher bruyamment. Par la fenêtre, le ciel orangé de l'après-midi se teintait au fur et à mesure de rubans de nuages gris perle.

— Tu acceptes de vivre avec moi ?

La voix profonde du coiffeur la fit sursauter. Elle le vieillissait un peu mais son visage avait conservé l'extrême bonté qui avait frappé la jeune fille dès leur première rencontre.

— On ne se connaît pas, monsieur…, balbutia-t-elle.

— Ne m'appelle plus monsieur, s'il te plaît ! Je suis Philibert. Tu ne me connais sans doute pas, mais moi oui. Je te répète que je t'ai souvent vue passer le samedi après-midi, fière, marchant tout droit, indifférente aux gens. J'ai admiré ta démarche, ton port de tête, mais je soupçonne que tu as ton petit caractère, n'est-ce pas ? Ha-ha-ha !…

Le coiffeur s'assit au bord du lit. Il semblait hypnotisé par le corps nu de Stéphanie qui avait pourtant remonté le drap jusqu'à son nombril. Il réitéra sa demande d'une voix plus ferme.

— Je vais partir, monsieur… Philibert, je veux dire. Je vais quitter ce pays pour toujours.

— Ha-ha-ha ! Tu me fais rire, tu sais. Et tu comptes t'en aller où comme ça si c'est pas trop indiscret ?

— En Amérique…

— Ah, je vois ! L'Amérique, tout le monde n'a que ce mot-là à la bouche depuis quelque temps. On jurerait qu'il s'agit du paradis terrestre ou quelque chose d'approchant. Pourtant, nous vivons bien comme il faut en Martinique, non ?

Stéphanie ne répondit pas. Elle vécut treize jours en tout et pour tout chez Philibert, le coiffeur émérite dont le salon connaissait une vraie affluence dès neuf heures du matin. Treize jours d'amour innocent et fou, d'heureuseté sans partage, d'ivresse des corps, de folie douce, de déraisonnerie totale. Chaque soir le coiffeur lui reposait la même question et Stéphanie lui baillait la même réponse. Il était partagé entre le désespoir et le fatalisme. Elle le voyait se lever peu avant le devant-jour, ouvrir précautionneusement la fenêtre et s'y accouder, les yeux rivés au ciel comme s'il attendait que quelque entité supérieure vînt à son secours. Quand, un beau matin, Stéphanie lui annonça qu'elle avait acheté son billet de bateau et qu'elle s'apprêtait à traverser l'Atlantique, il demeura sans voix tout le restant de la journée. Au jour dit, il lui remit une enveloppe contenant une forte somme ainsi, ô insolite, qu'un rasoir flambant neuf.

— La vie là-bas, en Amérique, est raide à ce qu'on m'en a dit. Prends ça ! Aucun douanier ne le saisira si tu le mets dans une sacoche avec une brosse et un peigne. Tu te déclareras coiffeuse, voilà tout !...

CHAPITRE 6

Ce *son of a bitch* de Dutch Schultz, j'ai toujours su qu'il ne promènerait pas longtemps sa
carcasse voûtée de Yiddish et sa grande gueule
de type en colère sur la terre du Bon Dieu. Enfin,
j'emploie cette expression idiote parce que, après
vingt et quelques années de vie en Amérique,
c'est à peu près tout ce qui me reste de ma terre
natale, la Martinique. À présent, outre que je
baragouine un peu l'irlandais, je maîtrise passablement l'anglais et l'italien, et je baragouine le
yiddish et l'espagnol. Par contre, le créole, mon
créole à moi, je l'ai presque perdu car je n'ai plus
eu personne avec qui m'en servir. Enfin, sauf la
nuit, quand je repensais à ma terre natale et qu'il
me revenait à la galopée. D'ailleurs, mon sésame
est vite devenu le français, langue qui impressionnait tant la racaille que les gens de bien,
surtout quand il jaillissait de la bouche d'une
Négresse. Quand il m'arrivait de convoquer l'un
de mes banquiers ou bien quelque collecteur de
paris que je soupçonnais de m'entourlouper, je

faisais d'abord mine d'être compréhensive en anglais, plaisantant sur le temps qu'il faisait et lui demandant des nouvelles de sa petite famille, puis dès que le poisson se trouvait ferré, c'est-à-dire quand j'avais rassemblé les éléments prouvant que l'imbécile avait tenté de me gruger, moi, Queenie, reine de la loterie marron de Harlem, j'explosais en français. Comme la fois où, en 1921, si mes souvenirs sont exacts, un Nègre longiligne (« long comme le Mississippi », dit le créole) dénommé Terence, qui officiait entre la 137e et la 140e dans un local miteux maquillé en restaurant, commença à me rapporter deux fois moins, puis trois, puis dix fois moins de paris que d'ordinaire.

— La guerre vient à peine de finir, mâ'me St-Clair, bredouillait-il. Les Nègres, qui n'avaient déjà guère d'argent, n'en ont plus du tout. Faut attendre que les choses repartent, mâ'me...

Terence mentait comme un effronté. C'est vrai que cette satanée guerre, dont personne n'avait entendu le premier coup de canon, avait chamboulé nos vies et que des jeunes gens intrépides y avaient perdu la leur, mais à aucun moment la loterie ne s'était arrêtée. Ni l'officielle sur les tirages desquels nous nous appuyions parfois (quoique le plus souvent nous choisissions les chiffres du New York Stock Exchange) ni la nôtre. Cette foutue « *policy* » comme disaient les Nègres qui se haussaient du col, ou « *numbers* » selon l'expression des bougres de sac et de corde. Peu importe son nom : elle avait continué

147

durant les quatre années de conflit parce qu'elle n'exigeait que des paris de quelques cents et que, souvent, elle permettait à des familles de garder la tête hors de l'eau. Ce Terence me ramenait d'habitude autour de trois mille dollars, mille de plus les vendredis et samedis, et moi, j'en gardais la moitié. Sauf qu'un beau jour il adopta un air idiot pour me dire que rien n'allait plus dans son secteur, avant de me remettre quatre cents misérables billets de cinq dollars roulés en boule dans du papier journal.

— Et pourquoi donc ? l'avais-je interrogé en mordillant mon fume-cigarette.

— *I don't really know, Queenie...* (Je ne sais pas trop, Queenie...)

Le lendemain et le surlendemain, il recommença le même théâtre avec un air de plus en plus niais, croyant que, parce que étrangère, j'ignorais les macaqueries des Nègres devant leurs supérieurs qu'ils cherchaient à couillonner. En Martinique, ça s'appelait « faire le Nègre-macaque ». Du temps de l'esclavage, ça se pratiquait devant le maître blanc de la plantation ; ici, à Harlem, devant les chefs de gang noirs et par conséquent moi, la seule du sexe supposé faible à oser tenir tête à cette bande de voyous pour qui une femme était juste une paire de seins et un gros cul. Terence n'avait jamais su d'où je venais et l'eût-il su qu'il aurait été incapable de situer mon île sur une carte ; et quand bien même, vu qu'il savait à peine lire et écrire, il était peu probable qu'il sût que l'esclavage y avait duré plus longtemps et pris une forme aussi féroce, sinon plus, qu'aux États-Unis. Les quelques fois où il m'entendait m'exclamer en français, assez rarement à vrai dire, il me fixait avec une stupéfaction passablement comique. On pouvait lire ses pensées à son seul regard : « Mais d'où elle vient, celle-là ? Drôle de Négresse ! »

En fait, le bâtard me grugeait. Du moins est-ce ce dont j'étais persuadée et je lui avais passé une engueulade dans ma langue à moi, le français :

— Terence, espèce de petit merdeux, pour qui tu te prends, hein ? Tu crois pouvoir faire tourner Madame Queen en bourrique, c'est ça ? Débarrasse-moi le plancher et gare à tes fesses de Négro si jamais demain tu reviens avec cette menue monnaie. Allez, reprends ton fric !

J'avais fait voltiger la liasse par terre et avais tourné le dos à Terence qui chercha désespérément une aide auprès de Bumpy, mon garde du corps et amant, avec lequel monsieur s'encanaillait dans les bars clandestins du temps de la prohibition. Mon banquier de la 140ᵉ Rue avait ramassé l'argent, penaud, et s'en était allé presque sur la pointe des pieds. Lui aussi devait avoir peur de l'ascenseur car je ne perçus point le couinement caractéristique de ce dernier.

— *Frenchie*, y a comme un problème. Un gros problème...

La voix de Bumpy était anormalement calme et ça ne présageait jamais rien de bon. Comme la fois où je l'avais envoyé remonter les bretelles d'un couillon de collecteur, Brandon si je ne m'abuse, qui déclarait moins de paris qu'il n'en avait reçus à son banquier, lequel banquier avait fini par s'en plaindre à moi parce que, une fois, il ne retrouvait pas la fiche d'un employé de la voirie qui disait avoir parié les bons numéros. Brandon ne la lui avait tout simplement pas remise ! Le gagnant s'était encoléré et avait failli défoncer le crâne de mon banquier. Il fallait ramener le tricheur à la raison et ça, c'était du ressort de mon Bumpy. Je savais qu'en général il n'y allait pas par quatre chemins, mais pas à ce point car, lorsqu'il rentra à la maison, après avoir infligé la correction qu'il méritait à Brandon, il se servit comme d'habitude un triple scotch et ouvrit la radio après s'être allongé sur le canapé du salon.

— Rude journée, Queenie, lâcha-t-il en bâillant.

— Mission accomplie ?

— Quoi ?

— Brandon, pardi !

Mon homme se redressa sur ses coudes et très distraitement haussa les épaules.

— Ah ouais, je l'avais complètement oublié, ce fils de chienne. Je lui ai fait reconnaître ses bêtises…

Je ne m'étais plus préoccupée de cette histoire lorsque, le surlendemain, je découvris un gros titre en page 2 de l'*Amsterdam News* : « Découverte du cadavre d'un collecteur de paris clandestins à Harlem ».

L'article expliquait qu'on l'avait repêché dans l'East River, entre Harlem et le Bronx, et qu'il était dans un sale état : crâne fracassé, colonne vertébrale brisée et tutti quanti. Je sus immédiatement qu'il s'agissait du fameux Brandon même si le journal n'indiquait pas son nom. Mon banquier de la 137e Rue qui contrôlait, en plus d'une dizaine d'autres, cet impudent collecteur, me fit savoir qu'il en manquerait un sans plus de détails. Dans ce quartier pourri de Nègres qu'était Harlem, on passait comme ça de vie à trépas, sans laisser de traces. Avec un couteau planté entre les omoplates ou une balle dans la tête. Rien qui pût émouvoir outre mesure les cochons de flics du NYPD qui prenaient par contre un malin plaisir à me chicaner. Ils n'osaient pas venir m'interpeller à Edgecombe Avenue — d'autant que certains, tout Blancs qu'ils fussent, n'auraient jamais pu faire l'acquisition d'un appartement aussi cossu que le mien —, mais toujours en pleine rue, ou alors au bar du Lafayette où je réunissais de temps à autre mes troupes. Enfin, mes associés, je veux dire.

Oui, le ton qu'avait employé Bumpy à propos de Terence était tout ce qu'il y avait de bizarre. Je m'assis à ses côtés sur le canapé, envahie par un mélange d'étonnement et de colère car je me flattais de tout savoir dans notre quartier. Je disposais d'une servante, Annah, et d'un chauffeur, Andrew, mais aussi de bon nombre d'espions que j'appointais au prorata, si je puis dire, de la qualité des informations qu'ils me fournissaient. Tout ce qui avait trait à la flicaille était fort bien rémunéré. C'est que je les avais tous à l'œil, surtout les galonnés dont j'avais fini par apprendre les turpitudes. Il y en avait qui, du temps de la prohibition, se faisaient livrer nuitamment des caisses de whisky dans leur commissariat ; d'autres qui couraient la gueuse, rançonnant les putes ou soudoyant des Négresses à peine nubiles ; d'autres encore qui touchaient des dessous-de-table des mafias irlandaise, yiddish ou italienne afin de fermer les yeux sur leurs trafics. Le chef de la police à Harlem se trouvait particulièrement dans mon collimateur et celui de mes espions, mais nous n'avions pas réussi à trouver le plus petit début de commencement de contournement de la loi chez ce puritain qui avançait d'un pas cadencé et n'ouvrait sa gueule que pour aboyer des ordres à ses subordonnés.

— C'est quoi le gros problème, Bumpy ? avais-je fait, incrédule.

Mon homme se leva pour aller se chercher une bière à la cuisine et se racla la gorge. Il avait l'air pour le moins embarrassé et ça ne lui ressemblait pas du tout.

— Tu sais, Queenie, finit-il par déclarer d'une voix un peu hésitante, depuis que l'alcool est de nouveau en vente libre, ce business n'est plus très lucratif... Trois fois rien maintenant, quoi !

— Et alors, nous, les Nègres, on n'a jamais trempé dans la fabrication d'alcool clandestin que je sache. Ni dans sa distribution non plus. On en a toujours eu rien à fiche, non ?

— Tu oublies ton *jamaican ginger* ? Ha-ha-ha !

— Arrête tes conneries, Bumpy ! C'était juste de la survie, pas du véritable business…

Je mentais comme une arracheuse de dents. Car, moi, c'était le trafic de *jamaican ginger* qui m'avait sortie de la dèche en me permettant d'assembler, penny après penny, la somme faramineuse à mes yeux, pour l'époque en tout cas, de trente mille dollars. Somme qui m'avait été nécessaire pour pouvoir m'établir en tant que banquière de la loterie clandestine. J'avais un temps exercé comme simple collecteur de paris pour un boss de la 142e Rue, boulot peu gratifiant s'il en est, mais j'avais tenu bon. Serré les dents. Car c'était dur en plein hiver de battre le pavé en essayant de rameuter des parieurs. Le vent surtout était terrible, ces bourrasques qui semblaient prendre un malin plaisir à jouer à cache-cache entre les immeubles et à s'engouffrer on ne savait comment sous les manteaux les mieux fermés.

— Bon, t'as raison, Queenie, soliloqua Bumpy Johnson.

En tout cas, mon homme se trouvait dans un putain d'embarras et ça se voyait au tressautement de sa grosse bosse derrière la tête. Il avait pris du poids depuis l'époque où je l'avais embauché, mais il n'en était pas pour autant devenu obèse comme nombre de petits chefs nègres qui s'étaient enrichis grâce aux bordels ou à la revente d'héroïne. En plus, je l'avais un peu dégrossi, et même s'il n'avait jamais lu un seul livre de sa vie, au moins savait-il déchiffrer le journal. Il se plaignait tout le temps :

— Queenie, tu fais quoi avec tous ces livres ? Ça te rapporte quoi, hein ?... Pourquoi tu les jettes pas une fois que tu les as lus ? Ça encombre... Bon-bon, je sais, madame fréquente les poètes...

Dans ma prime jeunesse, je n'avais pas eu de livres, comme tu le sais maintenant, cher Frédéric, mais lorsque ma mère m'avait fait embaucher comme servante chez les Verneuil, en époussetant leur bibliothèque, ma curiosité était sans cesse attirée par les grosses encyclopédies dorées sur tranche. Je sais, je sais, je radote ! Je lisais à la sauvette le début d'innombrables romans que dévorait la maîtresse de maison. Mon esprit divaguait déjà loin, très loin de la Martinique, j'avais toujours su que je quitterais mon île et que ce serait pour ne plus y remettre les pieds. À ma débarquée en Amérique, le livre était un objet inconnu au sein du gang irlandais que j'avais intégré, celui des quarante voleurs, du moins parmi les seconds couteaux et les petites mains dont je faisais partie. Il a fallu que je décide de monter mon propre business et que je devienne la reine de la loterie illégale de Harlem, que j'achète surtout un logis dans la prestigieuse Edgecombe Avenue, pour que j'accède un peu à l'univers mystérieux de la grande culture. D'emblée, ces Nègres barbus, portant de grosses lunettes à monture d'écaille et vêtus de costumes trois pièces, arborant cravates ou nœuds papillon, m'avaient impressionnée. Enfin, quand je dis Nègres, beaucoup étaient des Mulâtres, mais ici, en Amérique, cette dernière qualité d'homme n'existait pas aux yeux du monde blanc. Ni aux yeux des Nègres d'ailleurs. Ce fut l'une de mes premières leçons dans ce pays nouveau où quasiment chaque jour je découvrais ou apprenais quelque chose.

— Je suis prêt à tout entendre, Bumpy, lui avais-je lancé sur un ton dégagé tout en me regardant dans mon miroir de poche, manie dont j'avais beaucoup de mal à me débarrasser et qui faisait sourire autour de moi.

J'avais toujours su que je n'étais ni belle ni laide, quoique plus proche de belle que de laide malgré l'insouffrable maigreur de mon corps. Alors, pour compenser, j'attachais un soin extrême à ma vêture et tout un chacun me félicitait pour mon élégance à la française. Mes amies noires américaines — Mysti, Annabelle et Shortie surtout — venaient me demander conseil quand elles devaient assister à une soirée ou un mariage. Je m'entourais d'une foison de magazines français qui les impressionnaient, surtout quand je me mettais à lire à haute voix tel ou tel article dans cette langue qui les enchantait, mais dont elles ne comprenaient pas un traître mot. Elles ponctuaient leurs exclamations admiratives de « *You're so french, Queenie !* » (Tu es si française, petite reine !) qui me comblaient d'aise. Je précise que j'étais la seule et unique cliente de l'une des boutiques les mieux approvisionnées

155

de la 5ᵉ Avenue, Au charme de Paris, boutique tenue par un Canadien du Québec avec lequel j'adorais discuter quoique je fusse obligée de tendre l'oreille pour saisir sa parlure nasillarde.

— On a des emmerdements avec Dutch Schultz, tu vois…, grommela Bumpy.

Non, je ne voyais rien du tout, mais ce seul nom me fit tressaillir. Ce voyou s'était rempli les poches à l'époque de la prohibition en livrant les tripots de toute l'île de Manhattan et donc de Harlem. On prétendait (les soiffards, je veux dire) que son alcool de contrebande était bien meilleur que celui de ses concurrents parce qu'il le faisait fabriquer par des fermiers du Middle West qui produisaient du maïs de qualité et non par les distillateurs new-yorkais qui n'hésitaient pas à utiliser n'importe quoi. Même des produits chimiques qui vous déglinguaient plus vite qu'un battement de paupières. À cause de ces trafiquants, le nombre d'aveugles avait quasiment quadruplé à New York aux dires des services sociaux de la ville. Bon, je ne vais pas jouer à la sainte-nitouche non plus : mon *jamaican ginger* n'avait de médicament que le nom et provoquait, pour peu qu'on en consommât régulièrement, des paralysies des membres qui souvent étaient irréversibles. Je le confesse : j'avais eu ma part de responsabilité dans ce désastre. Mais il me fallait bien vivre, n'est-ce pas ? Et j'avais l'excuse de n'avoir aucun parent sur qui compter dans cette ville. J'étais la *French Negro Woman*, la Française noire, la créature étrange dont tout le monde se défiait d'emblée. Je ne m'étais jamais intéressée au trafic d'alcool depuis l'étranger : trop vaste, trop compliqué et trop dangereux pour ma petite personne. Je laissais cette saloperie au doux nom de *moonshine* aux Blancs et rêvais d'intégrer le business des « nombres ». Les chiffres, quoi ! Les trois chiffres magiques qui, si vous les trouviez, pouvaient transformer votre vie en une antichambre du paradis.

— C'est un protégé de Lucky Luciano, Queenie...

— Et alors ? En quoi ça me concerne ?

— Ou bien on cherche un accord avec Dutch Schultz, ou bien on contacte directement le Syndicat du crime !

— Tu dérailles ou quoi ? Et d'abord ton Dutch Machin, il a des visées sur Harlem ou il veut juste me chercher noise ?

— C'est plus compliqué que ça... Pour l'instant, Schultz tâte le terrain. Ses mauvaises bières font un tabac.

J'avais ouï-dire que ce Yiddish, qui était en fait d'origine allemande et pas hollandaise du tout, employait la manière forte avec les bars qui rechignaient à vendre son alcool frelaté. À la vérité, c'était juste un merdeux qui avait fait plusieurs fois de la taule et à qui, à son retour dans le Bronx, on avait octroyé (Dieu seul sait pourquoi) le surnom d'un gangster bien connu qu'une balle en plein front avait refroidi alors qu'il sortait, aux aurores, d'un night-club où il avait fait la java. Dutch Schultz deuxième du nom effaça vite l'image du premier, ou plutôt la remplaça dans l'esprit des gens, et du coup l'animal ne se sentit plus : longtemps petite frappe à la gâchette facile, il tirait d'abord en l'air pour intimider les récalcitrants avant d'abaisser son arme et de faire feu au bon endroit. Dans les génitoires ! Y a rien qui peut autant transformer un dur en lavette que de se voir exploser ses deux boules.

Dutch Schultz, le « baron de la bière », comme il était surnommé par la presse, voudrait fourrer son nez dans la loterie clandestine à Harlem ? Dans mon business à moi !!! Et ce gros con de Bumpy me l'annonçait d'un ton mi-embarassé, mi-effrayé, au lieu de se remuer le cul et de rassembler nos troupes. Nous n'allions tout de même pas autoriser la mafia blanche à investir notre territoire, nous à qui elle interdisait férocement toute tentative d'incursion sur le sien ! La fin de la prohibition avait bon dos. La Grande Dépression aussi. On n'y était pour rien, nous les Nègres, dans le krach de Wall Street vu qu'on ne mettait pas nos économies à la banque. Enfin, moi, jamais ! J'avais une pièce dédiée au stockage des sommes que me rapportaient mes banquiers, munie d'une porte métallique dont j'étais la seule à avoir la clé. Cette dernière ne me quittait jamais, même la nuit. Même quand je me rendais avec mes amies Shortie et Annabelle au Fulton Theatre pour écouter du jazz, lieu où le divin Duke Ellington officiait fréquemment. Sa chanson pour laquelle je nourrissais la plus vive admiration était, inutile de t'expliquer pourquoi, cher neveu, *Creole Love Call*. Cela donnait à peu près ceci :

> *I never cared much for moonlit skies*
> *I never wink back at fireflies*
> *But now that the stars are in your eyes*
> *I am beginning to see the light*
> *I never went in for afterglow*
> *Or candlelight on the mistletoe...*

Même quand, le samedi matin, je m'étais mise à fréquenter un temple baptiste, situé à deux blocs d'Edgecombe Avenue, pour parfaire mon image de bonne chrétienne, j'emportais la clé de ma cachette. Une question me taraudait à laquelle Bumpy fut incapable de répondre : ce Schultz avait-il décidé d'abandonner le trafic de bière ou voulait-il simplement élargir son business ? Dans le premier cas, ce serait la guerre. Oui, la guerre ! Jamais je ne lui permettrais de m'évincer car j'avais trop donné de ma personne, trop enduré d'avanies, pour accepter que ce type venu des quartiers blancs s'empare de l'organisation que j'avais patiemment montée. Car il en avait fallu du flair pour dénicher les bons collecteurs de paris, de la patience pour convaincre les banquiers de se placer sous ma protection, de m'accepter, moi, comme banquière en chef, alors que j'étais une étrangère, une venue de nulle part. Une femme en plus ! Tout ça m'avait pris cinq ans, cinq longues années, et même quand tout un chacun avait fini par se résigner à m'appeler Queenie, j'avais encore fort à faire pour tenir mes troupes. Dès quatre heures du matin, alors que Bumpy ronflait comme un porc et que la bosse qu'il avait derrière la tête tressautait de manière comique, je m'installais au salon avec mes cahiers de comptes. De gros cahiers verts à couverture cartonnée dont je devais modifier l'intitulé des colonnes pour le cas où. Ainsi le mot « Recettes » y était remplacé par « Dons », ma couverture étant que j'animais une association caritative au sein de mon temple baptiste qui collectait chaussures, vêtements et parfois espèces sonnantes et trébuchantes pour venir en aide aux familles noires nécessiteuses d'East Harlem et aux orphelinats. Le mot « Dépenses » devenait « Achats », la même association procédant de temps à autre à l'acquisition de biberons, de langes et de berceaux. Bon, je ne me faisais pas trop d'illusions ! Ce maquillage ne résisterait pas longtemps aux investigations des limiers du NYPD, mais au moins me ferait-il gagner du temps. Le temps que mon avocat, Elridge McMurphy, Irlandais de pure souche comme il aimait à se désigner, vienne à mon secours comme il le faisait si diligemment chaque fois que les flics m'embarquaient. L'objectif de ces derniers était de me harceler, de me pourrir la vie, afin de perturber mon business car ils savaient qu'il leur était impossible de lancer un raid sur mon immeuble. Sugar Hill était le fief de la bourgeoisie noire et s'il leur était facile d'interpeller la racaille de Central Harlem, s'aventurer à Edgecombe Avenue risquerait de provoquer un scandale, voire une émeute, les pauvres Nègres soutenant les riches Nègres en qui ils voyaient l'exemple à suivre. Mais savait-on jamais ? Après tout, ces professeurs d'université, écrivains de renom, peintres talentueux ou médecins qui peuplaient mon quartier n'étaient pas intouchables et n'avaient pour toute arme que leurs discours enflammés contre l'oppression blanche et leurs livres savants dont la plupart des Harlémites n'avaient pas parcouru la première page.

Sugar Hill était un quartier protégé, mais il fallait être fou pour s'imaginer qu'il était inviolable. J'étais en permanence sur mes gardes. Vers cinq heures trente du matin commençait le défilé de mes banquiers. À chacun, j'avais fixé une heure précise à laquelle ils ne devaient déroger sous aucun prétexte. Pas question qu'ils se mettent à grouiller dans les parages et que ça intranquillise mes chers voisins à l'anglais si académique et à la vêture tellement conventionnelle. Déjà que certains me regardaient de bisc-en-coin, ne sachant pas à quelle activité je m'adonnais et pourquoi j'étais en mesure de mener un tel train de vie. Manteaux de fourrure grand luxe. Ford T dernier modèle. Chauffeur en livrée. J'avais tout intérêt à me monter discrète avec ces voyous que je convoquais de beau matin.

Les paris étaient ramassés la veille par une armée de petites mains pompeusement dénommées « collecteurs » et remis à mes différents banquiers. Je dois dire que je ne connaissais pratiquement aucun des premiers et que je n'y tenais pas non plus. Ils se trouvaient, en effet, en première ligne et étaient fréquemment harcelés par la police, arrêtés, incarcérés et même battus en prison pour les contraindre à avouer qu'ils travaillaient non pas seulement pour un simple banquier contrôlant deux ou trois avenues, mais pour Madame St-Clair, la banquière en chef de la loterie clandestine de Harlem. Un seul avait capitulé, un pleutre originaire de Richmond, en Virginie, qui avait été pris avec une vingtaine de feuilles de paris entre les mains, feuilles que je préparais moi-même autour de minuit et que je remettais le lendemain matin à mes banquiers, qui avaient la charge de les redistribuer aux collecteurs. Cette tâche répétitive avait fini par m'être insupportable et je faisais venir le dimanche après-midi deux jeunes filles qui avaient besoin d'argent de poche. Faire imprimer ces bulletins, appelés « *slips* » en anglais, eût été, en effet, mon cher neveu, beaucoup trop dangereux. Nous nous coltinions de larges feuilles de papier que nous découpions en petits rectangles sur lesquels nous inscrivions les nom, prénom et adresse des parieurs ainsi que les sommes qu'ils avaient misées. Sans oublier la date du jour qui pouvait être sujette à contestation quand le bulletin avait été trop manipulé. Je n'étais aucunement la grande bourgeoise oisive que d'aucuns s'imaginaient à Harlem. S'occuper des *numbers* était un boulot à plein temps, fastidieux et complexe puisque les parieurs engageaient la somme qu'ils voulaient, ce qui allait de quelques cents à parfois trois cents dollars pour les plus téméraires. Dès que les chiffres du New York Stock Exchange étaient sortis, il me fallait compter le nombre de gagnants, calculer et préparer leurs gains que je glissais dans des enveloppes avec juste un numéro pour le cas où l'un de mes banquiers, chargé de rétribuer ceux-là, se faisait attraper par la police. Se tromper de numéro pouvait entraîner des catastrophes. La colère du présumé gagnant. La méfiance des parieurs du coin. La perte de confiance en Madame St-Clair. Voire la délation anonyme. On le voit : s'occuper de tout cela n'était pas de tout repos. Il fallait exercer une vigilance de tous les instants et il m'arrivait de remercier mon insomnie.

Ce bouseux de collecteur de paris, venu de sa Virginie profonde, avait par conséquent craqué. Maline le NYPD l'avait relâché dans l'attente que je mette les pieds hors de mon pré carré de Sugar Hill, chose qui se produisit le samedi suivant. Shortie m'avait invitée dans un night-club où elle fêtait son anniversaire. Maîtresse d'un riche mafieux blanc, elle menait grand train, mais je ne la jalousais pas car la nature l'avait dotée de formes à damner un saint, voire même réveiller un mort. Son seul défaut était sa taille, plutôt modeste, d'où son petit nom, mais sinon le reste était parfait. Elle s'émerveillait d'être ce qu'elle était, ce qui m'amusait beaucoup :

— Tu t'imagines, Stéphanie, le nombre de

femmes qui auraient aimé être à ma place ! Y compris des Blanches, tu sais... Tiens, regarde ce que *Sweetheart* m'a encore offert !

Et de brandir qui un collier en or, qui une bague sertie d'une pierre précieuse, qui un flacon de parfum de luxe, qui un sac à main en peau de crocodile. Pour son anniversaire, Shortie avait vu les choses en grand. Non contente d'avoir réquisitionné un night-club, elle avait recruté une armée de jeunes gens, filles et garçons, habillés à la dernière mode, pour être aux petits soins avec ses invités. Son amant lui avait loué, en guise de cadeau d'anniversaire, les services du célèbre orchestre du baryton Harry Carney et du cornettiste Rex Stewart que s'arrachaient les cabarets de New York. Tout ce que Harlem comptait comme bourgeoises s'était pressé à cet événement. Pour ma part, j'avais acheté un tableau à celle qui était devenue l'une de mes meilleures amies, sinon la meilleure. Un tableau du célèbre peintre Aaron Douglas, que la bourgeoisie blanche portait au pinacle. Il s'était d'abord montré réticent sur celui que j'avais choisi, prétextant qu'il s'agissait d'une de ses toutes premières toiles à laquelle il était lié par des sentiments profonds et dont il ne voulait pas se séparer. Me jouait-il la comédie ? Était-il naturellement un artiste plein de coquetterie ? Je n'en sus rien. Toujours est-il que je dus débourser près de quatre mille dollars, et c'est très fière qu'à bord de ma Ford T conduite par Andrew, mon si paisible chauffeur, j'arrivai au night-club

164

en question. Dès que je posai pied sur le trot-toir, une vingtaine de flics surgirent d'une rue adjacente et me plaquèrent au sol comme une vulgaire pute de quartier ou quelque consom-matrice de drogue, cela sous le regard ahuri des invités déjà sur place.

— Cette fois, on a de quoi vous mettre à l'ombre, Madame St-Clair, jubila l'un des officiers. Inutile d'appeler votre avocat ! Vous dépenseriez pour rien votre argent si mal gagné.

— Je suis accusée de quoi encore ?

— Loterie clandestine, madame.

— Première nouvelle !

Je ne m'étais pas démontée, même si la honte m'avait submergée devant l'air incrédule des invités. L'un d'eux s'était empressé d'aller qué-rir Shortie qui avait revêtu une robe à paillettes rouge et noir du plus bel effet. Scandalisée, la bellissime jeune créature (elle avait à peine vingt-neuf ans et son amant mafieux la quarantaine) se mit à invectiver la brigade, laquelle demeura impavide. Les flics savaient qui elle était et sur-tout qui était son protecteur. Cet homme impor-tant n'aurait accepté aucun impair de leur part, surtout pas en public. Ils m'engouffrèrent dans leur véhicule et me conduisirent vite fait à leur commissariat. Pour me faire savoir qu'il était inutile que je gaspille ma salive à leur raconter des balivernes, ils avaient menotté mon collec-teur de Richmond à une chaise placée au fond de la pièce où se déroula l'interrogatoire. Ce stratagème ne m'émotionna point. Je savais que je vivais dans un monde sans pitié, où la ruse le disputait à la férocité, le mensonge à la mauvaise foi. Pour trouver un peu d'humanité à Harlem, il n'y avait que l'*Apollo Theater* ou le *Cotton Club*, ces cabarets où des musiciens de génie inventaient une musique jamais entendue jusque-là au point de dérouter les beaux esprits. Dans les journaux des Blancs qu'il m'arrivait de parcourir, je tombais parfois sur des articles virulents condamnant Duke Ellington ou Johnny Hodges au motif que ce qu'ils faisaient n'était pas de l'art, mais un méli-mélo de sons sans queue ni tête qui écorchait l'oreille des honnêtes gens. Ces appréciations me faisaient sourire quoique je ne fusse pas très versée en matière de musique. Je savais qu'elle émanait de gens qui ne supportaient pas l'idée que les *Negroes* possèdent une culture propre alors même que nombre de richissimes mafieux blancs et de stars tout aussi blanches de la littérature, de la peinture ou du cinéma n'éprouvaient aucune gêne à investir chaque fin de semaine les night-clubs de Harlem.

Toutes les fois où la police m'arrêtait, je me remémorais tel morceau, dix fois écouté et réécouté, de Duke Ellington ou d'un autre jazzman de renom, et m'y réfugiais, me dédoublant en quelque sorte devant le galonné qui tournicotait autour de ma personne, de prétendues preuves à la main, déterminé à me faire tomber. Ses questions me parvenaient mais comme enveloppées dans un voile, une sorte de halo qui devait rendre mon regard vitreux. Ou en tout cas vide.

— Richmond, ça vous dit quelque chose, Madame Queen ?

— Non, pas du tout !

— New York ou Washington non plus, je suppose ? ricana le flic.

— Je ne connais que Harlem, monsieur l'officier. C'est là que les gens de votre race ont parqué ceux de la mienne.

Bref silence. Interminable silence. Puis colère du flic :

— Cessez votre petit jeu, Stéphanie St-Clair ! Cette fois, on vous tient. On dispose d'un témoin qui est prêt à dévoiler vos combines devant un juge. Donc soit vous nous dites tout et on vous en saura gré le moment venu, soit vous vous entêtez à nier et là, ça ira très mal pour vous.

— Je ne connais personne qui s'appelle Richmond. Je ne connais pas non plus ce monsieur.

— Tant pis ! Vous vous expliquerez à la barre du tribunal, chère dame, mais à mon humble avis, vous commettez une lourde erreur.

Vois-tu, mon cher neveu, ce genre d'interrogatoire, j'ai eu à les subir moult fois, si bien que j'ai renoncé à les compter. Au début, ça me foutait en rogne. Je finissais par invectiver les flics, d'abord en anglais, puis en français, chose qui produisait toujours son effet. Ou je lâchais une insulte en gaélique lorsque je me trouvais face à un rouquin aux yeux bleus ou verts. Ils m'élargissaient plus vite que leurs autres clients, mais ça ne les empêchait pas, ces salauds, de rédiger des rapports salés sur mon compte à la justice. J'aurais pu dire que j'avais une sorte de tribunal attitré, celui de la 156ᵉ Rue, dans lequel officiaient des juges blancs en fin de carrière qui considéraient la race nègre comme « incurable du point de vue moral », pour reprendre l'expression de l'un d'entre eux, et condamnaient à la chaîne voleurs à la tire, braqueurs, putains, alcooliques, drogués et bien entendu collecteurs de paris et banquiers de la loterie clandestine. Le juge Philips, un type au crâne dégarni et au visage couperosé, affligé d'une paire d'énormes lunettes, l'air constamment épuisé, avait eu maintes occasions de me faire venir à la barre.

— Encore notre élégante dame française ! On ne sait donc pas se tenir à Paris ? tentait-il de plaisanter.

Déjà que son « Parisse » avait le don de me porter sur les nerfs, j'adoptais une mine sévère et le fixais droit dans les yeux bien que mon avocat Me Elridge McMurphy, *Irish* sempiternellement jovial, me conseillât chaque fois de faire profil bas.

— À Paris, on n'arrête pas les honnêtes gens pour un oui ou un non, monsieur le juge.

— Première nouvelle ! Madame St-Clair serait un parangon de vertu ? Ce n'est pas ce que disent vos sbires que la police interpelle à tous les coins de rue. Faites entrer le témoin !

L'un ou l'autre de mes collecteurs, plus rarement de mes banquiers, s'avançait à la barre, menotté, l'air mi-buté, mi-terrorisé, entre deux flics. Je le fusillais du regard et il comprenait immédiatement le message : ou tu la boucles, pauvre connard, ou tu jactes, et là, à ta sortie de prison, t'es bon pour une balle entre les deux yeux. Tous choisissaient bien évidemment la première solution et juraient leurs grands dieux ne m'avoir jamais rencontrée ni même vue de toute leur vie. Ce manège avait le don d'exaspérer le juge Philips qui n'hésitait pas, contre toute vraisemblance, à menacer le prévenu d'une nouvelle et terrifiante invention : la chaise électrique. À la vérité, cet engin était à l'époque loin d'avoir fait ses preuves et le *New York Times* avait rapporté un certain nombre d'exécutions ratées qui avaient fortement ému l'opinion publique blanche et provoqué une vague de protestations. Finir électrocuté juste pour avoir collecté des paris clandestins n'était pas très crédible et le témoin censé m'accabler se rétractait à la barre, à la grande irritation du juge.

— Queenie, permettez-moi d'utiliser votre petit nom puisque c'est ainsi qu'on vous connaît dans le milieu, vous vous en sortez bien pour cette fois, mais sachez que ce ne sera pas toujours le cas. Fatalement, je finirai par vous coincer...

« Va te faire mettre, vieille tapette ! » me disais-je en mon for intérieur...

CHAPITRE 7

Depuis que j'étais devenue la patronne des banquiers de la loterie clandestine de Harlem, la seule femme dans ce business, ce qui exaspérait mes confrères, transformés progressivement en obligés, les James Warner, Casper Holstein, Wilfred Brandon, Simeon Francis ou encore Joseph Ison, j'étais littéralement assiégée de toutes sortes de demandes d'aide. Comment refuser de donner au Temple universel du Christ rédempteur et ses magnifiques chanteuses de gospel, quoique je sois demeurée une catholique, certes peu fervente, et que les simagrées du pasteur et de ses ouailles, leurs cris, leurs pleurs, leurs trépignements de baptistes, m'aient toujours indisposée ? Comment tourner le dos à la salle de boxe de la 133e Rue où de jeunes Nègres désœuvrés venaient se délester de leurs frustrations ? Et puis ma fortune ne provenait-elle pas de ces milliers de pauvres hères qui misaient jour après jour qui un penny, qui dix, qui vingt, dans le fol espoir de tourner définitivement le dos à la misère ?

Car on le proclamait partout : le Blanc ne veut pas de nous, il refuse que nous fréquentions ses restaurants, ses cinémas, ses magasins, ses parcs et même ses toilettes publiques, mais il tolère les Nègres qui possèdent une bonne éducation ou qui ont réussi dans la vie, surtout ceux que le hasard a dotés d'une peau claire parce que, autrefois, une arrière-grand-mère avait fauté avec le maître ou avait été violentée par lui. Ah certes, le Blanc ne se mélange pas avec eux, mais il ne leur cherche pas noise pour un rien. Les Nègres de peu, par contre, sont sans cesse harcelés par la police et la prison de Rikers Island en regorge.

« Madame Queen est généreuse, répétait-on à travers Central Harlem, beaucoup plus que ceux de son rang alors même qu'elle n'est pas native d'ici, mais d'une île lointaine dans l'archipel des Caraïbes dont on a du mal à se rappeler le nom. » À la vérité, ma réputation n'était point usurpée. Une fois que j'avais rémunéré mes collecteurs de paris et mes banquiers, puis réglé les gagnants du jour, il me restait de quoi nourrir pendant des jours une rue entière. Or, je n'avais ni famille ni enfants, quoique mon amant et associé Ellsworth « Bumpy » Johnson, ait maintes et maintes fois émis le vœu que je m'installe avec lui. Je n'étais pas folle ! Mélanger business et amour revenait à ouvrir la porte à toutes les dérives et, dans mon cas précis, Bumpy se trouvait être mon employé, rien d'autre. Enfin, j'exagère un brin, mon cher Frédéric, je l'autorisais parfois à se glisser dans mon lit lors des nuits particulièrement froides du mitan de l'hiver new-yorkais. Coquette et dépensière, je ne l'étais guère non plus, revêtant les mêmes robes gris perle qui, dit-on, faisaient ressortir le noir brillant de mes yeux et me chapeautant de manière certes élégante, mais point du tout excentrique. Il n'y avait que les manteaux de fourrure qui me poussaient à commettre des folies, mais non pas comme les gens le croyaient parce que je voulais jouer à l'élégante parisienne, à la grande madame, mais tout bêtement parce que j'avais froid. Vingt-six ans durant, les premières de mon existence, je n'avais connu, en effet, qu'une seule et même saison, ou plus exactement une seule et même température, celle de ma terre tropicale, contrairement aux Nègres américains qui ne comprenaient pas que j'aie toujours froid, y compris au printemps et en automne. Je claquais souvent des dents et pour éviter que cela ne se remarque, plus souvent que rarement, je mâchonnais un fume-cigarette à bout doré alors que le tabac n'était pas mon principal vice. Je lui préférais de loin un bon verre d'*irish whisky*.

Cependant, parmi toutes ces largesses dont j'étais coutumière et qui me valaient le respect de ceux qui m'entouraient, il y en avait une que je m'étais longtemps refusée : financer l'Association universelle pour l'amélioration de la condition noire que dirigeait ce Nègre laid comme trois diables et bouffi d'orgueil qu'était le dénommé Marcus Garvey. Ce dernier n'a jamais su qu'avant de devenir Madame Queen, à l'époque où, Négresse miséreuse, je traînais mes chimères à travers Harlem, il m'était arrivé à deux ou trois reprises de l'entendre prêcher. Peut-être que « prêcher » n'est pas le mot, « psalmodier » conviendrait sans doute mieux, perché qu'il se tenait sur une énorme caisse, étrangement vêtu d'un bicorne à plumes et d'un uniforme de général prussien, qu'il vente ou qu'il grêle, stoïque, exalté, lyrique avec son accent tout en mélodie de Jamaïcain. D'aucuns, en ce temps-là, le confondaient avec l'un de ces fous qui hantaient les rues les plus malfamées de Harlem, toujours prêts à vous aider à sauver votre âme de pêcheur prétendument invétéré contre un demi-dollar ou un reste de repas. Sa voix de stentor résonne encore à mes oreilles :

— Mes frères et mes sœurs, écoutez-moi, je vous en prie ! Ce monde blanc dans lequel on a jeté les nôtres n'est pas fait pour nous. C'est un lieu de perdition pour notre race. Ce pays n'est pas le nôtre, il ne peut pas l'être et ne le sera jamais. Maudit soit ton nom, Amérique ! Mes frères et sœurs, sachez que notre terre à nous n'est autre que l'Afrique mère que les Blancs nous ont forcés à oublier depuis bientôt trois siècles, mais qui survit en chacun d'entre nous telle une étincelle indestructible...

Tant d'éloquence, voire de grandiloquence, émouvait la badaudaille qui s'arrêtait bouche bée et buvait les paroles de Marcus Garvey pendant des heures, l'homme étant intarissable. Si à moi tout cela ne disait rien, j'admirais cependant son immense culture, tous ces ouvrages qu'il citait de tête, ces événements historiques, largement inconnus de moi, qu'il rappelait dans le détail. J'aimais la fièvre qui l'habitait car elle faisait de lui un homme vrai, pas une créature à double visage comme la plupart des Nègres américains. Plus tard, devenue riche et fréquentant de grands intellectuels nègres tels que Du Bois, je comprendrais la raison de cette différence entre nous, Nègres des îles, et eux, Nègres de la terre ferme. Dans nos pays, Jamaïque et Martinique, le Blanc a certes pratiqué l'esclavage, mais il n'a jamais été qu'en tout petit nombre et l'on pouvait parfaitement envisager de vivre sa vie hors de sa vue, voire de son emprise, tandis qu'ici, en Amérique, son alter ego, anglais, irlandais, hollandais, italien, russe et j'en passe, est très largement majoritaire. Il domine l'entièreté de la vie des *Negroes* et ces derniers ont dû, pour survivre, se forger une carapace. Et c'est précisément celle-là que Garvey s'entêtait à vouloir arracher. Quand il descendait de sa caisse, on se précipitait pour lui serrer la main ou l'embrasser, et très vite il devint une manière de prophète du retour en Afrique. Une fois engagée dans le business de la loterie, je l'avais perdu de vue, cela des années durant, n'ayant que de rares nouvelles de lui par la presse. Je savais qu'il avait fondé un journal, *The Negro World*, mais plutôt mal distribué, il ne m'arrivait que très épisodiquement entre les mains. Sauf qu'un jour deux hommes bien mis et très respectueux frappèrent à ma porte et, déclinant mon invitation à entrer, me déclarèrent qu'en tant que Noire qui avait réussi, il était de mon devoir de participer au financement d'un projet grandiose, celui de la Black Star Line, compagnie de navigation fondée par Garvey dans le but de rapatrier tous les Noirs des Amériques et des Antilles dans la terre de leurs ancêtres, l'Afrique.

J'étais demeurée interdite...

[GRAND NÈGRE

La première fois qu'il fut donné à Stéphanie St-Clair de le voir, c'est l'expression « Grand Nègre », souvent utilisée par sa mère, là-bas, à la Martinique, qui lui vint à l'esprit. Il était, à la vérité, plutôt mulâtre, mais ce terme, comme elle s'en était rendu compte, n'avait pas de sens en Amérique à cause de l'infranchissable ligne de couleur entre les Blancs et les Noirs. « Grand » signifiait, pour autant que ses souvenirs du créole ne la trahissaient pas, « savant » ou à tout le moins « éduqué et respectable ». Oui, William E. B. Du Bois l'était plus que toute autre personne qu'elle avait rencontrée à ce jour. Il était avec son curieux nez busqué, assez semblable à celui des Juifs qui tenaient les épiceries et les magasins de vêtements à Harlem, et son teint olivâtre l'exact contraire de Marcus Garvey. Toujours vêtu d'un costume de bonne coupe et d'un nœud papillon, les pointes de la moustache rebiquées, la barbe taillée en pointe, le regard fixe et perçant, il en impressionnait plus d'un. Lui aussi empruntait l'escalier de l'immeuble d'Edgecombe Avenue où, tout comme Stéphanie, il avait élu domicile, mais, lui apprit-il plus tard, ce n'était nullement par appréhension de l'ascenseur, mais pour maintenir son cœur en bonne forme. Ils devaient fatalement se rencontrer. La première fois, il ignora la jeune femme, son regard semblant glisser sur sa petite personne, mais l'essoufflement de Bumpy, qui pestait sans arrêt d'avoir à subir cette escalade, lui arracha un sourire.

— On est des Nègres ignorants pour lui..., souffla son garde du corps à Stéphanie. Mister Du Bois n'est pas le premier venu, Queenie ! Même les Blancs le respectent. C'est lui qui fait ce journal... comment il s'appelle déjà ?... Ah oui, The Crisis, plein de trucs incompréhensibles. C'est pas dedans que tu vas savoir qui a été assassiné ou dénicher les pronostics des courses de chevaux. Pff !...

Une autre fois, un jour d'été où il faisait une chaleur de mille diables, Mister Du Bois avait ôté sa veste qu'il portait à l'épaule, et comme Stéphanie était pour une fois seule (elle avait envoyé Bumpy régler son compte à un de ses collecteurs de paris de West Harlem qui croyait pouvoir la gruger), il se montra aimable. Galant même :

— *Have a nice day, lady !* (Bonne journée, chère dame !)

Il avait soulevé son chapeau et lui avait souri, à moins que ce ne fût un rictus habituel chez lui. Elle en avait été si interloquée qu'elle n'avait pas engagé la conversation. Quand elle avait pris des renseignements sur sa personne, on lui avait rapporté qu'il était docteur en philosophie de l'université de Harvard. Il était même le premier Noir à avoir obtenu pareille distinction ! Stéphanie était bien évidemment en admiration devant un tel personnage, elle qui n'avait fait que cinq années d'école, mais prise d'une soudaine impulsion, elle lui demanda en français :

— Puis-je vous inviter à prendre le thé ?

Il l'entrevisagea de telle manière qu'elle sentit la honte l'envahir. Elle aurait tellement aimé qu'une force magique la fasse descendre six pieds sous terre ou la volatilise. Devant lui, elle n'était rien. Ils n'appartenaient pas au même monde. Celui des paris clandestins, des bars où l'on vendait de l'alcool de contrebande et de l'héroïne, des night-clubs où des danseuses négresses et mulâtresses aux jambes interminables s'encanaillaient avec le plus offrant une fois leur spectacle terminé, ce monde-là n'entretenait aucun rapport avec celui, feutré, raffiné, dans lequel évoluait l'éminent Mister Du Bois. Du moins était-ce ce dont Stéphanie était persuadée.

— Pourquoi pas ? lui rétorqua-t-il en français aussi, et cela d'une voix tranquille. Mais chez moi si vous le permettez...

La jeune femme sursauta car elle ignorait que cet Américain eût pareille maîtrise de sa langue, sa langue à elle, celle dans laquelle elle s'isolait lorsqu'elle en avait par-dessus la tête de ce pays violent où la loi de l'Ouest continuait à régner malgré le fait que les Indiens aient été définitivement vaincus et qu'on ait troqué les chariots contre les automobiles. De brefs moments de nostalgie s'emparaient de Stéphanie, souvent à l'improviste. Violents au point de la faire déparler, c'est-à-dire à la fois parler sans raison et sans queue ni tête. Toujours en français en tout cas, mâtiné de créole. Cette habitude, qui ne l'a jamais quittée, n'avait de cesse d'interloquer ses différents amants, en particulier Bumpy, lequel se plantait devant elle et l'écoutait bouche bée jusqu'à ce que, exaspéré, il lui lance :

— *Hey Frenchie, what's the fuck ? Stop that voodoo !* (Hé, la Française, t'as quoi qui te passe par la tête ? Arrête ton vaudou !)

L'appartement de Mister Du Bois était beaucoup

plus vaste que le sien, mais totalement dépourvu de tout ce lot de babioles que Stéphanie achetait compulsivement chaque fois qu'à la loterie elle avait réalisé un gros coup. Ce qui veut dire que le nombre de gagnants de la semaine avait été modeste. Ses collecteurs et ses banquiers la réglaient alors rubis sur l'ongle et tout le monde était content, sauf les pauvres hères qui y avaient misé leurs derniers cents. Ah, pour être cheftaine de cette entreprise, que la loi déclare criminelle, il ne faut surtout pas être une faible femme ! Ou plutôt avoir le cœur trop compatissant. Tout un chacun savait, d'un bout à l'autre de Harlem, que Madame Queenie était quelqu'un d'implacable.

Les murs de l'appartement du prestigieux professeur d'université étaient tapissés de livres du sol au plafond. Elle n'avait jamais vu chose pareille, même dans son adolescence à Fort-de-France, chez les Verneuil où elle avait servi de bonne. Des livres partout. Certains soigneusement rangés sur des étagères, d'autres empilés. Certains ouverts sur le canapé en cuir véritable sur lequel l'éminent professeur lui demanda de m'installer.

— Vous seriez cette fameuse Française noire qui en impose aux voyous les plus impitoyables de Harlem, lui lança-t-il sur un ton jovial qui la surprit. Au fond, vous et moi, nous défendons, chacun à sa manière, la même cause.

Outre qu'elle était diantrement intimidée, Stéphanie ne voyait pas où il voulait en venir.

— Nous défendons la Race, Madame Queen, oui, la Race avec un « R » majuscule, continua-t-il soudain sérieux. Moi avec des mots, des discours, et vous, en empêchant la pègre italienne et irlandaise de faire main basse sur Harlem.

Elle n'avait jamais envisagé les choses de cette

façon. À son sens, elle ne défendait qu'elle-même et ses propres intérêts. D'ailleurs, elle n'avait pas émigré en Amérique pour défendre une quelconque race, mais pour se forger un avenir meilleur. C'est vrai que depuis son arrivée, ce qui faisait une bonne douzaine d'années à présent, elle entendait parler avec insistance d'un certain Booker T. Washington. Ce dernier était beaucoup plus connu du petit peuple nègre que Du Bois. À ce que Stéphanie avait compris, le premier aurait passé un accord avec les Blancs pour que les Noirs se forment dans des écoles techniques avant de pouvoir prétendre exercer de hautes fonctions, cela au motif que les anciens esclaves accusaient un important retard scolaire par rapport à leurs anciens maîtres. Cette théorie ne paraissait pas abracadabrante du tout à la plupart des Harlémites de son entourage, mais elle se gardait bien de leur dire que, dans son île, la Martinique, après l'abolition, les gens de couleur (les Mulâtres d'abord) étaient allés tout de suite à l'école, puis à l'université, et que très vite des docteurs, des dentistes, des pharmaciens, des architectes ou des professeurs avaient surgi. L'Amérique c'est l'Amérique, la Martinique c'est la Martinique, se disait-elle.

— Vous... vous parlez bien... français, finit par murmurer Stéphanie.

— Ah, rien qu'à mon nom ça se voit, non ? Du Bois ! Plus français que cela, on ne fait pas. Ha-ha-ha !

Elle n'y avait pas prêté attention à cause de la prononciation anglo-saxonne : « Diou Boïsse ». Et le professeur de lui révéler que son père Alfred était à moitié haïtien et qu'il avait vécu dans « cette île sœur de la Martinique » avant de gagner le continent, le Massachusetts plus précisément. Que lui-même, William, n'avait pas eu la chance d'être initié au créole parce que cet homme les avait abandonnés alors qu'il était bébé, mais qu'heureusement il s'était astreint à apprendre très tôt le français, langue qu'il avait perfectionnée au cours de ses études universitaires. Stéphanie réalisa alors que, comme la plupart des Américains, Du Bois ne se rendait pas compte du fait que français et créole étaient deux idiomes différents, et que ce dernier n'était pas « une sorte de français » comme ceux-là le croyaient en toute bonne foi.

Du Bois parla longtemps. Lui posa de temps à autre des questions sur ce qu'il appelait « votre activité ». Sans faire de commentaires. Ni arborer un air réprobateur. Lorsque la jeune femme prit congé, il lui offrit un de ses livres qu'il lui dédicaça : *The Souls of Black Folk*. Livre qui ne devait plus jamais la quitter et qui changerait non pas sa vie, mais une certaine vision qu'elle avait des rapports non seulement entre Noirs et Blancs, mais aussi entre Noirs et Noirs. Enfin, entre Noirs et Mulâtres plus exactement.]

Lorsque les hommes de la Black Star Line revinrent à la charge quelques semaines plus tard, ils prononcèrent un mot qui me fit frissonner : « lynchage ». Un mot n'a d'existence que s'il renvoie à quelque chose ou à un événement que l'on a eu l'occasion de voir ou d'expériencer. Stéphanie St-Clair — pardon, mon bon neveu, si je parle parfois de moi à la troisième personne — entendait ou lisait fréquemment « lyncher » ou « lynchage », mais ne quittant pratiquement jamais Harlem, elle n'avait pas une claire vision de ce que cela représentait. Il y avait eu, certes, cet épisode douloureux de l'attaque du bus qu'elle avait emprunté après qu'elle avait

éborgné Duke, et ensuite son viol par les barbares du Ku Klux Klan, mais elle avait presque
réussi à le gommer de sa mémoire. Elle finissait
en quelque sorte ses années d'apprentissage de
l'Amérique, les plus dures de sa vie, celles où
elle avait intégré le gang irlandais des quarante
voleurs au sein duquel elle avait appris à tuer
un être humain sans sourciller. La guerre s'était
achevée et au début de 1919, des centaines de
conscrits noirs s'en étaient revenus d'Europe
où ils avaient vu d'autres visages, été confrontés
à d'autres mœurs et n'étaient plus disposés à
se laisser marcher dessus. Elle avait succombé
aux charmes — l'une des très rares fois de sa
vie — d'un beau sergent à la peau café au lait
et aux cheveux frisés que dans la nomenclature
ethnique de la Martinique on eût décrit comme
étant un « Câpre », chose qui n'avait aucun sens
en Amérique mais qui comptait aux yeux de
l'immigrante de fraîche date qu'était Stéphanie
St-Clair. Un jour, il lui proposa de visiter la capitale fédérale, Washington, et la jeune femme,
exaltée, considéra à tort ou à raison qu'il s'agissait d'une manière de préparation à leur futur
voyage de noces. Dans le train, tout le monde
dévisageait Tim à cause de son uniforme et surtout de la barrette de médailles qui lui décorait
la poitrine. Stéphanie était très fière devant la
gent féminine d'avoir été choisie par un héros
de guerre. Même le contrôleur blanc du train
fit montre de déférence à leur endroit. Tout au
long du voyage, Stéphanie se prit à rêver : elle

181

avait la chance inouïe non seulement de sortir de la géhenne, mais de devenir peu à peu une vraie Américaine. Tim comptait l'emmener visiter sa famille en Géorgie le mois suivant et elle de s'appliquer, dès qu'elle se trouvait seule, à améliorer sa prononciation, surtout the « ze », en lieu et place du « th », qui en général arrachait des sourires moqueurs à ses interlocuteurs.

À Washington, le couple fut d'emblée, dès la descente du train, confronté à l'enfer. Sur les quais des hommes blancs ivres de colère s'attaquaient aux passagers noirs et à leurs parents ou amis venus les attendre sur les quais, hurlant :

— Espèces de bolcheviques ! Sales Nègres, dégagez d'ici !

Des chasses à l'homme avaient même lieu le long des rails. Stéphanie retint un cri d'horreur lorsqu'elle vit exploser le crâne d'un jeune fuyard. Deux de ses poursuivants avaient tiré sur lui à bout portant presque au même instant. Des Noirs gisaient un peu partout sur le sol, dans le hall de la gare et sur les escaliers qui y conduisaient. Une odeur âcre de sang empestait les lieux. Interloqué, Tim, celui qui avait vaillamment affronté les Allemands sur les champs de bataille d'Europe, ne broncha pas. Il avançait tel un automate, tenant une Stéphanie terrorisée par la main. Bientôt, un groupe d'émeutiers les encercla. Le plus excité beuglait :

— Non seulement vous volez notre travail, mais en plus vous violez nos femmes, bande de singes ! Nous allons vous faire payer ça !

Par miracle, une des brigades de police qui sillonnaient Washington ce soir-là passa à leur hauteur et protégea le couple. Ils embarquèrent Stéphanie et Tim qu'ils conduisirent à un commissariat déjà rempli d'émeutiers blancs et de Noirs couverts de blessures. Ça criait, hurlait, bavait, se lamentait, s'insultait de part et d'autre, et les policiers avaient le plus grand mal à contenir chacun des groupes. Le bruit des sirènes de camions de pompiers déchirait la nuit, entrecoupé de coups de feu. Tim serra Stéphanie encore plus fort entre ses bras dans un geste d'infinie tendresse qui dissipa l'effroi qui étreignait la jeune femme. Aux côtés d'un tel homme, elle ne risquait rien. Son uniforme, ses médailles, son calme olympien en imposeraient aux émeutiers. Ces derniers semblaient viser particulièrement un homme, un Noir d'une quarantaine d'années dont le visage était ensanglanté et qui gisait par terre, recroquevillé. Dehors montaient des menaces de plus en plus explicites :

— *We gonna hang that rapist ! Let's get that nigger bastard !* (On va pendre ce violeur ! Attrapons ce Négro de merde !)

L'homme se mit à geindre et à nier ce dont on l'accusait, mais des policiers le firent taire à coups de pied dans les côtes. Tim se détacha de Stéphanie et se précipita à son secours. Une balle au mitan de la poitrine mit fin à la vie de celui qui, quatre ans durant, avait réussi à échapper à l'ennemi teuton. Une balle partie du groupe de policiers qui bloquaient, sans conviction, la porte d'entrée du commissariat. Celle-ci vola en éclats peu après et les émeutiers s'y engouffrèrent en hurlant. Après, ce fut un grand trou. Stéphanie se réveilla sur un lit d'hôpital. Des infirmières noires lui souriaient, l'une d'elle lui passant sur le front un morceau de coton imbibé d'un liquide qui la piquait. Ses lèvres battaient, mais la jeune femme ne captait aucun de ses mots. Une espèce de bourdonnement lui obstruait les tympans qui la faisaient souffrir et elle réalisa qu'on lui avait bandé une partie de la tête. Peu à peu, ses sensations revinrent. Comme si elle réintégrait son corps après l'avoir longtemps quitté. L'étrangeté de la situation occupa son esprit un temps si long qu'elle eut l'impression que le jour s'était définitivement arrêté et qu'il refusait de céder sa place à la nuit. En fait, la chambre d'hôpital était en permanence éclairée par des néons qui lui blessaient les yeux.

— *Young lady, do you hear me ?* (Mademoiselle, vous m'entendez ?)

La voix venait de loin, de très loin. Stéphanie réussit à se frotter les yeux et distingua un visage ovale, couleur café, qui lui offrait un sourire maternel tout en lui tenant les deux mains. Cette bonne âme revint à son chevet tous les jours. Des semaines durant. Jusqu'à ce que la jeune fille pût se redresser sur son lit et manger sans qu'on l'aidât. Les nouvelles qu'on fut bien obligé de lui donner la dévastèrent : tout avait été tenté pour sauver Tim mais la balle lui avait perforé un poumon et il avait été transporté trop tardivement à l'hôpital. Quant à elle et les autres Noirs qui se trouvaient dans l'établissement, ils avaient été lynchés par la foule et n'avaient eu, pour certains d'entre eux, la vie sauve que grâce à l'intervention d'une brigade antiémeute.

Pardon d'avoir employé la troisième personne, cher neveu, mais c'est ma manière à moi d'expulser ce drame de ma mémoire. D'en expurger cette dernière plutôt... Je sais, je sais, je mélange les époques aussi, mais je suis sûre que tu sauras te dépêtrer de ce méli-mélange...

CHAPITRE 8

En finir avec ce foutu Hollandais de merde qu'était Dutch Schultz était devenu ma hantise, mon obsession, en ce début d'année 1926. Ce gros porc insatiable s'imaginait mettre la main sur la loterie illégale de Harlem alors qu'il ne pouvait ignorer que c'était là un moyen de survie pour des milliers de pauvres Nègres, lesquels misaient parfois un penny, un seul petit penny, enfin pennies et nickels, je veux dire, dans l'espoir de gagner de quoi manger à leur faim pendant quelques jours. Sans compter que nous autres, les banquiers, apportions une aide importante à nombre d'organisations tout ce qu'il y avait de plus légales et investissions dans des laveries, des épiceries, des boulangeries, des hôtels même. J'avais pour ma part renoncé à compter le nombre d'œuvres de charité auxquelles je contribuais, pas plus que celui des entreprises dans lesquelles j'étais actionnaire. Stéphanie St-Clair était une businesswoman et en était fière ! Une femme au service de sa communauté qui ne se contentait pas d'engranger des millions grâce à des paris illégaux, mais qui savait faire preuve de compassion et de magnanimité à l'égard des siens. Officiellement, je me présentais à mes voisins bourgeois d'Edgecombe Avenue comme une femme d'affaires, ce dont la plupart étaient persuadés, hormis ceux qui savaient la vérité et me morguaient. Tandis que lui, Dutch Schultz, n'était qu'un prédateur, un Blanc sans scrupule qui ne s'intéressait qu'à pressurer au maximum les habitants de Harlem et rapporter leur argent dans son monde à lui, celui qui nous était interdit.

Oui, « solidarité » n'était pas un vain mot entre nous, même si certains en abusaient et n'hésitaient pas à gruger leur bienfaiteur. La plupart du temps, je gardais mes largesses secrètes afin de ne pas attirer l'attention des indicateurs de police qui fourmillaient à Harlem. Voleurs à la petite semaine qu'on avait libérés de prison avant terme, drogués qui ne pouvaient vivre un seul jour sans leur dose d'héroïne, maquereaux dont les activités étaient tolérées ou vrais assassins contre lesquels suffisamment de preuves n'avaient pu être rassemblées, toute cette faune était au service du NYPD. Quand je dis « largesses », je devrais plutôt employer le terme « investissements » à la manière des Blancs, mais comme c'était presque à fonds perdu, je préfère user du premier. « Mâ'me Queen a un grand cœur », colportait-on à travers Harlem, si bien que pas une semaine ne s'écoulait sans qu'on me sollicite pour l'ouverture d'un restaurant, d'une laverie, d'une épicerie ou plus rarement d'un kiosque à journaux. Il y eut même un quidam qui sonna chez moi trois fois en l'espace d'un an. Malin, il s'était fait accompagner par ses filles en bas âge, un trio de mignonnes créatures qui faisaient peine à voir dans leurs robes défraîchies.

— Je suis un gros travailleur, plaida-t-il, mais j'ai perdu mon emploi à la mairie... J'ai besoin d'aide pour m'en sortir et élever ces enfants qui n'ont, hélas, plus de mère... Elle est morte à la naissance de ma benjamine...

Il joua si bien la comédie que je me laissai attendrir et lui allouai cinq mille dollars en guise de participation au montage de son restaurant. Si je ne l'avais pas repoussé, le bougre m'aurait baisé les pieds après m'avoir remerciée d'obsé-quieuse façon. Peu après, il m'invita à l'inauguration de son établissement, à mon avis plutôt mal placé, car trop loin de Central Park. La cuisine y était bonne et assez semblable à celle des Antilles, l'homme venant à l'en croire du Sud. À ma grande surprise, une femme dans la trentaine finissante, assez belle et en tout cas vigoureuse, dirigeait les opérations. Le nouveau restaurateur me la présenta comme la sœur de feu sa tendre épouse, mais au comportement de celle-ci avec les fillettes, j'eus quelques doutes.

— T'as le cœur trop tendre, me taquina Shortie. Ce Nègre-là, il t'a roulée dans la farine. Si ça se trouve, il possède déjà deux ou trois restaurants...

Ma meilleure amie avait raison. Un soir que nous étions allées dîner, le quatuor d'inséparables que formions Annabelle, Mysti, Shortie et moi-même, à la limite du Bronx, dans un établissement dont on nous avait vanté la cuisine, nous découvrîmes que celle qui était à la caisse n'était autre que la fameuse sœur de la décédée. Elle sursauta en nous voyant, mais réussit à conserver son calme. Elle vint vers nous, nous salua et nous annonça qu'il lui arrivait de faire des extras ici et là car nourrir trois fillettes, ses très chères nièces, n'était pas simple du tout. Je la crus. Shortie aucunement.

Une autre fois, une dame se présentant comme la responsable des œuvres de charité de la Colored Methodist Episcopal Church vint vers moi à la fin d'un office (pour m'attirer la sympathie de tout le monde je fréquentais indifféremment les églises adventistes, baptistes, méthodistes et autres quoiqu'on sût que j'étais catholique) et me présenta un projet de construction d'un orphelinat dans la 138e Rue. À Harlem, en effet, enfants abandonnés ou ayant perdu leurs parents représentaient un véritable drame. Ils erraient de jour, mendiant ou proposant de menus services contre quelques pièces, et de nuit trouvaient abri sous le porche d'immeubles ou d'entrepôts désaffectés sur les berges de la Harlem River. C'était un crève-cœur que de les voir aussi sales et maigres, mais comme chacun était préoccupé de tirer le Diable par la queue, il n'y avait guère d'âme charitable qui se souciât de leur sort. Il

m'arrivait de demander à Andrew, mon chauffeur, de s'arrêter à certains coins de rue pour leur
distribuer de la menue monnaie. Il s'en occupait,
mais la marmaille n'en venait pas moins s'agglu-
tiner contre la portière de ma Ford T pour me
remercier et j'étais chaque fois étonnée qu'ils
connaissent l'existence de « Mâ'me Queen ». Ma
popularité à travers Harlem n'avait jamais eu
de cesse de m'épater. Après tout, n'étais-je pas
une étrangère ? Voire une usurpatrice ? Mais, je
me reprenais très vite et réintégrais mon rôle de
prêtresse de la loterie clandestine qui semblait
m'aller comme un gant aux yeux de la majorité
des Harlémites. Je visitai l'emplacement où la
dame de la Colored Methodist Episcopal Church
envisageait de construire son « refuge pour l'enfance en détresse », comme elle se mit tout soudain à le désigner pompeusement. Il s'agissait
d'un bâtiment en brique rouge de deux étages
d'architecture victorienne qui avait été victime
d'un incendie une dizaine d'années auparavant,
incendie dans lequel ses propriétaires, un couple
de médecins fortunés, avaient malheureusement
péri. Plus qu'une construction, il s'agirait d'une
réhabilitation et d'une modernisation des accès,
m'expliqua cette dame dont ma mémoire a fini
par ensevelir le nom. Moi qui n'avais pas eu
d'enfants et qui ne souhaitais surtout pas en
mettre au monde, je jubilais intérieurement à
l'idée d'être une seconde mère pour la trentaine
ou quarantaine d'enfants qui étaient censés y
transiter. Sans doute que de Mâ'me Queen me

transformerais-je en *Mother Queen* si l'entreprise avait du succès et que la flicaille serait plus circonspecte à l'idée de continuer à harceler une si généreuse personne. Je ferais d'une pierre deux coups en gagnant d'un côté en respectabilité, surtout dans mon quartier collet monté de Sugar Hill, mais aussi en tranquillité s'agissant de mon business. Au bout d'un moment, je décidai de transmettre le flambeau à Bumpy, persuadée que j'étais qu'un homme était forcément plus versé qu'une femme en matière de surveillance de travaux de maçonnerie, de carrelage et de menuiserie, toutes choses qui par ailleurs m'ennuyaient à l'avance. Mal m'en prit ! La dame charitable m'avait tout simplement prise pour un pigeon et s'était tirée avec mes sous.

Que je me fasse couillonner par les gens de ma race ne me faisait ni chaud ni froid. On m'avait final de compte adoptée dans ce quartier de Harlem où une venue d'ailleurs (en fait, de nulle part), fût-elle noire de peau, n'était pas forcément la bienvenue tellement on trimait pour trois fois rien. Mieux, on m'avait laissé le champ libre lorsque je m'étais établie dans ce drôle de micmac qu'est la loterie clandestine. D'abord collecteur de paris, ensuite banquière à modeste échelle, pour finir souveraine de ce petit monde que convoitait maintenant la mafia blanche. Et dire que ce geignard de Bumpy se déclarait prêt à discuter avec elle au motif qu'elle était bien mieux armée que nous et qu'elle avait l'appui non seulement du maire de New York, mais aussi de certains membres influents du Congrès !

— Queenie, sois réaliste, me ressassait-il, on est confrontés à trop forte partie. Ils veulent négocier, eh bien qu'on négocie !

Je refusai net. Dans le mois qui suivit, ce damné Schultz fit abattre quatre d'entre mes collecteurs qu'il remplaça par des types à sa solde. Le NYPD ne bougea pas le petit doigt. Je devais désormais revoir tout mon système si je ne voulais pas le voir s'effilocher inexorablement. Plus question de battre le pavé pour proposer au premier venu un bulletin de loterie ! Je demandai à mes banquiers d'établir des listes de fidèles parieurs chez qui les collecteurs se rendraient à des heures fixées à l'avance, chose qui évidemment diminua de beaucoup ma clientèle. Une partie de cette dernière se montra méfiante, ne comprenant pas le pourquoi de cette nouvelle manière de procéder ; d'autres n'avaient pas de domicile fixe et roulaient leur bosse de femme en femme, ou alors ne voulaient tout simplement pas, étant en délicatesse avec la justice, qu'on sût avec précision où ils logeaient. Schultz mit bien quatre mois avant de comprendre de quoi il en retournait, d'autant qu'entre-temps j'avais fait courir le bruit que, suffisamment riche, j'étais sur le point de me retirer des *numbers* et à la veille de regagner la Martinique.

— Fort bien, que la St-Clair rentre chez elle en Afrique ! avait-il claironné. Je me demande bien comment cette maigrichonne qui parle à moitié anglais a pu en imposer à tout Harlem.

Quand il comprit l'astuce, il devint comme fou, allant jusqu'à dézinguer deux de mes banquiers alors qu'ils venaient à mon domicile aux aurores pour m'apporter l'argent des paris. Ces exécutions étaient rarissimes à Sugar Hill et la presse noire en fit ses choux gras, me pointant du doigt sans toutefois me nommer (sauf par allusion : « *the French Negro Woman* »), ce qui me valut des regards à la fois inquiets et méprisants de la part de mes proches voisins d'Edgecombe Avenue. D'un seul coup, de grande dame mystérieuse à l'accent « délicieux », j'étais devenue une *Lady gangster* qui troublait la quiétude du seul endroit de Harlem où l'on avait toujours pu se promener sans crainte. Et malgré tout ça, cet abruti de Bumpy parlait de trêve ! De cessez-le-feu même, alors que c'était Dutch Schultz qui non seulement était venu me défier sur mon propre terrain, mais qui, en outre, avait ouvert les hostilités en s'en prenant d'abord à mes collecteurs de paris, ensuite à mes banquiers.

— Si ça se trouve, ce foutu Hollandais de merde finira par s'en prendre à ma personne et toi, tu ne bouges pas, Bumpy !

Ma voix était animée d'une colère froide. Je commençais à considérer mon compagnon d'une autre manière. Il me rappelait un mauvais souvenir : celui de Duke, cette petite frappe qui se prenait pour un boss et à qui j'avais dû planter un couteau dans l'un des yeux. Ah, ces Nègres de Harlem, tous des grandes gueules quand ils étaient confrontés à leurs congénères, mais de vraies mauviettes devant l'homme blanc ! Qu'est-ce que j'en avais à fiche que Schultz disposât d'une véritable armada ? Rien ne nous obligeait à lui faire la guerre à la manière habituelle. On était tout de même assez retors pour lui tendre des pièges et lui rendre la vie difficile jusqu'à ce qu'il soit tellement dégoûté qu'il rebrousse chemin. Oui, c'était parfaitement possible ! Bumpy, lui, n'y croyait pas. Le Syndicat du crime lui inspirait une frayeur quasi révérencielle. Ces noms célèbres — Al Capone, Lucky Luciano, Meyer Lansky — l'intimidaient au point qu'il n'osait même pas les prononcer, préférant dire « le puissant chef sicilien », « le capo de Chicago », « le bandit yiddish » et autres circonlocutions qui avaient le don de me mettre hors de moi.

— Eh bien, puisque c'est comme ça, l'avais-je défié, je me débrouillerai toute seule, Bumpy ! Tire-toi de chez moi à compter d'aujourd'hui ! Je ne veux plus entendre parler de la femmelette que tu es devenu.

À mon grand étonnement, il s'exécuta sur-le-champ. Cette célérité me surprit. Je l'avais cru, à tort, beaucoup plus attaché à ma personne...

[REMÉMORATION

La nouvelle, l'étrange nouvelle, était parvenue à Madame St-Clair de la plus improbable des manières.

194

En effet, si elle était une dévoreuse de journaux et dans une moindre mesure de livres, elle ne s'intéressait qu'aux articles la concernant directement, c'est-à-dire à ceux qui traitaient de la guerre des gangs. À cette époque lointaine de sa vie, la toute fin des années 1910, les seuls noms d'Al Capone et Lucky Luciano l'enthousiasmaient et le récit de leurs exploits la transportait d'aise. Elle rêvait de s'affranchir, après avoir rompu avec le gang irlandais des quarante voleurs, de ces associations éphémères et peu hiérarchisées de marloupins noirs au sein desquelles on la considérait comme une « terre rapportée », voire un animal, bizarre, à cause de son accent. Stéphanie aimait l'ordre, les choses bien faites, la discipline, le sérieux, bref tout ce qui était insupportable à ceux qu'elle qualifiait de « *nuts* », autrement dit de parfaits imbéciles. Un jour, elle monterait son propre gang qu'elle tiendrait d'une main de fer et c'est pourquoi elle lisait et relisait chaque détail des affrontements entre les diverses mafias de New York, scrutait leurs règlements de comptes, étudiait leur fonctionnement tel qu'il était détaillé dans la presse, cherchait à déchiffrer les sous-entendus entre les lignes.

Il y avait quelques mois que la guerre, là-bas, en Europe, s'était achevée, au grand soulagement de tous ceux qui avaient dû mettre leurs activités illégales en sommeil, la ferveur patriotique et l'enrôlement croissant de jeunes gens, y compris de couleur, entravant celles-ci. Ce qui fait que chacun en était venu à considérer l'année 1919 comme celle d'un renouveau. Lequel ? On n'en cernait pas encore bien les contours, mais ce dont on était sûr, c'est que le monde était parti pour plusieurs décennies de paix. Stéphanie St-Clair avait accepté un job de collecteur de paris clandestins pour un banquier de la 147ᵉ Rue, job un peu ingrat puisqu'il consistait essentiellement à convaincre de pauvres bougres de miser le peu qu'ils gagnaient en leur faisant miroiter des gains mirobolants qui se révélaient être, trois fois sur quatre, de pures chimères. Le banquier dont la jeune femme dépendait, un dénommé Watson, feutre mou et gros cigare cubain au bec pour jouer à l'important, l'avait abordée un soir qu'elle sortait du Cotton Club où elle faisait un remplacement en tant que femme de ménage. Stéphanie détestait ce job qui lui rappelait sa prime jeunesse à Fort-de-France quand sa scélérate de mère l'avait placée chez les Verneuil, cette famille de haut parage dont le comportement quotidien illustrait à la perfection ce vieux proverbe créole qui affirme : « Dès qu'un Mulâtre possède un simple cheval, il prétend aussitôt que sa mère n'était pas une Négresse. »

Il lui fallait bien survivre dans ce Harlem où, si l'on se trouvait bien entre gens de la même race, personne ne faisait de cadeau à personne. Surtout pas à une femme, d'origine étrangère de surcroît et qui écorchait l'anglais. Elle commençait son service à dix-neuf heures avec d'autres compagnes d'infortune, femmes du Sud profond à l'accent canaille qui la chahutaient, leur tâche principale consistant à balayer une énième fois l'établissement, à nettoyer le sol, à épousseter les fauteuils et les rideaux, traquant les moindres tache ou mégot de cigarette qui pourraient faire hurler d'horreur le grand monde qui s'esbaudissait au Cotton Club. Il s'agissait de Blancs, toujours assis aux premiers rangs, dans leur quarantaine ou cinquantaine, qui tenaient à leur bras des créatures féminines à la beauté presque irréelle. Des blondes, coiffées à la garçonne, vêtues de robes en tulle rose, chaussées d'escarpins extravagants qui parfois les faisaient dépasser leur compagnon d'une tête, tenant leur fume-cigarette d'un air précieux. Même pendant la prohibition, l'alcool y coula à flots et, assez vite, il montait à la tête des imprudents qui s'étaient risqués à mélanger whisky et rhum. On les voyait alors grimper sur les tables et se dandiner de grotesque manière tandis que l'orchestre tentait de couvrir leurs éructations et que, imperturbable, le ballet de danseuses de couleur continuait à évoluer sur la scène. D'aucuns ôtaient des liasses de dollars de leurs poches et les lançaient à la volée, provoquant chaque fois une émeute chez la nuée de serveurs, tous nègres, qui officiait au Cotton Club. Stéphanie se tenait loin de ces macaqueries de même qu'elle refusait les avances de ceux qui venaient en célibataires dans l'unique but de se vautrer dans la chair nègre que par ailleurs ils affirmaient abhorrer.

— *Don't care, Whities are crazy people !* (Vous emmerdez pas, les Blancos, c'est des cinglés !) s'esclaffaient celles qui se prêtaient volontiers à ce petit jeu et exhibaient sans la moindre vergogne bagues ou colliers en or offerts par leurs amants d'un soir.

Watson l'avait attendue devant la porte de service de l'établissement dans le froid glacial, battant le pavé pour tenter de se réchauffer, et lui avait offert un large sourire. Stéphanie ne faisait pas boutique de ses charmes avec les Nègres car à cette époque-là elle espérait encore, quoique sans trop se faire d'illusions, rencontrer le grand amour. De plus, ce type-là ne lui disait rien de bon. Lorsqu'il s'approcha, elle tourna la tête et pressa le pas.

— Hé *sister*, j'ai un boulot bien meilleur pour toi !... Fais pas ta mijaurée, sœurette, je ne te veux que du bien.

— Quel genre de boulot ? grommela Stéphanie sans s'arrêter.

— Un truc qui te rapportera gros, ma belle...

— Pff ! Catin à cinq dollars la passe, c'est pas pour moi ! Non mais tu m'as bien regardée, bouffon ?

— Arrête ton cirque ! Hé tu parles drôlement, toi ! T'es d'où comme ça ?

La Martiniquaise, comme s'entêtaient à l'appeler les gangsters yiddish, fronça les sourcils, serra les poings et se mit en position de combat, ce qui fit pouffer de rire Watson. Ses dents à moitié pourries ne s'exhibèrent pas très longtemps. Un uppercut en arracha trois d'un coup avant que l'homme s'affaisse à genoux sur le trottoir crasseux, incrédule, la gueule dégoulinant de sang mêlé à de la salive. Des passants s'arrêtèrent un bref instant, persuadés d'assister à une bisbille conjugale, ou plutôt concubinale, chose très banale dans Harlem où le Nègre passe son temps à couillonner sa compagne et à courir la prétentaine. Une fois remis de son émotion, Watson s'essuya le visage du revers de sa manche et ricana :

— Ben, t'est exactement le genre de femme dont on a besoin dans notre business ! Ton nom c'est quoi ?

Bref, Stéphanie accepta la proposition du banquier qui lui remit une liste de parieurs comportant une cinquantaine de noms et d'adresses. À elle, chaque jour que ce foutu Bondieu blanc et barbu faisait, de se lever, au devant-jour, qu'il pleuve ou qu'il grêle, que l'on soit dans la froidure de l'hiver ou la fournaise de l'été, pour taper à la porte des adeptes de la loterie marron ou de les cueillir sur leur lieu de travail juste avant qu'ils ne prennent leur service. À elle d'avoir suffisamment de pièces de monnaie car ça pariait à la portion congrue le plus souvent. Des pennies et des nickels, rarement des billets. À elle de dissimuler prestement les bulletins de paris chaque fois qu'une patrouille de flics rôdait dans les parages. Stéphanie apprit en un rien de temps son job de collecteur de paris et se jura dès lors de s'installer un jour comme banquière.]

Au bout d'un moment, il me fallut prendre une décision. Cesser mes atermoiements. Dutch Schultz agrandissait jour après jour son territoire tandis que le mien devenait une peau de chagrin. Je réunis un véritable conseil de guerre dans mon appartement, endroit où j'évitais autant que faire se pouvait de laisser pénétrer mes hommes de main. Mes principaux banquiers n'étaient autorisés à y venir qu'au petit matin, lorsqu'ils m'apportaient la recette des paris, et en toute fin d'après-midi, lorsqu'ils venaient récupérer les gains des parieurs à qui la chance avait accordé sa grâce. Ces deux opérations ne duraient pas très longtemps et je ne les faisais jamais asseoir ni ne leur proposais à boire. Je gardais un visage fermé, les fixant de mes yeux couleur « d'anthracite poli », selon l'expression d'un de mes voisins les plus amicaux, le grand peintre Aaron Douglas. Chacun de mes banquiers s'occupait de trois ou quatre rues et dirigeait une armée de collecteurs de paris, ces fameux *slips* que je fabriquais de ma main. Ce travail devint si fastidieux et si long au fur et à mesure que mon business se mit à prospérer que je ne pus me contenter de l'aide de jeunesses dans le besoin et me trouvai contrainte d'embaucher une secrétaire. Impossible de faire appel à l'une de ces jeunes filles de bonne famille de Sugar Hill, ces péronnelles qui s'appliquaient à marcher les yeux baissés pour éviter le regard concupiscent des hommes et parlaient toujours à voix basse. Les cheveux ridiculement défrisés (dès mon installation en Amérique, j'avais rejeté cette coutume barbare, résistant aux regards réprobateurs des Négresses et moqueurs des Blancs), engoncées dans des robes vagues qui dissimulaient leurs formes, elles apprenaient à devenir des Blanches. Des Blanches de seconde catégorie, mais des Blanches quand même. Je dus alors rechercher dans la négraille et, là, ce genre de perle — une jeune fille sachant lire, écrire et taper à la machine — était peu commun. À force de farfouiller, je finis par en repérer deux à qui je fis passer un entretien. La première, vraie bécasse qui n'avait même pas su actionner l'ascenseur et avait grimpé jusqu'à mon neuvième étage avec difficulté vu qu'elle était à moitié obèse, s'était littéralement jetée à mes pieds :

— Madame St-Clair, je vous admire beaucoup, ce serait un immense honneur pour moi que de travailler avec vous. Je suis disponible dès maintenant, n'importe quels horaires me conviendront. Pour le salaire, il n'y a pas de problème non plus, je travaillais pour un journal qui a fermé ses portes il y a six mois, son directeur m'a donné une lettre de recommandation, je…

— Stop ! Ça va, j'ai compris.

Son staccato de paroles m'avait agacée. Cette fille n'avait pas tout le contrôle de sa personne et dans le genre de business qu'était le mien, le sang-froid était la qualité première. Elle me

200

fit tellement pitié que j'allai aux W.-C. prendre mille dollars que je lui offris en lui assurant que je la recontacterais dans les prochains jours. Elle me dévisagea la bouche et les yeux en O comme si elle s'était trouvée devant Jésus en train de multiplier les pains. Ce genre de béjaune se ferait lutiner dans un coin par le premier malandrin venu, mettrait un gosse au monde, puis à nouveau se retrouverait engrossée par un autre et ainsi de suite jusqu'à traîner derrière elle une ribambelle dépenaillée et mal nourrie. Quand elle partit, une colère froide monta en moi. J'étais surtout en colère contre moi ! J'aurais dû engueuler ce tas de graisse qui était la honte de la race :

— Mais remuez votre gros cul de Négresse, merde ! Au lieu de venir pleurnicher chez moi, saisissez la première occasion venue, le premier boulot à votre portée, travaillez dur, mettez des sous de côté, fixez-vous un objectif !

C'est ce que moi, Stéphanie St-Clair, j'avais fait et ma foi, cela ne m'avait pas trop mal réussi. La deuxième candidate était une vraie planche à repasser, ce qui était déjà un bon point à mes yeux. Ensuite, elle n'arborait pas cet air de chien battu, si commun à Harlem, des femmes trop tôt résignées. J'avais tout de suite adoré son prénom : Charleyne. Il avait un petit côté *frenchie* qui cadrait bien avec l'air calme, ou plutôt la désinvolture étudiée de la jeune fille. L'accord entre nous fut scellé très vite : elle viendrait trois fois par semaine en milieu d'après-midi m'aider à fabriquer les billets de loterie des lendemain et surlendemain, rédigerait mes courriers (adressés pour la plupart à la mairie ou à la justice), classerait mes documents et m'aiderait à m'habiller si je sortais le soir. Huit cents dollars par mois étaient un salaire convenable et elle ne le discuta pas. Par contre, pour tout ce qui touchait à la comptabilité, personne d'autre que Stéphanie St-Clair n'avait ni n'aurait le droit de s'en occuper. Quand il m'arrivait d'être malade, chose qui se produisait surtout au mitan de l'hiver, lorsque je m'étais oubliée et que j'avais mis les pieds à l'extérieur sans être suffisamment emmitouflée, j'annulais les paris pendant deux ou trois jours. Cela donnait un bol d'oxygène aux rares banquiers qui m'avaient résisté et travaillaient à leur compte dans leur coin. J'avais un temps pensé à les faire éliminer, mais Bumpy m'avait convaincue qu'il n'était pas judicieux que je devienne la seule et unique cible de la police. De plus, comme ces banquiers étaient plus facilement attrapables que moi, leur arrestation donnerait du grain à moudre à la flicaille. Mon garde du corps avait, une fois n'était pas coutume, raison. Si bien que leur permettre de grappiller quelques dollars supplémentaires durant les quelques jours au cours desquels je me trouvais clouée au lit à cause d'une angine ou d'une grippe carabinée (ou, plus banalement, mes périodes, quoique ces dernières ne m'importunassent pas trop en général) ne me ruinerait pas. J'étais par conséquent seule à avoir la clé du W.-C. et à savoir

quelle somme y était entreposée, somme dissimulée derrière une véritable muraille de livres et
de vieux journaux négligemment empilés pour
paraître naturelle.

Le jour fameux où je convoquai mon conseil
de guerre, je fis appel à Charleyne pour noter
mes décisions car, l'âge avançant, il m'arrivait
d'avoir des trous de mémoire, surtout face à
ceux d'entre mes associés que j'avais trouvés
immédiatement antipathiques. Leur tronche ne
me revenant pas, j'étais obligée de faire avec,
d'autant que, souvent, ils se montraient plus
consciencieux que les autres. Désormais, nous
nous trouvions en guerre et il conviendrait que
chacun exécute à la perfection le plan que j'avais
concocté pour ériger un barrage à cette satanée
mafia blanche. Je disposais d'une demi-douzaine
d'hommes armés qui surveillaient le bon dérou-
lement de la collecte des paris, petite troupe de
forfaiteurs et de scélérats sur laquelle Bumpy
était chargé de veiller. Deux-trois avaient assassiné leur femme, un autre pendu son père haut
et court pour une question d'héritage (trois fois
rien : une vieille baraque dans l'Alabama), un
autre avait violé des fillettes qui se rendaient
à l'école. Je n'avais, pour ma part, pas voulu
connaître leur identité. Je leur avais attribué une
sorte de numéro-matricule composé d'une lettre
et d'un chiffre, ce qui devint gênant puisque
j'avais chassé Bumpy, celui qui les avait recrutés,
de chez moi. Habilement, je parvins à arracher
à A2 qu'il se nommait Charlie et à C7 que son

surnom était Budd, m'étonnant qu'ils aient une mine moins patibulaire que je ne l'avais imaginé. B4, enfin Dick, je veux dire, me tapa sur les nerfs dès le début du conseil :

— Mâ'me Queen, avec tout le respect que je vous dois, ces Blancs-là, ils parlent avec leur mitraillette et ils discutent après. C'est des types terrifiants !

Une majorité de la bande l'approuva de la tête. J'étais sidérée ! Voici les durs à cuire que m'avait vantés Bumpy, les gros bras censés n'avoir peur de rien ni de personne ! Ceux qui étaient chargés de faire régner la loi et l'ordre établi par moi, la « *Digit Queen* » de Harlem. J'étais si enragée que je dus réprimer l'envie de foutre à B4 un coup de pied bien senti dans les couilles. Avec mes souliers pointus, il en aurait eu pour son grade, cette tapette ! Ne me restait plus qu'à déverser un torrent d'exaspération :

— *I'll show you, Niggers, how to hold on to ze game. I'll show zem how to fight back. I'll show zat Dutch Schultz he can't muscle in and take de numbers away from us like that. Yes, zey keel Harris. But me, I ain't scared and zey know it. I ain't like zese Niggers !* (Je vais vous apprendre, bande de Négros, comment ne pas baisser la garde. Je vais vous apprendre à rendre coup pour coup. Je vais montrer à ce Dutch Schultz qu'il ne peut pas venir s'imposer comme ça et nous piquer notre loterie. Ouais, ils ont buté Harris, mais moi, j'ai pas peur et ils le savent. Suis pas comme vous, Négros !)

Un silence de mort s'établit dans mon salon, où j'étais la seule personne assise. Je cherchai mon fume-cigarette sur la table basse où je le posais d'ordinaire, mais il ne s'y trouvait pas. J'avais dû l'oublier dans ma chambre alors que je me faisais un devoir d'éviter le tabac dans cette pièce, outre les W.-C., où j'étais la seule à pénétrer. Ma servante, Annah, avait interdiction formelle d'y accéder et j'y faisais le ménage moi-même. Mes amants occasionnels après Duke puis Bumpy n'y entraient que lorsque j'acceptais qu'ils me fassent l'amour, sinon ils avaient, au fond de l'appartement, leur logis à eux. J'avais toujours fait chambre à part, ayant en horreur la promiscuité conjugale, le corps de l'autre qui se colle à vous, sa respiration qui vous gêne, sa sueur qui vous importune et ses pets qui vous donnent le haut-le-cœur. À bien réfléchir, peut-être que ça me venait de mon adolescence lorsque Eugène Verneuil se glissait dans mon lit aux alentours de minuit, me violentait en silence, avant de repartir sur la pointe des pieds une demi-heure plus tard.

Le dénommé Charlie, alias A2, fut le premier à réagir :

— Sauf vot' respect, Mâ'me, on est tous des *Niggers* dans cette pièce, même si vous, vous venez de la Martinique. Je comprends vot' colère, mais...

— *Shut up, bastard ! I'm not from Martinique island as you believe, I am from France. I am a Black French Woman. You hear me ?* (Ferme-la, espèce de bâtard ! Je ne suis pas originaire de l'île de la Martinique. Je suis une Française noire. Tu m'entends ?)

— Oui, Mâ'me...

— On... on est prêts à suivre vos ordres, Queenie, finit par balbutier le dénommé Dick. Dites-nous et on fera !

J'ordonnai l'exécution dans les plus brefs délais de trois Judas de Négros qui s'étaient laissé embobiner par les sirènes de la mafia blanche. Ils s'étaient mis à racketter des magasins de la 134e Rue dans lesquels je possédais des parts et à menacer mes ramasseurs de paris en leur collant le canon de leur flingue sur la tempe en guise, avaient-ils asséné, ces connards, de premier avertissement. Non mais pour qui se prenaient-ils, ces traîtres à la race ? Des paumés tout fiers d'avoir été recrutés par le gang de Dutch Schultz et à qui ce dernier devait refiler des clopinettes. Pff ! Ils allaient voir ce qu'ils allaient voir. Ensuite, j'exigeai qu'on règle leur compte à deux putasses qui exerçaient au Savoy Ballroom, célèbre cabaret où régnait le charleston, et renseignaient Schultz sur mes activités en tirant les vers du nez à Bumpy qui, sans être plus porté sur la chair fraîche que la moyenne des hommes, se plaignait de mon peu d'appétence sexuelle et allait de temps à autre voir ailleurs avec mon accord tacite. Que cet abruti, qui, final de compte, était revenu chez moi après avoir fait amende honorable, aille se vider les génitoires dans leurs chagattes ne me faisait ni chaud

206

ni froid, mais qu'il se laissât aller à des confidences me mettait désormais en danger. Tant que Dutch Schultz n'avait pas jeté son dévolu sur Harlem, ça ne prêtait pas à conséquence, mais désormais, j'étais en guerre. Je ne pouvais tolérer le moindre écart chez mes associés, surtout pas chez le plus proche d'entre eux. Bref, mon plan de guerre établi et mes ordres donnés, je demandai à Charleyne de se mettre derrière sa machine à écrire et lui dictai d'une traite la lettre suivante au rédacteur en chef du *New York Amsterdam News* :

To the Editor of the New York Amsterdam News,

In your issue of last week, you wrote « it is believed that the slain banker was one of a group of negro operators which the policy Queen has been trying to draw into an union to support her in her active crusade against the usurpers », and further that « the finger has been placed » on me.

This letter is to let you know that Martin L. Harris was in no way connected with any activity in which I may have been engaged. I assure you that had he been affiliated with me in any way, he would never have come to such an untimely and ill-fated end. The gangsters who killed Harris know better than to molest me or my associates.

Yours sincerely
Stéphanie St-Clair

(À monsieur le rédacteur en chef du *New York Amsterdam News*,

Dans votre parution de la semaine dernière, vous avez écrit que « le banquier qui a été retrouvé assassiné faisait partie d'un groupe d'opérateurs noirs que la Reine de la loterie clandestine essaie de rassembler dans une sorte de syndicat afin de l'aider à mener croisade contre les usurpateurs », et plus loin « que le doigt était pointé sur sa personne ».

La présente lettre a pour but de vous faire savoir que Martin L. Harris n'a en aucun cas participé à une quelconque activité dans laquelle j'ai pu m'engager. Je vous assure que s'il avait été lié à moi d'une façon ou d'une autre, je n'en serais pas venue à lui infliger un sort aussi atroce. Les gangsters qui ont tué Harris ont mieux à faire que de s'en prendre à moi et à mes associés.

Bien cordialement
Stéphanie St-Clair)

Ce Martin L. Harris que la police avait retrouvé sur les docks avec une balle entre les deux yeux avait, en fait, longtemps travaillé pour moi. D'abord comme simple collecteur de paris, puis comme banquier. Il était l'un de ceux à qui j'accordais le plus de confiance et le matin, quand il venait chez moi au rapport et me remettait les sommes qu'il avait récoltées dans les rues dont il avait la charge, je lui demandais des nou-

velles de sa petite famille, en particulier de sa fillette de onze ans, charmante enfant avec laquelle
il aimait à se promener dans cette partie de Central Park qui jouxtait Harlem. Que s'était-il passé
dans sa tête pour que, comme d'autres avant lui,
il cesse de croire en Madame Queen et cherche
à me fausser compagnie ? De quels arguments
si convaincants disposait ce Dutch Schultz pour
parvenir ainsi à circonvenir les meilleurs d'entre
mes associés ? Je ne le saurais sans doute jamais.
L'important était de trancher dans le vif. Quand
un membre a la gangrène, me disais-je, soit on le
coupe au plus vite, soit on crève avec. Je n'avais
d'autre parade à la trahison de Harris que de
l'envoyer ad patres. Ce que j'ordonnai sans le
moindre état d'âme. Mais dans le même temps,
il importait que je conserve une image nette et
propre aux yeux du grand public et que je fasse
taire les sous-entendus et autres allégations de
journalistes friands de sensationnel. Madame
Queen et la loterie clandestine avaient toujours
constitué un bon sujet d'article pour eux. Je
m'efforçai de ne laisser planer aucun doute à
mon sujet et de publier des démentis dans les
colonnes des journaux toutes les fois que je l'es-
timerais nécessaire.

Sauf qu'au fil des jours je m'aperçus que
l'ennemi se trouvait dans la place. Bumpy,
mon Bumpy, m'avait tourné le dos ou, à tout
le moins, désavouait mon obstination à refuser
toute forme d'accord avec l'ennemi...

TROISIÈME NOTE

With two white roses on her breasts,
White candles at head and feet,
Dark Madonna of the grave she rests ;
Lord Death has found her sweet

Her mother pawned her wedding ring
To lay her out in white ;
She'd be so proud she'd dance and sing
To see herself tonight.

Countee Cullen

(Avec deux roses sur la poitrine,
Avec des bougies posées près de la tête et des pieds,
La Madone noire repose sur son tombeau ;
Monseigneur la Mort l'y a trouvée paisible.

Sa mère a vendu sa bague d'épousailles
Pour pouvoir la vêtir de blanc ;
Elle aurait été si fière de la voir danser et chanter
Et qu'elle se voie ce soir.)

CHAPITRE 9

« Vous êtes tout un mystère, madame ! » me lançait le poète Countee Cullen chaque fois que nous nous rencontrions, et cela quel que soit le lieu. Cela pouvait être le Roseland ou le Small's Paradise, salles de concerts renommées où se produisait ce que la presse appelait les « géants de cette nouvelle musique, le jazz, tout droit venue de La Nouvelle-Orléans, mélange miraculeux des rythmes africains et des instruments de musique européens », les Duke Ellington, Fats Waller ou Louis Armstrong. À la vérité, je lui préférais de loin le blues qui me rappelait la sourde tristesse du bel-air martiniquais, mais ici, dans le Nord, on le percevait comme quelque chose d'un peu barbare, de beaucoup trop rural en tout cas pour être capable d'enchanter les fines oreilles d'une grande ville telle que New York. Mais il arrivait aussi que je croise Countee Cullen dans les cabarets où, en dépit de la prohibition, l'alcool était servi sous le boisseau. Je reviens à cette fichue période, mon cher Frédéric. Désolé ! Tu remettras tout ça dans l'ordre, n'est-ce pas ? Des fous de Blancs avaient, en effet, décidé de bannir celui-ci et, à travers tout le pays, la police passait la moitié de son temps à pourchasser les distillateurs clandestins. Sauf à Harlem ! Si bien que nombre de soiffards n'hésitaient pas, nuitamment, à braver les frontières invisibles séparant notre quartier du Bronx pour se rincer le gosier. On y fabriquait un mauvais whisky, une sorte de tord-boyaux qui aurait assommé un bœuf et dans lequel pour rien au monde je n'aurais trempé mes lèvres. Chacun admettait que cette Française noire qu'était Madame Stéphanie St-Clair ne buvait que du champagne. Pour dire la franche vérité, tout cela n'était que feintise chez moi car, quoique j'appréciasse le whisky irlandais, seul le rhum me manquait. Le vrai rhum ! Pas ce breuvage âcre et rougeâtre importé clandestinement de la Jamaïque, mais celui qui est incolore comme l'eau. Quand j'avais dû abandonner mon poste chez les Verneuil, j'avais erré des jours durant le long du canal Levassor, dormant dans les cahutes de pêcheurs, et m'étais nourrie de restes du marché improvisé qui s'y tenait trois fois dans la semaine. À cette époque-là, l'alcool de canne à sucre m'avait tenu compagnie. Ou plutôt une bande de soûlards m'avait prise sous son aile et m'avait accoutumée à cet alcool qu'aucune jeune fille, même vivant dans le dénantissement, ne se serait avisée de goûter. Par bonheur, je le supportais bien et ne me souviens pas d'avoir jamais perdu le contrôle de ma personne. D'autant que la prédiction de la vieille quimboiseuse, qui avait le pouvoir d'ôter sa tête de son cou comme un vulgaire chapeau, s'était incrustée dans mon cerveau. J'irais loin, très loin, pas seulement dans un pays lointain, mais aussi dans la vie. Philibert, le coiffeur, qui pour la première fois avait éveillé mes sens, en avait été également persuadé.

— Mystérieuse dame ! s'émerveillait Countee Cullen, qui disait adorer mon accent *frenchie* et me posait mille questions sur « le pays de Victor Hugo », questions que j'esquivais parce que je n'y avais vécu en tout et pour tout que sept mois.

C'est ce très jeune poète (il était dans sa vingtaine) qui m'avait ouvert les portes de l'intelligentsia nègre au sein de laquelle on tolérait, chez les femmes du moins, une certaine inculture. Dans mon cas, cela relevait plus de l'ignorance crasse car je n'avais fréquenté les bancs de l'école que très peu d'années avant que ma mère ne s'avise de me placer chez les Verneuil. Ce qui, je crois, m'a sauvé, c'est que j'étais une grande lectrice. La Bible de ma mère, les vieux journaux ramassés ici et là, les livres usagés que je dérobais chez mes patrons ou leurs encyclopédies et atlas que je consultais en cachette, les petits livres de magie blanche tels que *Le Grand Albert* que vendaient sous le boisseau les pacotilleuses. Countee, nom qu'il prononçait curieusement avec un « é » et non un « i » — à la française donc —, s'était rendu compte de ce penchant et s'en était d'abord amusé. Brillant étudiant à l'université de Harvard, il n'en continuait pas moins à fréquenter ses anciennes connaissances de Harlem et me fut présenté par un patron de cabaret, en 1927 si mes souvenirs sont exacts. Trop âgée par rapport à lui et pas très belle selon les canons de beauté en vigueur dans la *black community*, nos relations s'en trouvèrent d'emblée claires aux yeux du monde. Nous étions des amis, voilà tout ! Chose rare, voire rarissime entre un homme et une femme, mais qui pouvait fort bien exister puisque lui et moi en étions la preuve vivante. À l'époque, il était plein d'allant et d'appétit pour la vie et ne se doutait pas que la sienne serait brève. Il vouait une vénération sans bornes à cette Afrique qu'il ne connaissait pas et dont il chantait les beautés dans ses poèmes. De temps à autre, il me conviait à une messe à l'église méthodiste épiscopalienne de Salem dont celui qui l'avait adopté, alors qu'il était orphelin et tout près de se faire enrôler dans un gang, était le pasteur.

La renommée de Countee était déjà grande lorsque je fis sa connaissance car il avait gagné plusieurs concours de poésie à la New York University où il avait été admis, chose rare pour un Noir. La première fois que je l'avais entendu déclamer des textes de son recueil intitulé *The Ballad of the Brown Girl*, j'avais été littéralement subjuguée. Son visage poupin et sa diction affectée juraient avec la gravité de ses mots pourtant simples puisque je les comprenais tous. Je me doutais que derrière tout cela il y avait un sens caché, une tendresse non aboutie ou, à tout le moins, une quête de partage. J'appris par cœur « A Brown Girl Dead » que je me récitais lorsqu'un sentiment de solitude menaçait de me submerger, car si beaucoup de gens dépendaient de moi dans ce fichu business que sont les *numbers*, si d'autres comptaient sur ma générosité pour que je les épaule dans telle ou telle activité, légales celles-là, je n'en demeurais pas moins différente de ceux qui m'entouraient. Comme irrémédiablement prisonnière de ce qu'ils nommaient ma « *frenchness* ». Pourtant, dans mon adolescence et ma prime jeunesse, là-bas, à la Martinique, je ne m'étais jamais sentie française. Dans la plèbe, chacun était bien trop occupé à se déprendre de la misère pour avoir le loisir de s'interroger sur ce qu'il était. Nous vivions dans une île où cohabitaient des Blancs, des Noirs et des mélangés, tous natifs-natals, et les autres venaient d'un pays que nous n'arrivions pas à nous représenter, qu'on nous assurait à l'école être notre mère patrie et que d'aucuns assimilaient à une sorte de Sainte Vierge. On nous apprenait à l'aimer, à frémir à la seule écoute de *La Marseillaise* et à la seule vue de la bannière tricolore, à vénérer ses grands auteurs — Victor Hugo et Lamartine au premier chef —, mais il s'agissait à la vérité d'un amour platonique, terme qu'évidemment je ne connaissais pas à l'époque. Même lorsque, à l'âge de vingt-six ans, je décidai de partir à sa rencontre et qu'arrivée dans la grisaille du Havre je me dépêchai de rejoindre un endroit plus vivable pour l'insulaire que j'étais, posant mes valises à Marseille, je ne m'étais toujours pas sentie française. D'ailleurs, personne autour de moi ne me considérait comme telle. J'étais aux yeux des gens une Africaine un peu civilisée, sans doute la fille de quelque roitelet qui faisait un voyage d'agrément dans la métropole et prenait plaisir à flâner sur La Canebière. Ce n'est qu'à ma débarquée aux États-Unis que la question de savoir qui j'étais vraiment se posa. S'imposa à moi plus exactement. Je fus en quelque sorte sommée de me définir car si ma couleur de peau relevait de l'évidence, mon accent et mon anglais hésitant, ma façon de me coiffer, de m'habiller et même de rire, tout dénotait chez moi une origine autre qu'américaine. Le plus communément, on me classait comme la Française noire, *the Black French Woman*, très peu de gens à Five Points d'abord, puis à Harlem, connaissant l'existence de la Martinique. Et ma foi, à ma grande surprise, cette dénomination ne me désagrémenta point. Au contraire, elle me servait souvent de viatique, y compris lorsque les flics m'arrêtaient pour une raison quelconque et m'expédiaient devant les tribunaux. Les juges, tous blancs, m'observaient d'un air perplexe, me faisaient répéter tel mot mal prononcé (ou plutôt que je faisais exprès de mal prononcer) et m'infligeaient le plus souvent une sentence inférieure à celle qu'avait redoutée mon avocat.

— Heureusement que vous êtes française, Madame St-Clair ! lâchait Me Elridge McMurphy avec un petit sourire en coin.

Voici que Countee Cullen, ce jeune et brillantissime poète nègre, celui qui avait réussi à passer d'une école sordide du Bronx à l'université de New York, puis à celle de Harvard, empruntant les pas de W. E. B. Du Bois, s'était pris d'amitié pour ma personne. Une bourse d'études en France lui avait été octroyée et il y avait fait un séjour qui apparemment l'avait enchanté. Chaque fois qu'il abordait le sujet, je répondais évasivement à ses questions car sa connaissance de « mon » pays était sans nul doute plus précise ou plus vaste que la mienne. Countee avait vu et vécu dans la France réelle ; moi, hormis mon bref séjour marseillais, je ne la connaissais que par les livres. Pour l'empêcher de s'apercevoir de mes lacunes sur le sujet, je le pressais de me lire ses poèmes et, disposant d'une mémoire plus développée que la moyenne, j'en venais à les retenir pour peu qu'il m'ait lu tel ou tel deux ou trois fois. Nous allions nous promener au bord de la Harlem River à l'heure où l'endroit était quasi désert, en fin d'après-midi, lorsqu'en été ce dernier se prolongeait jusqu'à tard dans la nuit. Qu'il fît soleil jusqu'à onze heures du soir avait toujours stupéfié la native des tropiques que j'étais, habituée vingt-six ans durant à voir la noirceur tomber sur la terre comme un couperet aux alentours de six heures de l'après-midi. À chaque retour de la belle saison, je devais faire

219

un effort pour me rappeler qu'il était possible de déambuler et même de noctambuler sans que les lampadaires fussent allumés. Countee, tiré à quatre épingles quel que soit le jour de la semaine, en dépit de sa mine en général trop sérieuse, attirait maints regards féminins une fois que nous arrivions près de Central Park. Je lisais dans les yeux de certaines que j'étais une salope de vieille (j'étais dans ma quarantaine commençante) qui tentait de détourner un jeune homme sans doute de bonne famille. Parfois, il grimpait sur un banc et déclamait un de ses poèmes et moi, par jeu, je l'imitais, ce qui ahurissait encore plus les promeneurs. J'adorais déclamer l'énigmatique « A Brown Girl Dead » :

With two white roses on her breasts,
White candles at head and feet,
Dark Madonna of the grave she rests ;
Lord Death has found her sweet.

Her mother pawned her wedding ring
To lay her out in white ;
She'd be so proud she'd dance and sing
To see herself tonight.

Il y est question d'une jeune fille qui décède avant son mariage, une Madone noire, écrit précisément le poète, et à qui sa mère ôte sa bague afin de lui acheter de beaux vêtements de funérailles. Le fait que la mort semble vénérée, « *Lord Death* », voire même désirée, me troublait, moi dont à aucun moment de mon existence, même dans les pires, même quand j'avais été violée par ces brutes du Ku Klux Klan qui avaient arrêté en pleine nuit notre autobus sur une route déserte, une telle idée n'avait traversé l'esprit. Je n'appréhendais pas celui qu'en créole nous appelons curieusement Basile, ce spectre qui vient frapper à votre porte pour vous annoncer que votre dernière heure est arrivée. Je n'y pensais tout simplement pas, ayant toujours été trop préoccupée de survivre et de franchir les obstacles qui se dressaient sur ma route. Peut-être aussi ce poème me touchait-il parce qu'il contenait l'image de la mère que j'aurais désiré avoir. Peut-être. Là encore, je dois avouer que je n'avais jamais éprouvé de sentiment particulier pour ma mère. Ni amour ni haine. Elle était simplement à mes côtés parce qu'elle m'avait donné la vie, avec un homme dont elle ne se rappelait ni le visage ni le nom, et elle s'occupait de moi tout simplement parce que c'était son devoir. J'étais toutefois gênée par la présence du mot « *white* » dans les vers de Countee Cullen : la jeune fille avait deux roses blanches posées sur la poitrine et des bougies blanches avaient été placées à hauteur de sa tête et de ses pieds. Et sa mère avait voulu la vêtir de blanc pour son ultime voyage. Cette couleur symbolisait-elle la pureté comme la plupart des gens se l'imaginent ?

Countee avait souri, ralentissant brusquement le pas. La partie de Central Park réservée aux Noirs, ou plutôt qu'ils avaient accaparée, commençait à se vider peu à peu en fin d'après-midi alors que celle des Blancs, tout au contraire, s'animait. Les premiers se dépêchaient de rentrer car il ne faisait pas bon s'attarder. L'obscurité était une alliée de la pègre, elle qui autorisait menus et gros trafics dans les rues mal éclairées de Harlem.

— Non, Mâ'me St-Clair, le blanc est la couleur du deuil chez beaucoup de peuples africains. C'est celle de la tristesse, de l'affliction, du désespoir...

Ce jeune poète m'était une manière de professeur. À son contact, j'apprenais chaque jour quelque chose de nouveau, quoiqu'il s'émerveillât de tout ce que je connaissais, moi, cette créature qu'il voyait, à juste titre, comme un gangster en jupons presque entièrement préoccupé par l'organisation de la loterie clandestine. Il m'avait même proposé de parier une fois, juste une fois. Pour voir. Mais j'avais refusé tout net. Je ne mélangeais pas mon business de malfrats avec les Nègres instruits qui habitaient Edgecombe Avenue. Eux, ils avaient fréquenté l'université, obtenu des diplômes élevés, exerçaient des professions prestigieuses et semblaient respectés par les Blancs ; moi, je m'étais forgée au gré du vent, de mes fantaisies, de la Martinique à Marseille, de Marseille à New York, et qui sait, peut-être que demain je filerais vers Mexico sans regarder derrière moi. Ils étaient assis, installés dans la vie tandis que moi, j'étais un fétu de paille qui luttait en permanence contre des vagues déchaînées. Countee Cullen avait eu vent de la guerre que me menait ce satané Dutch Schultz pour mettre le grappin sur les *numbers* et m'avait réconfortée :

— Je sais que vous ne vous laisserez pas faire. Vous n'en avez d'ailleurs pas le droit !... Les Blancs nous ont parqués à Harlem, eh bien qu'ils nous y fichent la paix !

Ces propos bravaches ne correspondaient pas au caractère du jeune homme qui était d'un naturel réservé, presque timide. Des jaloux le décrivaient même comme efféminé, chose qui ne m'avait pas vraiment frappée, d'autant que moi, on me considérait comme un homme manqué. On trouvait ma voix trop rauque, mon regard trop fixe, mes manières trop brusques, mon visage et mon corps trop anguleux. Mes amies cherchaient sans arrêt à m'adoucir, comme elles disaient, Mysti me pomponnant, Anna-belle me poudrant et fardant chaque fois que nous devions sortir dans quelque cabaret, mais rien n'y faisait. Je demeurais la créature un peu androgyne, mot savant que m'enseigna Countee, que les hommes, y compris les gangsters les plus endurcis, abordaient avec une sourde appréhension. Les gangsters noirs évidemment, pas ceux du Syndicat du crime. Pas ce fils de pute de Dutch Schultz.

— Mâ'me Stéphanie, je compte épouser Yolanda... dans un très proche avenir, m'avait glissé un jour, au détour d'une conversation, le brillant jeune homme.

— Ah, très bonne nouvelle ! Je vous félicite, cher ami... J'ai eu peur que vous ne suiviez mon exemple, mon mauvais exemple. La quarantaine dépassée, une femme ne peut plus espérer la venue d'un prince charmant, n'est-ce pas ? Encore que cette règle ne soit pas valable pour vous, les hommes...

— Il faut bien assurer la continuation de la race. Ha-ha-ha !

— Et quand aurai-je l'occasion de faire la connaissance de la, je suppose, fort jolie Yolanda ?

— Mais... vous savez qui elle est !

Je demeurai interdite. À aucun moment, je n'avais fait le rapprochement avec la fille de W. E. B. Du Bois. Ce dernier avait certes servi un temps de mentor à Countee, sans doute avait-il facilité son admission à la New York University, puis à Harvard, mais de là à lui offrir la main de sa fille, il y avait un pas. C'est que les Du Bois étaient une grande famille qui portait un nom prestigieux et dont l'épiderme était très clair. Des *light-skinned people* que la masse des Noirs vénérait parce que ces derniers les considéraient comme la pointe avancée de leur lutte pour l'émancipation. À l'inverse, Countee, noir d'épiderme, était sorti de rien. De la plèbe du Bronx. Doté d'un cerveau hors du commun, il avait réussi à s'en arracher, mais cela ne signifiait pas pour autant qu'il pouvait se considérer comme un membre à part entière du grand monde.

— Je... je ne lui conviens pas ? avait balbutié le poète, touché par mon ahurissement.

— Non-non... ce n'est pas ça... Disons que Yolanda est une fille très réservée, qui a toujours un chaperon chaque fois qu'elle met le pied dehors, et donc...

— Eh bien, il est temps qu'elle sorte de son cocon ! Qu'elle soit confrontée à la dureté de l'existence des nôtres... À la vraie vie, quoi !

Je doutais que cette jeune créature aux longs cheveux auburn et à la peau presque translucide que je croisais sur le palier de mon immeuble pût un seul instant supporter de voir un homme se faire exploser le crâne à coups de pistolet en pleine rue, ou ces cohortes de Négresses miséreuses qui catinaient pour trois dollars dans la 142e Rue et cela sans pudeur aucune. Yolanda Du Bois avait été élevée dans un monde enchanté, celui de Sugar Hill, la seule partie de Harlem où l'on pouvait déambuler tranquillement à une heure avancée de la nuit. Elle fréquentait une école *upper class* où n'étaient inscrits que des élèves à peau claire que paradoxalement la presse blanche désignait comme étant le « futur establishment noir ». Ces personnes n'avaient, en réalité, de nègre que l'appellation, ou plutôt elles étaient caractérisées comme telles parce que les États-Unis vivaient sous le joug de la loi dite de « l'unique goutte de sang ». Une seule goutte de sang noir dans les veines et vous voilà classé *Negro* même si vous aviez la peau blanche et les yeux bleus ! J'avais toujours pour ma part nourri de la défiance envers ces gens qui étaient susceptibles de « franchir la ligne », encore une expression consacrée, à n'importe quel moment dès l'instant où ils changeaient d'État. De *Negro* en Virginie ou en Géorgie, ils pouvaient devenir *Caucasian* dans le Maine ou le Massachusets. Ils étaient assez nombreux à Sugar Hill, en particulier dans mon avenue. Je sentais bien, lorsque je les croisais sur le trottoir ou dans le hall d'entrée de mon immeuble, qu'à leurs yeux, moi, la Négresse trop foncée à leurs yeux, je faisais figure d'intruse dans leur petit monde de gens couleur café au lait, plus proche du lait que du café.

Un matin, le téléphone sonna. Je ne pus m'empêcher de tressaillir car je ne m'étais résignée à installer ce fichu appareil, moi qui ne raffolais pas du tout de ces machines modernes, que parce que mes principaux banquiers m'avaient fait la démonstration de son utilité. Ils pouvaient, en effet, me prévenir lorsqu'un de nos espions au sein de tel ou tel commissariat leur avait révélé qu'une opération de grande envergure était en préparation. Cela signifiait, en général, deux douzaines de flics armés jusqu'aux dents sous les ordres d'un *chief*, accompagnés de chiens-loups, et des fourgons pour pouvoir embarquer mes collecteurs de paris, cela sur au moins trois ou quatre rues. Six à sept mille dollars de paris partaient en fumée ce jour-là ! Sans compter entre cinq cents et neuf cents dollars pour payer leur caution le lendemain ou surlendemain. Et des ennuis judiciaires en perspective. Pour le NYPD, tout était bon pour chicaner Stéphanie St-Clair. Il arrivait cependant que l'information fût fausse et que l'opération se déroulât dans d'autres rues que celles qui m'avaient été indiquées. Je suppose que la police n'ignorait pas qu'elle comportait des membres corrompus, des balances pour parler crûment. C'est emplie d'inquiétude que je pris le cornet du téléphone.

— Madame St-Clair, est-ce que je vous dérange ?

Je ne reconnus pas tout de suite la voix tellement j'avais la gorge sèche. C'était celle de mon plus proche voisin de palier, W. E. B. Du Bois, l'intellectuel immensément révéré, même par ceux qui ne savaient pas lire. Il se montrait fort respectueux envers moi quoiqu'il n'ignorât rien du caractère illicite de mes activités, moi qui avais dû, difficultueusement, m'habituer aux regards de travers de nombre de résidents de notre immeuble.

— Puis-je passer vous voir un instant ?

J'acquiesçai, un peu confuse. Que pouvait bien me vouloir celui que l'intelligentsia noire vénérait et à qui la grande presse, en particulier le *New York Times*, consacrait une place non négligeable chaque fois qu'il publiait un livre ? Qu'étais-je, moi, *Lady gangster*, à côté de cette éminente personnalité ? Du Bois se présenta pourtant en robe de chambre et pantoufles, l'air épuisé de quelqu'un qui n'a pas fermé l'œil de la nuit.

— Countee Cullen est devenu votre ami, n'est-ce pas ? demanda-t-il à voix basse une fois que je l'eus fait s'asseoir au salon.

Sans doute s'imaginait-il qu'il y avait quelqu'un d'autre dans l'appartement. Mon homme, quoi ! Enfin, le dernier en date en tout cas. Je n'étais pas un modèle de respectabilité sur ce plan. Je m'autorisais à consommer qui je voulais ou dont j'avais besoin et mes officiels à différentes époques de ma vie, les Duke, Bumpy Johnson et Lewis, n'avaient aucunement voix au chapitre. Je répondis à Du Bois par un signe de tête, terriblement impressionnée que j'étais de me trouver presque dans l'intimité de cet homme que j'avais toujours vu habillé d'un costume et d'une cravate. Il m'avait invitée chez lui à deux reprises, notamment pour me présenter sa fille, Yolanda, mais c'était la première fois qu'il venait chez moi.

— Vous… vous n'auriez rien remarqué ?

— Ici, vous voulez dire ? Dans l'immeuble ?

— Chez Countee, je veux dire…

— Heu… non, rien de particulier, monsieur Du Bois. Pourquoi cette question ?

Il caressa sa barbichette, façon sans doute de dissimuler sa nervosité. On le sentait travaillé par quelque chose qu'il n'osait pas dire.

— Ça ne va pas entre Yolanda et Countee ? hasardai-je, regrettant dans l'instant de m'être mêlée de ce qui ne me regardait pas.

J'avais visé en plein dans le mille. C'était la première fois que j'étais confrontée à la détresse d'un père et du même à coup à l'amour de celui-ci pour sa fille. Je n'avais pas bénéficié de la chaleur de bras paternels et cela me toucha au plus haut point. Bécasse que je me sentais, je dus même retenir mes larmes alors même que je n'avais jamais échangé que deux ou trois banalités avec Yolanda. Je n'osai toutefois pas mettre davantage mon nez dans le probable différend qui l'opposait à Countee. J'étais à vrai dire fort étonnée car au contraire de l'immense majorité des Harlémites de sexe masculin, le jeune poète n'était pas un chaud lapin. Loin de là ! Tandis que Bumpy zieutait sans vergogne la première femme bien roulée que nous croisions dans la rue, sans aucun égard pour ma personne, Countee semblait vivre dans son monde à lui. À moins qu'il ne fût distrait. Je n'aurais su le dire avec certitude. Il était un homme difficilement cernable quoiqu'il débordât de sympathie envers les autres, envers moi en particulier qui, il est vrai, lui prêtais une oreille toujours attentive. Sans que je me l'avoue vraiment, il était devenu presque un fils pour moi. Mais il m'inquiétait un peu car plus sa renommée littéraire augmentait, moins je le sentais en paix avec lui-même. Quelque chose le taraudait, quelque blessure sûrement très ancienne ou quelque souhait inabouti dont il ne s'ouvrait jamais à personne. Même pas à la confidente que j'étais.

— Yo... Yolanda a découvert quelque chose..., reprit Du Bois qui s'était abîmé dans une profonde réflexion, oubliant ma présence.

— Rien de grave, j'espère… Ils forment un si beau couple !

— Elle veut divorcer…

— Quoi ? Après si peu de temps ? Ce n'est tout de même pas pensable, docteur Du Bois !

J'étais sincèrement choquée. J'aimais beaucoup Countee et de savoir que son mariage tournait au vinaigre m'était insupportable. Je pressai Du Bois de raisonner sa fille, de lui expliquer que, de nos jours, il était très difficile de trouver un homme tel que son mari, qu'elle perdrait au change, qu'elle le regretterait jusqu'à son lit de mort. Un flot intarissable de paroles suppliantes jaillit de ma bouche sans que je pusse me contrôler. Les paroles d'une mère plaidant la cause de son fils chéri ! Du Bois me regarda, un peu ahuri, et me posa une main sur l'épaule, accablé. Dévasté pour dire la vérité vraie.

— Madame St-Clair, je… Enfin, je suis embarrassé… Voilà : Countee préfère les hommes…

CHAPITRE 10

Comment ce *son of a bitch* de Bumpy a-t-il fini par tomber sous la coupe de cet Italien à face de rat d'égout de Lucky Luciano après avoir baissé son pantalon devant Dutch Schultz ? Qui se ressemble s'assemble, me dira-t-on. Sauf que mon Bumpy est noir et court sur pattes alors que l'autre est blanc et longiligne. Sauf que mon Bumpy a déjà goûté plus d'une trentaine de fois aux cellules du commissariat de Harlem et à celles de la prison de Rikers Island, tandis que l'autre, le Rital, n'a jamais été inquiété une seule fois par la police. À ma connaissance en tout cas. Sauf que Bumpy et même moi, on est des gagne-petit en comparaison de Luciano. Bon, ces deux brutes ont tout de même un point commun : le premier, sa bosse proéminente qui, de dos, lui donne l'air d'une créature extraterrestre, quoique de face il ait plutôt un air avenant ; le second, cette paupière gauche sempiternel-lement baissée comme s'il vous espionnait en douce alors qu'il s'agit des séquelles d'une blessure infligée lorsqu'un célèbre parrain, Salvatore Maranzano, l'avait fait kidnapper et tabasser à mort. Il arrivait à ce dernier de traverser Harlem à vive allure à bord d'une magnifique Ford T flambant neuve conduite par un chauffeur noir à casquette et gants blancs, mais il ne s'y arrêtait jamais. Les négrillons applaudissaient sur son passage, certains étant persuadés qu'il s'agissait du président des États-Unis.

Toujours est-il qu'après le baron de la bière, Dutch Schultz qui avait fini par se faire buter et auquel j'avais envoyé ce fameux télégramme sur son lit de mort dont la presse avait fait ses choux gras (« *As ye sow, so shall ye reap* » / On récolte ce qu'on a semé), voici que ce Lucky Luciano cherchait à me mettre sous sa coupe bien que le trafic d'héroïne, sa spécialité, rapportât cent fois plus que la loterie clandestine. Il m'emmerdait ! Ne s'était-il pas suffisamment enrichi pendant la prohibition en important massivement de l'alcool du Canada et des Antilles ? À cette époque-là, il m'arrivait d'envoyer Duke s'approvisionner dans l'un de ses *speakeasies*, à la frontière du Bronx, et c'est à cette occasion que j'avais découvert que ce que les Nègres anglais appellent rhum n'a rien, mais vraiment rien, à voir avec ce que nous, les Nègres français, on désignait sous ce nom. Ça m'avait valu, la première fois, une dispute mémorable avec mon homme de l'époque, tout fier d'offrir un cadeau à sa *honey* — mot doux que je détestais car son sens premier, celui de « miel », ne parvenait pas, chez moi qui apprenais

l'anglais à l'arrachée, à se détacher du second,
« chérie ». Et ça parce que Stéphanie St-Clair
est plus « vinaigre » que « miel » et qu'elle n'est
la poupée d'aucun homme ! Il m'avait rapporté
une bouteille de rhum de la Jamaïque. Déjà la
couleur du breuvage m'avait interloquée : une
sorte de marron orangé assez proche de celle
du whisky. Ensuite, quand j'y avais trempé mes
lèvres, je l'avais recraché tout de suite, furieuse :

— C'est quoi cette merde, Duke ? Du mauvais bourbon, hein ? Du cognac frelaté ? Du
whisky du Middle West ?

— Mâ'me, c'est… c'est du rhum… je te jure !

— *Stupid guy !* (Imbécile !) Le rhum, c'est
transparent comme de l'eau.

Ce Lucky Luciano, j'avais eu vent de ses faits
d'armes dès l'époque où ma famille irlandaise
et moi avions posé nos valises dans le quartier
de Five Points, au moment de notre arrivée en
Amérique. On le décrivait comme une vraie terreur et d'aucuns prononçaient son nom à voix
basse, jetant des regards inquiets autour d'eux.
Son gang à lui n'opérait pas dans les mêmes
domaines que celui que j'avais réussi à intégrer,
le fameux gang des quarante voleurs dont j'ai
un peu la nostalgie aujourd'hui, mon cher neveu
que mes parlottes sans doute ennuient. À cette
époque, aucune responsabilité ne me pesait
sur les épaules. J'étais juste une petite main,
une guetteuse chargée d'alerter les gros bras
lorsqu'il y avait quelque descente de police ou
d'espionner les commerçants qui rechignaient

à nous verser la dîme. J'aidais aussi une vieille grincheuse à préparer les repas que je portais discrètement à nos hommes lorsqu'ils étaient en opération. Encore que ce terme soit un bien grand mot ! La majeure partie du temps, le gang des quarante voleurs organisait des raids qui duraient à peine une demi-heure et se retirait jusqu'à l'opération suivante. J'y avais cependant fait mes premières armes. Au sens figuré comme au sens propre. J'y avais appris comment affirmer son autorité, comment établir des règles si implacables avec ses subordonnés que s'affranchir ne serait-ce que d'une seule revenait à commettre un acte de haute trahison et à mériter la sanction qui allait avec. La brute qui nous servait de chef, cet O'Reilly auquel je devais sectionner les couilles, n'hésitait jamais à descendre froidement les contrevenants. Peu à peu le maniement des pistolets me devint familier et la peur obsidionale qui à leur seule vue m'assaillait finit par disparaître. Ainsi devins-je une Américaine, moi qui, à la Martinique, puis lors de mon bref séjour en France, n'avais jamais approché une arme à feu.

Luciano était, en ce temps-là, réputé être un homme chanceux, d'où ce surnom de « Lucky ». Il avait, vrai ou faux, je n'en sais rien, échappé à pas moins de cinq attentats, fomentés par des gangs rivaux, ce qui lui avait forgé une légende. Après mon départ de Five Points et ma première installation à Harlem, je n'avais plus eu de ses nouvelles, hormis de temps à autre dans certains journaux à scandale qui faisaient leurs choux gras de ses « exploits ». Pendant la prohibition, il avait amassé une fortune colossale à côté de laquelle mon misérable commerce de *jamaican ginger* relevait tout simplement de la plaisanterie. Il s'était, toujours selon la presse, emmanché avec le chef des chefs, le *capo degli capi,* M. Al Capone en personne, l'empereur de la pègre de Chicago. À Cuba, où s'était réfugié un mafieux yiddish, Meyer Lansky, son ami d'enfance, Lucky Luciano détenait, en commun avec ce dernier, des parts dans des hôtels de luxe et des bordels. Je m'étais mise, en effet, à enquêter sur sa personne à partir du moment où l'idée, saugrenue à mon sens, de contrôler le business à Harlem lui avait traversé l'esprit. Pourquoi des mafieux blancs richissimes comme Crésus avaient-ils soudainement eu le projet pour le moins ridicule d'investir dans la partie la plus pauvre de New York ? Comment expliquer qu'ils se soient intéressés à notre loterie de derrière les fagots qui, au regard de leurs activités, était d'un rapport plutôt modeste, sinon médiocre ?

— Stéphanie, tu devrais… rencontrer Lucky Luciano, m'avait négligemment lâché un jour Bumpy alors que je pestais contre un énième assassinat d'un de mes collecteurs de paris.

— Jamais ! Tu m'entends, ja-mais ! Tu avais déjà cherché à ce que je m'agenouille devant ton Dutch Schultz et tu as vu le résultat !

— On aurait pourtant beaucoup à gagner en s'associant avec lui. Après Al Capone, c'est quand même le bonhomme le plus important dans le milieu, non ?

— Comment ça, s'associer ? Ça signifie quoi, gros benêt ?

Ellsworth Johnson — qui, n'étant pas très fier de sa bosse, avait horreur que je l'appelle Bumpy et préférait « Ells » — alla se servir un whisky comme chaque fois que son esprit était agité par quelque intense cogitation. S'il avait tous les vices, abusant notoirement de prostituées dont il assurait la protection, à mon insu s'imaginait-il, gaspillant son argent aux courses, ne se gênant pas dès que j'avais le dos tourné pour s'envoyer de l'héroïne, il était quelqu'un de relativement sobre. J'appris par une indiscrétion, longtemps après que je me fus mise avec lui, qu'à l'adolescence sa mère lui avait fait peur en lui disant que plus il s'adonnerait à l'alcool, plus son infirmité grossirait. Je buvais beaucoup plus que lui, même si je ne remplissais que rarement mon verre.

— Tu fréquentes tous ces éminents intellectuels, Du Bois, Countee Cullen, Langston Hughes, et j'en passe, et madame veut que je lui explique le sens du mot « associer ». Ha-ha-ha ! avait-il tenté d'ironiser.

J'avais une sainte horreur qu'un homme cherche à me faire tourner en bourrique, d'autant que presque tous ceux que j'avais fréquentés avaient dépendu de moi, de mon bon vouloir, de ma fortune, et c'était présentement le cas de Bumpy. Je l'avais d'ailleurs flanqué une première fois à la porte et monsieur avait erré des semaines durant dans Harlem, incapable de se refaire, abandonné de tous, y compris de ses péripatéticiennes, et c'est comme un chien couchant qu'il était venu me supplier quasiment à genoux de le reprendre. D'abord, il avait fait le pied de grue devant mon immeuble, sachant les heures auxquelles je sortais et rentrais, mais je l'avais superbement ignoré. J'avais recruté un jeune éphèbe comme nouveau garde du corps et, quoiqu'il n'y eût longtemps rien de charnel entre nous, il me vouait une affection sans bornes. Ce Lewis avait été un garçon abandonné transbordé d'orphelinat en orphelinat avant d'être recruté comme valet dans une famille riche de Sugar Hill. À ce qu'il semblait, mais je n'ai point cherché à éclaircir la situation, il aurait séduit ou tenté de séduire l'épouse de son patron, lequel l'avait licencié. Il m'avait abordée un soir au bar du Lafayette, endroit où il m'arrivait d'aller me changer les idées. Timidement.

— Pardon de vous déranger, Madame Queen... je peux vous dire deux mots s'il vous plaît ?

— Dis toujours, mon garçon !

Je ne l'avais d'abord pas dévisagé tellement j'étais habituée et parfois exaspérée d'être assaillie par toutes espèces de gens qui voulaient que je leur vienne en aide financièrement ou que j'investisse dans leur affaire. Je n'en revenais cependant pas que moi, petite Négresse des îles, sans famille aucune ni à Harlem ni en Amérique, je sois arrivée à devenir celle aux pieds de qui

tout un chacun se prosternait. Ceux qui me faisaient face me croyaient dure comme un roc,
« une vraie barre de fer », m'avait dit une fois une
femme qui cherchait à m'emprunter deux mille
dollars pour je ne sais plus quelle activité, mais
au plus profond de moi, j'étais un être inquiet.
Non pas fragile, mais habitée par l'idée que je
vivais un rêve éveillé et qu'à tout instant la belle
construction pour laquelle j'avais dépensé tant
d'énergie pouvait s'effondrer. Très curieusement, la traduction créole de ce dernier terme
me revenait : « se fesser par terre ».

— Je... je vous admire beaucoup, avait mur-
muré l'éphèbe.

— Et pourquoi si ce n'est pas indiscret ?

— À Harlem, c'est vous le maire... enfin, la
reine, je veux dire, notre reine... Rien ne peut
se faire sans vous...

— Allez, jeune homme, cesse de tourner
autour du pot ! Tu veux quoi ? De l'argent ? Si
oui, pourquoi ?

Le visage du jeune homme s'embua de larmes
qui juraient avec sa membrature herculéenne.
Quoiqu'il me dépassât de presque une tête, il
ressemblait à un gamin pris en faute et, alors
que j'avais de gros soucis, enfin, un gros souci
plus exactement : ce Rital de merde de Lucky
Luciano qui s'entêtait à vouloir poser ses sales
pattes sur mon territoire, je me laissai attendrir.
Séduire même, car une fois que j'eus décidé de
l'embaucher comme garde du corps, ce Lewis,
passionné de danse, entreprit de m'initier au

charleston. Je n'avais jamais eu la musique dans le sang et ne fréquentais les cabarets et les night-clubs que dans le but de surveiller mes affaires et d'humer l'air du temps, car les choses chan-geaient vite à Harlem. Ou parce que j'y accom-pagnais mes amies Shortie et Annabelle. Mon pouvoir, tout omnipotent qu'il en avait l'air, était dans le viseur d'un nombre faramineux d'en-vieux. Des mafieux nègres au petit pied qui ne digéraient pas le fait qu'une femme pût diriger la loterie clandestine. Une femme peu replète en plus, même pas une *mamma*. Bref, une créa-ture qui n'avait rien de bien intimidant, hormis ses yeux d'un gris glaçant (dixit Duke) et son accent français qu'apparemment elle ne faisait aucun effort pour effacer. À cause du NYPD ensuite, de tous ces flics blancs qui prenaient un malin plaisir à me harceler, à m'arrêter pour une peccadille ou sur dénonciation, à me mettre en garde à vue plus longtemps que ne le pré-voyait la loi avant de me faire traduire devant les tribunaux. Et maintenant, cette nouvelle ten-tative d'arraisonnement enclenchée par la mafia blanche, ce putain de Syndicat du crime qui se croyait plus puissant que Dieu le Père !

— Faisons quelques pas, Mâ'me Queen, me lançait sur un ton jovial mais respectueux mon nouveau garde du corps dès que nous pénétrions dans un night-club.

Je me laissais entraîner sans trop savoir pour-quoi. Ma toute première expérience de déhan-chement sur une piste de danse ! Et ma foi, je trouvais les virevoltes bizarroïdes du charleston plutôt amusantes. Sautiller de tout son poids d'une jambe à l'autre pouvait vous faire chavirer, même si je n'étais pas bien grosse, car il fallait dans le même élan tourner les pieds vers l'intérieur en fléchissant un peu les genoux. Cette danse pour le moins acrobatique faisait, aux dires de la presse, le succès d'une certaine Joséphine Baker, Noire américaine qui se produisait dans la *Revue nègre* du théâtre des Champs-Élysées. Je suivais passionnément les reportages dans la presse blanche sur sa vie agitée, ses amours, ses frasques, tout en n'appréciant guère le collier de bananes qu'elle s'attachait autour des reins lorsqu'elle montait sur scène. J'en venais à comparer nos deux destinées : elle, l'Américaine descendante d'esclaves qui avait trouvé le succès en France, et moi, la Française descendante d'esclaves qui en avait fait de même en Amérique. Existences dont personne ne voyait ni ne verrait jamais le parallèle, quoique inversé, pour la simple raison que Joséphine Baker vivait dans la lumière permanente, la recherchait même, alors que moi, Stéphanie St-Clair, je m'appliquais à vivre dans la plus grande discrétion, préférant l'ombre aux feux de la rampe. Sans toi, Frédéric, sans ta lettre de la Martinique miraculeusement arrivée jusqu'à moi, sans doute que la mémoire de Queenie, la petite reine de la loterie clandestine de Harlem, se serait évanouie comme la fumée d'un feu de bois dans le ciel clair de l'été. Ah, qu'est-ce que j'adore cette saison ! Elle dure peu à New York, trois mois ou un peu plus, cela dépend des années, mais elle vaut, que dis-je, elle surpasse les douze mois de chaleur de notre Martinique natale.

[LETTRE DE LA MARTINIQUE

Chère tante,

Vous ne me connaissez pas car vous avez quitté notre île quelques mois avant ma naissance. Je m'appelle Frédéric et je suis le fils aîné d'Edmire, la sœur de votre mère, Félicienne. Seize ans séparaient déjà nos mères respectives, la mienne étant la plus jeune d'entre les siens, et encore plus d'années nous séparent vous et moi. C'est pourquoi, bien que je sois en réalité votre cousin, je préfère par respect vous appeler « tante ». Je n'aurais jamais eu connaissance de votre existence si l'un de mes professeurs d'anglais au lycée Schoelcher ne nous avait pas fait un cours sur la *Harlem Renaissance*, cette époque magique que je vous envie d'avoir vécue. À côté des grands intellectuels, poètes, musiciens et savants noirs, il avait brièvement évoqué la guerre des gangs et, sans s'y arrêter, il avait mentionné entre autres une certaine Stéphanie Sainte-Claire qui serait devenue la reine de la loterie illicite de Harlem. J'en avais sursauté. Cette dame portait mon nom ! Était-ce pur hasard ? Aurais-je quelque lien de parenté avec elle ? Je voulus en avoir le cœur net et me mis à fréquenter la bibliothèque Schoelcher, qui recevait de loin en loin des journaux américains. Mais mes connaissances en anglais étaient trop minces pour en décrypter vraiment les articles. Je finis, je l'avoue, par vous oublier.

La deuxième partie du baccalauréat approchait et ma mère comptait sur moi. Ah, j'ai oublié de vous dire que ma mère, contrairement à la vôtre, n'a jamais voulu quitter sa campagne du Vauclin pour habiter Fort-de-France. J'étais en pension chez une vieille dame après avoir été reçu à l'examen des bourses qui permet d'entrer en classe de sixième.

Le baccalauréat en poche, je n'ai pas voulu embrasser la carrière d'instituteur, si prestigieuse soit-elle, car tout comme vous, j'imagine, j'avais le goût de l'aventure. Je voulais voyager, voir du pays. Sauf que je n'avais pas un sou vaillant ! J'ai accepté une offre d'emploi aux écritures chez un riche Blanc créole qui faisait commerce de bétail et de salaisons avec les îles anglaises voisines de la Martinique. De temps à autre, je l'accompagnais à la Jamaïque, à Sainte-Croix, à Barbade ou Trinidad. Mon anglais s'en améliora de manière extraordinaire. C'est d'ailleurs dans cette dernière île que je tombai sur un magazine américain qui dressait de vous un portrait qui me stupéfia tout en me comblant d'aise. Sur le moment, je n'étais pas sûr du tout que nous fussions apparentés, mais de voir le nom de St-Clair, curieusement écrit « St » et sans son « e » final, briller au firmament de la presse du plus puissant pays du monde me gonflait d'aise.

C'est ma mère qui dissipa mon incertitude. « Stéphanie Sainte-Claire ? C'est la fille de ma sœur Félicienne qui vivait à Fort-de-France, m'avait-elle dit sans y prêter une attention particulière. Je crois qu'elle est partie pour la France dans les années 1910 ou 1912, je n'en suis pas très sûre. » Je lui ai montré votre photo sur le journal et elle a failli tomber à la renverse. Ses doigts tremblaient et des larmes ont coulé sur ses joues. Elle s'est écriée que Stéphanie était tout le portrait de sa propre mère décédée avant ma naissance. Son portrait craché ! Elle a découpé

242

votre photo, l'a fait mettre sous verre et l'a posée sur sa table de nuit.

Je me suis par la suite abonné à ce journal américain et, même s'il mettait trois semaines à me parvenir, j'ai énormément appris sur vous, chère tante. Je connais vos exploits dans les moindres détails et sachez que je suis fier de vous ! Fier d'être votre neveu. J'ai très envie de vous connaître en chair et en os, d'où la présente lettre. Je voudrais vous proposer d'écrire votre histoire. Elle est bien trop exaltante pour tomber un jour dans l'oubli. Pour ce faire, m'autoriseriez-vous à venir à New York afin de vous interroger ? Je ne suis pas écrivain et suis davantage porté sur les chiffres, mais j'ai un ami qui saura quoi faire de ce que je lui rapporterai.

Dans l'espoir que cette lettre, trop longue et guindée, j'en conviens, vous parviendra et que vous accéderez à ma requête, je vous prie, chère tante, d'accepter mes sentiments les meilleurs.

> Frédéric Sainte-Clair
> 26, boulevard de la Levée
> Fort-de-France
> Martinique (French West Indies)]

Qu'est-ce qui, final de compte, avait bien pu me convaincre de me rendre à Cuba afin de rencontrer Meyer Lansky, le fameux bandit yiddish dont tout le monde disait qu'il possédait un véritable empire dans cette île où apparemment il n'existait aucune frontière entre légalité et illégalité ? Peut-être parce que nous avions émigré en Amérique presque au même moment. Lui en 1911 et moi, l'année d'après. Peut-être aussi

243

parce que, m'étant renseignée sur lui, j'avais été sensible au fait que sa famille avait subi des atrocités (des « pogroms », mot alors inconnu de moi, écrivait la presse) dans leur terre natale, la Russie. Descendante d'esclaves, je pouvais comprendre ce que Meyer et les siens avaient enduré. Mais il est plus vraisemblable de penser que mes rapports tumultueux, au sein du gang irlandais des quarante voleurs, avec la mafia yiddish avaient compté pour beaucoup dans ma décision. En ce temps-là, le temps de mes premiers pas dans le Nouveau Monde, j'avais failli adopter les préjugés, voire le mépris, qu'affichait notre chef, O'Reilly, à leur endroit. Pour nous bailler du courage, il nous haranguait à tout bout de champ :

— N'oubliez jamais que ces Yiddish de merde ont assassiné notre Seigneur Jésus-Christ ! Qu'ils l'ont crucifié et que depuis deux mille ans, ils n'ont jamais montré aucun remords pour ce crime odieux !

Notre gang faisait alors preuve d'une férocité sans égale tant à l'endroit d'honnêtes et paisibles commerçants juifs, que nous rackettions, que des voyous à kippa qui nous disputaient les paris truqués des courses de chevaux et le trafic d'alcool. Autant nous respections certaines règles avec la mafia italienne dont il s'agissait pour nous de contenir les activités aux seuls docks, autant nous n'avions aucun scrupule à abattre les Yiddish dans le dos. Nous avions même fini par les désigner par un mot de leur

244

propre langue, « *khazer* », qui signifie « cochon », manière de nous gausser de l'interdiction que leur faisait leur religion de consommer cet animal. Tu t'imagines, cher neveu, notre succulente cuisine créole sans boudin ? Impossible ! Ah, O'Reilly s'était lui-même chargé de nous enseigner une phrase entière que selon lui, il fallait prononcer chaque fois que l'un de nous était confronté à un gangster yiddish : « *Hent in di luft !* » (Les mains en l'air !)

— Mais, ajoutait aussitôt notre chef un brin dérangé du cerveau, il vous faut appuyer sur la gâchette dans le même temps car cette race a plus d'un tour dans son sac.

Quand j'ai quitté le gang des quarante voleurs, après avoir émasculé O'Reilly, nous étions en train de perdre la bataille. Sur le port, les Ritals avaient réussi à dicter leur loi et, sur les champs de courses, les hommes en papillotes, comme nous les désignions aussi, avaient désormais la haute main sur les paris truqués. La mafia irlandaise, en dépit de quelques sursauts ici et là, était maintenant en déroute. Plus tard, pendant la période de la prohibition, quand je m'étais lancée dans la vente du *jamaican ginger*, ce pseudo-médicament bourré d'alcool, les derniers voyous irlandais rendirent l'âme. Enfin, manière de dire que leurs distilleries clandestines étaient attaquées sans merci par les Italiens, leurs alambics détruits, leurs camions de livraison détournés, bien qu'ils fussent les meilleurs experts en matière de fabrication de whisky. Je suivais

cette guerre de loin, à travers les journaux, préoccupée que j'étais d'investir le domaine de la
loterie clandestine à Harlem. Ce quartier était
trop pauvre aux yeux de la mafia blanche pour
qu'elle perdît son temps à s'y installer. Ses chefs,
petits ou grands, préféraient venir le soir dans
ses célèbres cabarets, comme le Cotton Club
ou le Savoy Ballroom, pour y écouter du jazz ou
s'envoyer en l'air avec des Négresses sans vertu.
Nous étions donc tranquilles.

La prohibition abolie, Ritals et Yiddish proje-
tèrent de jeter leur dévolu sur Harlem ! Entre-
temps, ils avaient signé une manière de pacte, à
ce qui se racontait sous le boisseau, et ça par le
truchement de ce Meyer Lansky qui avait organisé les massacres de masse de chefs mafieux
au début des années 1930. Il avait ou aurait
promis à Lucky Luciano d'éliminer ses rivaux,
notamment les « boss », les « *capi* », Joe Masse-
ria et Salvatore Maranzano, ce qu'il fit effectivement. À dater de cet instant, il n'y eut plus
qu'une seule mafia, une seule d'importance, je
veux dire, la mafia italo-yiddish. Qui l'eût cru ?
Luciano et Lansky, désormais frères de sang,
s'étaient partagé leur territoire : au premier, New
York, Chicago et Boston ; au second, la Floride et surtout Cuba. C'était donc cette terrible
organisation qui avait décidé d'investir Harlem
et sa loterie, détrônant Mâ'me St-Clair sans le
moindre égard pour ce qu'elle avait accompli
dans ce domaine ! Maintenant, cher neveu, je
mesure à qui j'étais confrontée. Sur le moment,

je n'avais pas eu une claire vision des choses, sinon je ne me serais pas entêtée à vouloir résister à cette hydre et me serais rendue aux arguments de Bumpy Johnson.

Rendez-vous me fut donc fixé avec Meyer Lansky dans un palace de Miami. Je ne m'étais pas rendue dans une contrée tropicale depuis des années et la douce chaleur de la Floride me procura un intense bien-être. Je me sentais légère, euphorique même, et j'étais sûre de pouvoir convaincre ce *khazer* de Lansky qu'il avait intérêt à se tenir loin du ghetto noir de New York, sinon il en prendrait pour son grade. J'étais une tête en l'air ! Mon petit pouvoir m'était monté à la tête. Car, enfin, reine à Harlem ne signifiait tout de même pas reine des États-Unis. Cheftaine de la pègre noire, si prestigieux que fût ce titre, n'avait aucune commune mesure avec celui de chef de la mafia italo-yiddish. Meyer Lansky possédait des hôtels, des casinos, des champs de courses, il dînait à la table de grands politiciens de Floride et même du président cubain, Fulgencio Batista. Moi, mon autorité se cantonnait aux seules limites de Harlem, et encore ! Certains banquiers de la loterie, peu nombreux certes, refusaient de se soumettre. Au fond, je n'étais qu'une reine de pacotille face à ce Lansky et il m'accordait une faveur en acceptant de discuter avec moi. Il aurait tout aussi bien pu envoyer un commando me descendre à la sortie de mon immeuble d'Edgecombe Avenue et plus personne n'aurait parlé de cette étrange *Black*

French Woman qui avait eu le culot de chercher à imposer sa loi à Harlem.

Je pris l'ascenseur du palace, craintive comme de coutume face à cette machine, pour me rendre au troisième étage, où le bandit yiddish avait ses appartements. Sur le palier, une sommation me ramena quinze ans en arrière :

— *Hent in di luft !*

Deux types pointaient leurs revolvers dans ma direction. Ils s'avancèrent à pas comptés jusqu'à moi et me fouillèrent sans ménagements et surtout sans craindre d'offenser ma pudeur. Je ravalai ma colère, mais mon humiliation devait être encore plus grande lorsque Meyer Lansky, qui sortait de sa baignoire, m'accueillit en slip et me lança :

— Vous êtes donc venue signer votre reddition ? C'est bien, Queenie... Très bien !

CHAPITRE 11

Il avait dressé une échelle à l'angle de la
125ᵉ Rue, une périlleuse échelle d'une vingtaine de barreaux à l'en-haut de laquelle il était
juché, vêtu d'une cape et d'une sorte de turban
de couleur pourpre. Sur sa poitrine, un poignard
de style oriental dont la lame scintillait dans la
lumière blafarde de ce matin d'hiver. Madame
St-Clair s'arrêta, interloquée. Des prêcheurs et
autres sauveurs de l'humanité autoproclamés,
elle en avait vu depuis bientôt vingt-cinq ans
qu'elle résidait à Harlem, mais cet homme-là
irradiait une force extraordinaire. Rien à voir
avec le côté haut en couleur, sinon grotesque,
de Marcus Garvey, ses tenues qui lui donnaient
l'air d'un bouffon trop joufflu et toujours couvert
de sueur quelle que fût la saison. Rien à voir non
plus avec la sérénité un peu hautaine qui se dégageait des grands intellectuels noirs de Sugar Hill
comme W. E. B. Du Bois et Countee Cullen. Sa
Sainteté Amiru Al-Muminin Sufi Abdul Hamid,
ainsi que l'indiquait la pancarte posée au pied

de son échelle, était un personnage. La reine de la loterie clandestine fut frappée droit au cœur. Ce cœur qu'elle croyait fermé à toute forme de sentiment pour l'espèce masculine qu'elle affectait cependant ne point détester vu qu'elle s'en considérait comme partiellement membre. À ses troupes qui ne manquaient jamais de s'étonner de la voir tenir tête aux gangsters les plus endurcis, taper du poing sur la table ou du pied, véhémenter, brandir le pistolet miniature qu'elle portait dans son élégant sac à main, elle assénait, détachant chaque syllabe :

— Je suis à moitié homme, ne l'oubliez jamais ! C'est pourquoi la presse blanche me surnomme *Lady gangster*. Elle au moins, elle sait qui je suis.

Est-ce ce que l'on appelle l'amour au premier regard ? se demanda Madame St-Clair, le cœur chamadant. Comme pour se protéger, dans un geste instinctif, elle serra des deux mains le col de son manteau de fourrure et tenta de reprendre son souffle. Le personnage avait un drôle de nom qu'elle n'était pas certaine d'identifier : africain ? arabe ? indien ? En tout cas, il n'était ni gaélique, ni anglais, ni yiddish, ni polack, ni italien, et surtout pas français, tout ce à quoi elle avait été habituée jusque-là. D'ailleurs, il était si long qu'elle ne parvint d'abord pas à le mémoriser en entier, n'en retenant que la deuxième moitié : Sufi Abdul Hamid. C'était le moment où la Grande Dépression avait fini par atteindre Harlem de plein fouet. Au début, les Noirs, habitués à vivre de peu, n'avaient pas vu, contrairement aux Blancs, de différence entre l'avant-jeudi noir et l'après-jeudi noir. D'aucuns allaient se gaussant : « Mais qu'est-ce que notre couleur de peau a à voir avec ce foutu jeudi ? Ce sont leurs banques qui ont soudainement fait faillite, non ? Leurs commerces et leurs usines qui ont fermé du jour au lendemain. Nous autres, on ne possède rien de tout ça, donc on n'en a rien à foutre. » Sauf que Harlem était loin d'être une oasis et que progressivement il fut gagné par ce désastre qui avait frappé le monde des Blancs. D'abord, ces derniers, ou plutôt les plus riches d'entre eux, commencèrent à fréquenter moins souvent le Cotton Club ou le Savoy Ballroom et les propriétaires de ces prestigieux cabarets furent contraints de licencier des danseuses. Puis des serveurs et des voituriers. Quant aux grisettes, beaucoup pleuraient désormais misère, incapables de vendre leur devant à des hommes de leur race, trop habituées qu'elles étaient à le faire avec des Blancs en général ventripotents et plutôt âgés. La Grande Dépression frappait maintenant Harlem et Sufi Abdul Hamid, converti à une religion dont personne n'avait jamais entendu parler, l'islam, était parti en croisade contre ce qu'il appelait « les profiteurs juifs » :

— Frères et sœurs, haranguait-il la foule, imperturbable quand un vent trop fort menaçait de jeter bas son échelle ou que des giboulées poussaient les passants à courir se mettre à l'abri. Ces gens, qui tiennent les magasins et les épiceries dans notre quartier, ces gens avec qui nous avons toujours frayé, les imaginant différents des Blancs chrétiens, eh bien sachez, et c'est moi, le Commandeur des Croyants, qui vous le dis, qu'ils sont pires que ceux-ci. Oui, mille fois pires ! En réalité, ils n'ont cessé dès le départ de sucer notre sang en nous payant avec de grands sourires et des tapes dans le dos, mais une fois les rideaux de leurs commerces fermés, sachez qu'ils n'avaient de cesse de se moquer de nous... Nous en avons la preuve aujourd'hui ! Loin de nous tendre la main, de nous aider à franchir le gué, ils renvoient leurs employés nègres qu'ils remplacent par des gens de leur famille, même si ces derniers exercent déjà une autre profession. Mes frères et sœurs, le Juif ne travaille que pour le Juif. Sachez-le ! Mais moi, Amiru Al-Muminin Sufi Abdul Hamid, sachez qu'Allah m'a missionné pour faire cesser cette effroyable injustice dont nous sommes les victimes. Que les Juifs embauchent nos enfants ou qu'ils s'en aillent derechef de Harlem !

Jour après jour, mais avec discrétion, Madame St-Clair — pardon, Frédéric, d'user à nouveau de la troisième personne — s'arrangeait pour emprunter à pied la 125ᵉ Rue. Elle demandait à son chauffeur de la déposer au bout, puis de l'attendre une petite heure car elle désirait faire les magasins. Vérifiant sa tenue, arrangeant son chapeau de dame française sophistiquée, fume-cigarette aux lèvres, elle avançait d'un pas faussement négligent, son manteau de fourrure à moitié ouvert, faisant mine de s'arrêter aux vitrines. Arrivée à quelques pas de l'échelle du prêcheur musulman, elle lui jetait des regards furtifs tout en buvant ses paroles, et de ressentir aussitôt, à travers toutes les fibres de son corps, le même émotionnement que la toute première fois. Sa gorge qui s'asséchait, ses doigts qui crispaient sans raison, son cœur qui se mettait à galoper comme un cheval fou, ses genoux qui flageolaient, était-ce cela l'amour ? Le coup de foudre plutôt. Mâ'me Queen était vaguement irritée car, pour la première fois depuis son installation en Amérique, elle se sentait en situation de faiblesse et par la force des choses vulnérable. Ce qui l'avait sauvée jusque-là, c'est qu'elle n'avait jamais baissé la garde devant personne, même pas devant ces êtres immondes du Ku Klux Klan quand ils l'avaient violée. Elle en avait été certes commotionnée sur le moment, mais elle s'était très vite reprise et avait continué son chemin. De petite immigrante noire et sans le sou, elle était devenue la reine de la loterie illicite de Harlem, et ça, ce n'était pas rien. Au cours de sa vie, elle n'avait jamais permis au sentiment amoureux d'entraver ses activités, ne se vivant aucunement comme une racketteuse, ainsi que le pensaient certains habitants de son immeuble d'Edgecombe Avenue, mais bien comme une businesswoman. L'organisation des *numbers* exigeait une organisation précise et une discipline stricte de haut en bas, c'est-à-dire depuis elle, le grand chef, jusqu'au dernier ramasseur de paris, en passant par ses banquiers, ses gardes du corps et son chauffeur. Chacun connaissait son rôle et pas question d'en dévier sous peine d'expulsion immédiate. Ou d'exécution, en cas de tentative d'entourloupe. « Queenie a bon cœur avec ceux qui lui obéissent, entendait-on dans les rues de Harlem, mais elle est implacable envers ceux qui la trahissent. »

Il avait raison, ce personnage juché sur son échelle : les commerces juifs, depuis la Grande Dépression, expression ressassée par la presse, n'employaient plus que leurs congénères et le Nègre n'ayant pas le sens du commerce se retrouvait Gros-Jean comme devant. Un beau jour, des parieurs informèrent mes banquiers qu'il y avait depuis peu de la concurrence sur le terrain. Un curieux bonhomme qui priait dans une langue inconnue en se prosternant sur un tapis à même les trottoirs délestait les chômeurs d'un dollar pour une organisation, une sorte de syndicat plus exactement, dénommé The Negro Industrial and Clerical Alliance.

— Jamais entendu parler de ça ! avait lancé, irritée, Mâ'me Queen à celui qui lui en avait parlé. Et ils promettent quoi ?

— D'organiser des manifestations devant les magasins juifs...

— Oui et alors ?

— Pour obliger leurs patrons à embaucher des gens de couleur...

— Sans blague !

Elle avait demandé à Bumpy d'enquêter sur ce qui semblait être, elle en était persuadée, un nouveau genre de trafic, une astuce montée par quelque esprit retors pour couillonner les désespérés et leur soutirer leurs derniers pennies. De toute façon, il urgeait d'y mettre un terme car chaque personne qui versait son obole audit syndicat était un parieur de loterie en moins. Son garde du corps revint quelques jours plus tard tout chamboulé par les propos du chef de cette organisation inconnue. Certes, il avait un drôle d'accoutrement, son nom était imprononçable et il en profitait pour tenter de convertir les chômeurs à une religion bizarroïde, mais ce qu'il proposait était parfaitement sensé : faire des piquets devant les magasins juifs pour inciter les Noirs à n'y plus entrer tant que les propriétaires desdits magasins n'embaucheraient pas à Harlem. Je reconnus immédiatement l'homme qui prêchait à l'angle de la 125ᵉ Rue. Celui qui avait fait battre mon cœur pour la toute première fois de ma vie alors même que je ne l'avais pas encore vu de près et que nous n'avions pas brocanté la moindre parole. Sufi Abdul Hamid ! Oui, il s'agissait bien de lui et, ma foi, l'action qu'il projetait n'avait rien d'absurde. À Edgecombe Avenue, la plupart des magasins et des épiceries appartenaient à des Yiddish, et cela ne m'avait jamais posé aucun problème. Ils étaient d'ailleurs les seules personnes à peau blanche qui pouvaient circuler à Harlem de jour comme de nuit sans risquer de se faire estourbir par quelque malfrat. Déjà, pour nous, les Noirs, c'était risqué, tandis qu'eux semblaient bénéficier d'une sorte d'impunité, ou plus exactement d'un laissez-passer permanent. Peut-être que les Harlémites étaient secrètement flattés que des Blancs les traitent comme des êtres humains et frayent avec eux sans trousser le nez. Je n'en savais trop rien et les seuls Juifs qui m'avaient intéressée jusque-là étaient ceux de la mafia yiddish. Dès l'époque du gang irlandais des quarante voleurs, j'avais eu à les affronter, mais pas à cause de leur religion. Parce qu'ils cherchaient à contrôler notre territoire de Five Points. Nous affrontions tout autant les Ritals et les Polacks ! Ensuite, j'avais perdu contact avec ces gangsters qui ne travaillaient pas le jour du sabbat, ce qui nous épatait vu que nous, bien que chrétiens, nous ne respections aucune trêve ni le samedi pour les protestants ni le dimanche pour les catholiques.

Le seul Juif dont j'entendis parler par la suite était le chef mafieux Meyer Lansky dont la réputation était arrivée jusqu'à New York alors qu'il exerçait ses talents en Floride et surtout à Cuba. À ce propos, il m'était arrivé, dans mes moments de doute, lorsque ce satané Dutch Schultz commença à me mener la vie dure et que je sentis Bumpy prêt à baisser les bras, d'envisager de me retirer dans la grande île. Après tout, elle n'était pas si éloignée de ma Martinique natale et au moins n'y aurais-je plus froid. Tout le monde s'imaginait que Stéphanie St-Clair portait d'épais manteaux de fourrure pour jouer à la bourgeoise, mais la vérité était plus prosaïque : je n'ai jamais pu m'habituer vraiment à l'hiver. Ni aux baisses brutales de températures. Dès que celles-ci descendaient au-dessous de zéro, je me calfeutrais dans mon appartement et laissais la bride au cou à ceux que je préférais appeler « mes associés ». Évidemment, jamais en plus de vingt-cinq ans dans cette Amérique du Nord où je m'étais escrimée à me faire une place je n'avais avoué cela à quiconque. Aucun de mes trois gardes du corps et amants — Duke, Bumpy et Lewis —, aucun d'eux n'avait jamais su que Queenie, après une brève période d'émerveillement, à une époque où elle était loin d'imaginer qu'elle deviendrait une reine, redoutait l'arrivée de cette saison qu'elle considérait comme maudite. Je continuais à aller dans les night-clubs, les restaurants, à l'église, mais évitais de marcher dans la rue. Ma Ford T m'attendait au pied de mon immeuble et me déposait devant l'endroit où je souhaitais aller sans que j'aie à affronter la froidure new-yorkaise.

Son Altesse Sérénissime Amiru Al-Muminin Sufi Abdul Hamid n'était pas un bluffeur. Pas moins d'une douzaine de piquets de grève furent installés par ses soins à la devanture des principaux commerces juifs de Harlem. Lui patrouillait de rue en rue, haranguant les passants d'une voix de stentor et leur intimant au nom d'Allah, son dieu à lui, de ne pas y faire leurs courses. Je voulus voir cela de mes propres yeux et me

vêtant de façon très ordinaire, les cheveux attachés par un fichu, un cabas usagé au bras, je
me rendis à l'épicerie de Moshe Kahane, un
type rondouillard et barbu qui, avec un bagout
nonpareil, pouvait vous convaincre acheter
n'importe quoi. Du miel du Pérou censé guérir
les rhumatismes, de l'huile d'olive de Palestine
exactement semblable à celle utilisée à l'époque
de Moïse, des livres de prières de Chine pour
les maux de tête, des hippocampes séchés pour
le chagrin d'amour importés de Patagonie. Vous
entriez chez lui pour acheter du riz, du beurre,
des salaisons ou du vin, et vous en ressortiez
avec quelque produit improbable dont vous
saviez au premier regard que vous n'oseriez pas
l'ingurgiter. Mais il fallait faire plaisir au tellement jovial M. Kahane et le remercier de sa
débonnaireté envers les Noirs ! Sauf que le jour
où je me rendis à son magasin pour observer le
manège de Sufi Abdul Hamid, je découvris un
tout autre homme. Il fulminait depuis le seuil
de son magasin totalement vide alors qu'à cette
heure-là il eût dû être bondé :

— Dégagez de là, bande de chimpanzés ! J'ai
rien à voir avec vos histoires. Est-ce de ma faute
si le pays va mal ? Je ne suis qu'un modeste épicier, moi, et je n'ai jamais possédé de banque
ni détenu d'actions. Allez, laissez passer mes
clients !

L'homme, de fort petite taille, les cheveux
en bataille, était pathétique avec son tablier à
carreaux rouges autour des reins. Sufi Abdul

Hamid avança vers lui d'un pas martial, ce qui fit rentrer l'épicier juif sur-le-champ, tel un crabe dans son trou, et pendant qu'une foule de curieux s'ajoutait aux premiers clients du matin, il déplia son échelle, qu'il portait d'une main alors qu'elle m'avait l'air passablement lourde, et monta quatre à quatre jusqu'à son dernier barreau. De là, vêtu comme il était, il ressemblait à un prince d'Orient. Je recommençai à avoir des frissons dans tout le corps. Je ne pouvais détacher mes yeux de sa personne. Chacun de ses mots résonnait en moi :

— Mes frères, écoutez-moi, je suis l'envoyé d'Allah, que son nom soit béni, et suis venu vous dire que le temps de domination des Juifs sur notre peuple est sur le point de s'achever. Des siècles et des siècles durant, cette race maudite a sucé le sang des autres nations, s'infiltrant partout, volant les secrets les mieux gardés, gouvernant en coulisses, amassant des fortunes colossales, eh bien, mes frères, tout a une fin ! Ici, à Harlem, s'annonce la fin du règne des Juifs sur le monde. Que personne n'aille plus acheter dans leurs magasins !

Soudain, une escouade de police apparut qui fondit sur Sufi Abdul Hamid et ses partisans pour les menotter sans ménagements, jouant de la matraque avec celui-là, qui se débattait en leur hurlant qu'ils n'étaient que des chiens de Blancs chrétiens dont la fin de la domination était également prévue par Allah. Ce personnage m'avait frappée au cœur. Je ne pouvais plus me

mentir à moi-même : j'étais tombée amoureuse.
À cinquante-deux ans ! À l'aube de la dernière
partie de ma vie. C'était à peine croyable et si
ce sentiment provoquait en moi une sensation
délicieusement dérangeante, je me devais de lutter contre lui car dans le business qui était le
mien aucun sentimentalisme n'était concevable.
Or, aimer revenait à être dépendante, moi qui
n'avais jamais compté sur personne. Moi qui
me défiais de tout le monde. Que m'arrivait-
il ? Pourquoi pareille malédiction, maudition,
pour employer une parlure martiniquaise, cher
neveu, m'était-elle brusquement tombée dessus ? J'essayai de me défaire de son image et fus
assez contente lorsque quelques jours plus tard,
dans un article consacré à Sufi Abdul Hamid,
je lus qu'on le qualifiait de « Hitler noir ». La
guerre — la deuxième du siècle ! — se déroulait
là-bas en Europe, mais nous n'en avions que
des échos ténus. Pas un coup feu ici, sauf ceux
des voyous, ni coup de canon ou bombardement
aérien. Guerre ô combien lointaine, tout comme
la première, symbolisée par un unique personnage au visage à la fois comique, à cause de sa
drôle de moustache, et inquiétant qu'il m'arrivait
de voir lorsque j'allais au cinéma, chaque film
étant précédé d'« Actualités ». Les crimes de Hitler, dont nous ne connaîtrions le détail qu'une
fois la guerre finie, nous semblaient irréels. Donc
que Sufi fût qualifié de Hitler noir signifiait qu'il
était davantage considéré comme un bouffon que
comme quelqu'un de dangereux. Or, comment,

moi, Stéphanie St-Clair, avais-je pu tomber amoureuse d'un personnage pareil ? S'il s'était agi d'un gros dur, d'un manieur de pistolet ou de mitraillette, d'un trafiquant d'héroïne ou d'alcool, d'un raquetteur de cabarets et de bordels clandestins, passe encore, mais dans le cas présent, c'était tout simplement incompréhensible. Invraisemblable. Pourtant, c'était la pure vérité ! La vérité vraie. Comme une jeune fille en fleur, la reine de la loterie de Harlem en pinçait pour un prophète d'opérette qui cherchait à convertir les Harlémites à une religion dont nul ne savait si elle existait réellement ou si elle était tout droit sortie de son imagination de dément.

J'allai l'attendre, comme la meute de ses partisans, à sa sortie de prison et, fendant la petite foule, je lui lançai tout de go :

— Black Mufti, faisons alliance ! Nous nous battons pour les mêmes idéaux.

Cette expression qu'à part lui et moi personne ne comprit autour de nous me venait de mon adolescence, lorsque je me distrayais de mon ennuyeux travail de servante en feuilletant les atlas et les livres de mes patrons en leur absence. J'avais cherché à localiser la fameuse Terre sainte dont le prêtre nous rabâchait les oreilles à la messe et étais tombée sur le visage d'un homme barbu au visage qui en imposait : le Grand Mufti de Jérusalem. Sinon, je m'étais documenté sur la religion de celui qui faisait battre mon cœur dans l'unique librairie digne de ce nom de Harlem, qui se trouvait bien évidemment à Sugar

Hill. Interdit, l'activiste me dévisagea, me sou-
pesa même du regard et, après une formule, en
arabe, je suppose, enchaîna en anglais :

— Madame St-Clair, je vous connais de réputation et je suis d'accord avec votre proposition.
Allah, béni soit son nom, a voulu que nos destinées se rejoignent. Je suis sûr que nous accom-
plirons de grandes choses ensemble.

Il y eut des applaudissements parmi les fidèles
de Sufi Abdul Hamid, mais quelques regards
perplexes aussi. Une femme assez belle et plus
jeune que moi, vêtue à l'orientale, se figea telle
une statue de sel, comme hypnotisée par ma personne. Me prenant au mot, le prêcheur musulman s'installa l'après-midi même chez moi sans
solliciter mon avis. Quand je lui posai la question de savoir où il habitait, il fit un geste évasif :

— Partout où Allah, le miséricordieux, le
veut, Samia !

D'autorité, il m'avait débaptisée et conver-
tie. Enfin, disons, mon cher neveu, que ma
transformation en bonne adepte de Mahomet
commença par le changement de mon prénom.
Je trouvais le nouveau agréable à l'oreille. En
Martinique, on aurait qualifié un tel homme
de diable dans une boîte en fer-blanc : il était
sans cesse agité, toujours en action, préparant
telle ou telle opération contre ce qu'il appelait
« l'oppression des Satans à peau claire », jonglant
avec un nombre invraisemblable d'idées qu'il
cherchait à toute force à me faire partager. Puis,
il se calmait brusquement lorsque l'heure de ses

cinq prières rituelles arrivait. Il déroulait son tapis dans mon salon, se tournait vers l'est et se mettait, les mains tendues, à psalmodier. Sufi Abdul Hamid était un spectacle permanent et plus je vivais à ses côtés, plus il m'émerveillait. Il n'était difficile ni sur le plan des repas, ni sur le plan financier, ni sur le plan sexuel. Un homme d'une telle frugalité était une perle rare à Harlem et il n'était pas question pour moi de le laisser échapper, d'autant que les converties de sexe féminin commençaient à affluer à l'Universal Holy Temple of Tranquility, la mosquée qu'il avait aménagée au rez-de-chaussée d'un modeste immeuble de quatre étages dans la 143e Rue. En fait, Sufi me fournit la meilleure protection qui puisse se concevoir : le mariage. Avant lui, toute une foison d'hommes, notamment Duke et Bumpy, avait voulu me passer la bague au doigt — ah, le tout premier, je l'oubliais celui-là ! Philibert, le coiffeur de Fort-de-France —, mais je les avais rebuffés de verte manière. Pas question que Stéphanie St-Clair se laisse enchaîner, ne serait-ce que par un anneau nuptial. J'étais une femme libre, libre de mes désirs et de mes mouvements, libre de mes paroles et de mes croyances. Mariage à mes yeux équivalait à, non pas prison, ce qui serait exagéré, mais à assignation à domicile. Je n'ai jamais autorisé aucun de mes amants à me demander pourquoi je sortais, à quelle heure je rentrerais, qui j'avais rencontré dans la journée ou la soirée. Pourquoi avais-je cédé face à ce bonhomme qui s'efforçait de persuader les Harlémites de désavouer Jésus-Christ au profit d'un certain Mahomet, inconnu au bataillon ? Je voulus en avoir le cœur net. Le mieux était de le passer à la question. Peut-être qu'ainsi je verrais clair en moi. En fin d'après-midi, nous nous accordions un moment d'aparté dans ma chambre et, quand il ne me faisait pas l'amour, il se plongeait dans le Livre saint de sa religion, le Coran, qu'il lisait à mi-voix.

— Sufi Abdul Hamid, je peux savoir quelque chose, m'étais-je lancée d'une voix incertaine.

Déposant son livre, il me fixa jusqu'à me troubler.

— Sur ma religion ?

— Non, sur toi d'abord... J'ai vu sur tes papiers que tu t'appelles Eugene Brown et...

— Nom d'esclave, Samia ! Nom qui m'a été attribué contre notre gré, tout comme le tien, par les esclavagistes. Nous devons nous en défaire pour commencer à recouvrer notre véritable identité.

Je retrouvais là des propos que j'avais déjà entendus de la bouche de deux personnages très différents : le grand intellectuel diplômé de Harvard, W. E. B. Du Bois, mon voisin de palier à Edgecombe Avenue, et Marcus Garvey, le prophète du retour de tous les Nègres du continent américain dans l'Afrique mère, qui s'était arrogé un coin de Central Park où des centaines de miséreux venaient boire ses paroles. Or, aucun d'eux n'avait jugé bon de changer de nom. Sur ce point Sufi se montra très à l'aise :

— Samia, parmi les esclaves transportés en Amérique, il y avait des musulmans. Notre religion est arrivée en Afrique bien avant le christianisme. Ah je sais bien que certains l'accusent d'avoir aussi pratiqué l'esclavage. Sauf qu'ils oublient que cela touchait tous ceux qui refusaient de se convertir à la parole d'Allah, qu'il soit loué, Blancs comme Noirs, chrétiens comme animistes... L'auteur de *Don Quichotte*, tu connais sans doute ce livre espagnol très célèbre, Cervantès, eh bien il a été prisonnier durant cinq ans à Alger. Les musulmans ont traversé aussi bien la Méditerranée que le Sahara pour pouvoir porter la parole de notre Saint Coran...

Sufi Abdul Hamid n'était pas un imposteur. Il était un homme réellement cultivé, dévorait les livres quoiqu'il n'appréciât guère ceux qui se trouvaient dans ma bibliothèque. Il était habité par une espèce de sérénité qui rayonnait autour de lui et qui, jour après jour, lui amenait de nouveaux adeptes. Dieu ne permettant pas le concubinage, sauf en période de guerre, il fallait que nous nous marrions pour ne pas le trahir. Il convenait que moi, Stéphanie St-Clair, je devienne Samia Abdul Hamid ! Je n'osais pas lui dire que j'avais beau fouiller et farfouiller au fond de mon cœur ou de mon esprit, je n'y trouvais aucune trace ni de son dieu ni d'aucun autre d'ailleurs. En discutant un jour avec le jeune poète Countee Cullen, il m'avait appris que j'étais une athée, mot savant que je trouvais peu agréable à l'oreille. Mais pour mon premier amour — j'ai presque honte d'employer pareille expression car j'étais déjà quinquagénaire — je ferais un effort. Après tout, qui me prouvait que tous ces gens qui assiégeaient temples adventistes, baptistes, pentecôtistes ou églises catholiques, le samedi et le dimanche, croyaient vraiment en l'existence d'un Être suprême ? J'acceptai la proposition de mariage de celui qui se définissait comme le « premier musulman moderne des États-Unis » :

— Moderne oui, parce que nos ancêtres, dès que les négriers les surprenaient à vénérer Allah, ils les tuaient avant de les jeter par-dessus bord. Certains parvenaient, toutefois, à se dissimuler et, arrivés sur les plantations d'Amérique, fomentaient des révoltes. Il faudra qu'un jour tu lises cette épopée qu'a été la révolution de Saint-Domingue, Samia. Elle a été annoncée par la révolte qu'a dirigée un esclave appelé Bookman, l'homme-livre. Ce livre n'était autre que notre Saint Coran...

Je n'avais aucune raison de ne pas croire l'homme que j'aimais, d'autant que ce sentiment était si nouveau pour moi qu'il chassait mes soucis et m'insufflait une forme de légèreté, presque d'euphorie, qui me devint vite indispensable. J'avais rencontré l'homme de ma vie. Les romans d'amour disaient donc vrai lorsqu'ils parlaient du prince charmant. Par contre, je ne bénéficiai pas du faste des mariages chrétiens car Sufi exigea que la cérémonie se déroulât dans la plus stricte intimité. Un imam égyptien, venu de

Boston, bénit notre union devant une trentaine d'invités sélectionnés à parts égales par lui et par moi. Mes trois amies de toujours Shortie, Anna-belle et Mysti faisaient partie des miens, mais l'entrée de la mosquée leur fut refusée par deux d'entre les fidèles pour cause de tenue jugée indécente ! Fraîchement convertis selon toute vraisemblance, ils étaient totalement dévoués à Sufi et faisaient preuve d'un zèle qui, en d'autres circonstances, eût été hilarant.

— N'oublie pas qu'à partir de maintenant tu es une musulmane, Samia ! me chuchota Sufi qui s'aperçut que l'énervement commençait à me gagner.

Mon entrée dans l'islam prit mille fois moins de temps que je ne l'imaginais : il m'avait suffi de répéter la formule « Il n'y a qu'un seul Dieu, c'est Allah, et Mahomet est son prophète » en arabe, puis en anglais. La veille, Sufi m'avait entraînée à répéter la formule dans la langue du prophète et s'était étonné de mes progrès rapides. Si j'avais un seul don dans la vie, c'était bien celui des langues. Créole, français, anglais, gaélique, ita-lien, un peu de yiddish et de polack. Chacune d'elles m'avait été utile à un moment crucial de mon existence et je les aimais toutes, avec une préférence compréhensible pour le français. Mes amies étaient restées plantées sur le trot-toir qui faisait face à l'Universal Holy Temple of Tranquility, encore sous le choc de leur éviction presque manu militari, et me jetèrent des regards de commisération à ma sortie.

— Celles-là, plus question de les fréquenter dorénavant ! m'intima mon mari, employant le ton de l'évidence et non de l'injonction.

De ce jour, je devins une créature à double face : quand je m'occupais de mon business de loterie, dirigeais mes collecteurs de paris et mes banquiers, j'étais Stéphanie St-Clair. Je n'avais pas changé d'un iota, mais quand Sufi rentrait à la maison, je me muais en une femme soumise, attentive à ses moindres désirs, bref je devenais Samia Abdul Hamid. Cela finit par devenir un jeu dans lequel j'étais une véritable experte. Sauf qu'il me fallut choisir lorsque cette racaille de maire de New York, Fiorello LaGuardia, fit arrêter mon homme sur plainte d'un groupe d'importants commerçants juifs. La crise avait fini par atteindre Harlem et près de la moitié de la population en âge de travailler se tournait les pouces. Des jeunes gens, mécréants pour la plupart, rejoignirent les piquets de grèves qu'organisait Sufi devant les magasins yiddish et, pour peu que certains propriétaires osent élever la voix, des échauffourées éclataient. Il fallait faire un exemple en arrêtant le leader du mouvement, lequel ne se cachait nullement de l'être. Sans délaisser la loterie, je me consacrai à le faire libérer, organisant des sit-in devant les tribunaux et publiant des articles virulents dans la presse.

Stéphanie St-Clair s'était muée en une activiste de haut vol...

CHAPITRE 12

Je me rappellerai toujours l'heure et le jour où les *cops* ont osé débarquer chez moi comme s'ils avaient affaire à un vulgaire bloc déglingué de Central Harlem et non à mon immeuble cossu d'Edgecombe Avenue, dans le quartier huppé de Sugar Hill. C'était ce fameux jour que la presse désignera plus tard sous le nom de « jeudi noir ». Noir comme le lundi et le mardi qui suivirent et qui plongèrent le pays, puis le monde entier, dans une crise sans nom. La Grande Dépression de 1929, nomme-t-on aujourd'hui cette période. Sur le moment, j'ai été furieuse de ce qualificatif de « noir » car nous n'avions rien à voir avec le krach de la Bourse de New York, cela pour une raison toute simple. Plus simple que la simplicité elle-même, comme on dit en langage créole : aucun Nègre n'achetait ni ne vendait d'actions dans ce temple du Dieu dollar. Non pas qu'il n'y eût aucun des nôtres qui eût les moyens de s'adonner à cette activité, mais parce que même ceux-là étaient tenus à l'écart par le monde des Blancs. De toute façon, les Nègres réellement riches n'exerçaient que des activités illégales comme la vente d'héroïne, la prostitution, les *speakeasies*, ces cabarets clandestins où l'on vendait un alcool de contrebande frelaté, prohibition oblige. Ou bien certains s'associaient à des gangs italiens et irlandais, servant de bras armés dans les quartiers de Blancs pauvres. Mes amis de l'intelligentsia noire, qui vivaient plutôt confortablement de leurs professions pour lesquelles un diplôme universitaire était exigé, mais qui ne roulaient pas sur l'or pour autant, avaient été pris de court par ces journées supposément noires. Ne connaissant pas grand-chose, tout comme moi, à la finance, ils n'y avaient d'abord pas prêté attention, jusqu'à ce que nombre d'ateliers, d'usines et de commerces mettent la clé sous la porte. Il y avait déjà eu par le passé des alertes de ce type, des sortes de panique chez les boursicoteurs qui ne duraient pas plus de deux ou trois jours. Or, là, c'était différent. Ouvriers et employés noirs des quartiers blancs se retrouvèrent sans le moindre revenu du jour au lendemain et, en à peine cinq mois, Harlem dans son entier fut frappée de plein fouet. Mes collecteurs de paris s'en revenaient en début d'après-midi avec des sommes dérisoires parce que plus personne ne croyait en l'avenir. À la vérité, qu'avions-nous à fiche avec tous les mots extravagants des Blancs tels qu'« indice Dow Jones », « crise boursière », « politique monétaire », « système bancaire » ou encore « réduction de l'activité » ? Notre argent, on le gardait chez nous, bien au chaud. Caché sous un matelas ou un plancher pour les plus pauvres, dans un coffre-fort pour les plus fortunés, et moi, qui ne faisais jamais rien comme tout le monde, dans une pièce, encombrée de journaux et de livres, sur la porte de laquelle était inscrit « W.-C. » et qui effectivement avait des waters. Je ne l'utilisais pas, mais pour faire illusion, j'y avais mis du papier toilette, une balayette ainsi qu'une pelle. J'évitais de nettoyer cette pièce trop souvent, mais je veillais quand même à la débarrasser de ses toiles d'araignée.

Par conséquent, ce fameux jeudi noir, j'avais convoqué, une fois n'était pas coutume, mes banquiers et certains gros collecteurs de paris à la même heure, aux aurores. Je leur avais préparé un petit discours bien senti dans lequel je leur expliquais justement que la chute de la Bourse ne nous concernait pas, nous les Nègres, et que c'était même là un moyen de damer le pion à nos oppresseurs. Eux mettaient tout leur argent en banque, y sollicitaient des prêts, achetaient des actions, toutes choses qui nous étaient inconnues. Car, à bien regarder, j'aurais pu appeler mon entreprise St-Clair International Bank puisque je faisais office de prêteuse et pas du tout sur gages. Je démontrais simplement que j'avais confiance en mes frères et sœurs de couleur. Ils s'amenaient, implorants. « Mâ'me Queen, il faudrait que je me tire rapidement de la mouise, tu peux faire quelque chose pour moi, je t'en supplie ? » Parfois, il s'agissait de mères de quatre ou cinq enfants abandonnées par des enfoirés de concubins et qui avaient besoin de tenir la brise le temps de trouver un travail. D'autres fois, des tenanciers de bar, des restaurateurs, des cordonniers, des réparateurs de ceci ou de cela subissaient un passage à vide et avaient besoin d'un bol d'air financier. Madame Stéphanie St-Clair n'était pas chienne. Loin de là ! Je n'avais certes pas le cœur sur la main car on se la fait arracher en un claquement de doigts, mais je ne me complaisais pas dans la pingrerie non plus. J'aidais les miens. Je portais secours à ma race. C'était là une sorte d'obligation qui me semblait tout ce qu'il y avait de plus normal. Bon, si une tête de con s'imaginait pouvoir me gruger, je mettais son cas entre les mains de Duke, de Bumpy ou de Lewis, aux différentes époques où ces derniers me servirent de garde du corps, et en un battement de paupières, le problème trouvait sa solution. Ça pouvait aller de la menace verbale au tabassage en règle, voire à une balle dans la nuque pour les plus récalcitrants. Je n'avais pas d'état d'âme car j'avais le sentiment d'éliminer ainsi la lie de notre communauté. Nous devions nous serrer les coudes face aux Blancs et toute mésentente entre nous ne pouvait que nous être fatale. Nous affaiblir davantage, je veux dire, cher Frédéric.

Le discours que j'avais à l'esprit et que je comptais tenir à mes troupes était clair. Ne pas prendre peur face aux nouvelles effrayantes diffusées par la grande presse. Ne pas s'affoler face aux faillites des banques qui, à compter de ce jeudi noir, semblaient s'écrouler comme des châteaux de cartes. Faire de Harlem une place forte en continuant à vivre comme si de rien n'était. Je concluais sur ces grandes paroles :

— « Bulle spéculative », ça signifie quelque chose pour vous ?... Rien ? Très bien !... *So we don't give a damn about their fucking Wall Street !* (Rien à foutre donc de leur Wall Street de merde !)

Plusieurs banquiers (drôle de nom au vu de la situation présente !) me rapportaient des liasses de billets mal défroissés comme à l'ordinaire, ce qui était la preuve par neuf que tout continuait à rouler s'agissant de la loterie clandestine. Ils m'écoutèrent religieusement, un peu comme ceux qui buvaient le dimanche matin à Central Park les paroles enflammées de Marcus Garvey, ce Nègre de la Jamaïque qui s'était entiché de l'idée de ramener tous les Nègres des Amériques dans leur Afrique ancestrale. Cette idée m'avait toujours paru farfelue, mais je n'en avais pas moins fini, sur l'insistance de mon amie Annabelle, par verser ma quote-part pour la création de la Black Star Line, cette future compagnie de navigation qui serait chargée d'opérer ce titanesque transbordement. J'aimais vivre avec l'idée que j'y avais acheté ma place même si on ne m'avait pas remis de ticket de voyage, et qu'en cas de coup dur je pourrais éventuellement m'escamper dans l'un de ces pays aux noms fabuleux — Mali, Ghana, Éthiopie — qui faisaient rêver nombre de Harlémites. Car le prophète du Grand Retour n'avait de cesse de nous prévenir :

— Les Blancs n'ont plus besoin de nous dans ce pays depuis l'abolition de l'esclavage. Ils enragent à l'idée d'avoir à payer des travailleurs nègres alors même que ces derniers gagnent bien moins que leurs congénères blancs. Dans le Sud, il y a, en plus de ces vermines du Klan, toutes sortes de groupements qui s'acharnent sur notre peuple. Brûlent leurs maisons, détruisent leurs églises, violent leurs filles ou tout simplement leur interdisent de fréquenter les mêmes lieux que les Blancs. Certes, ici, nous sommes dans le Nord et ça a l'air différent, mais, mes frères, ce n'est qu'une illusion. Tôt ou tard, ils voudront nous chasser d'Amérique. Notre destin est l'Afrique-mère !

Marcus Garvey était un orateur hors pair. Son éloquence subjuguait, y compris les clochards qui rêvaient d'une terre paradisiaque, celle à laquelle des négriers avaient arraché leurs lointains ancêtres. Moi, j'aimais bien me délecter de ses plaidoiries, mais je ne partageais pas son pessimisme. J'avais la certitude qu'à force de lutter, de garder la tête haute, de nourrir de hautes ambitions, notre peuple finirait par trouver sa juste place dans ce pays qui, après tout, n'appartenait pas en propre aux Blancs. Je me rappellerai toujours la stupéfaction qui m'avait saisie lorsque, m'étant rendue dans un magasin de vêtements du Bronx qui ne rejetait pas les Nègres pour peu qu'ils fussent un tant soit peu argentés, j'avais aperçu un Peau-Rouge qui mendiait sur le trottoir d'en face. J'en fus si interloquée que je mis du temps à traverser la rue. Sa dignité m'impressionna. Il était d'une immobilité marmoréenne. Même ses cils ne bougeaient pas. Il arborait une longue natte tressée, piquée de deux plumes rouges, et une tunique en peau de bête. Le vacarme et la fumée des automobiles semblaient lui être indifférents. Il ne tendait pas la main. Simplement à ses côtés — il était assis à même le sol —, il avait étalé un tapis coloré sur lequel les passants jetaient des pièces, que curieusement il ne cherchait pas à rassembler comme le faisaient les clochards noirs ou blancs. Je fus si intimidée que je n'arrivai pas à lui tendre le billet de cinq dollars que je serrais dans mon poing. Au final, je passai mon chemin et plus jamais je ne croisai de Peau-Rouge. À ce qu'il semblait, les Blancs les avaient parqués dans des réserves de l'Ouest lointain, en particulier dans une région au nom compliqué : l'Oklahoma.

Ce jeudi de sinistre mémoire donc, je n'avais pas commencé à haranguer mes troupes, m'efforçant pour une fois de prononcer le plus correctement possible le « th », qu'une tambourinée de coups retentirent sur ma porte. D'instinct, certains d'entre mes banquiers dégaînèrent leurs armes ; d'autres accoururent aux fenêtres, pauvres idiots, pour s'apercevoir qu'il était impossible de sauter depuis le neuvième étage.

— Madame St-Clair, c'est la police de New York. Ouvrez-nous ou bien nous serons obligés d'utiliser la force !

Je reconnus la voix du chef du commissariat de la 147ᵉ Rue, empreinte de haine dès l'instant où il s'agissait de personnes de couleur. Quelqu'un m'avait sans doute trahie. Comment le savoir puisque je n'avais pas de contacts directs avec tous les collecteurs de paris, trop nombreux qu'ils étaient, et de toute façon il était hors de question que ces gueux, hormis les plus anciens, s'imaginent pouvoir mettre les pieds chez Madame Queen. Si j'ouvrais, j'étais finie, car la police aurait une occasion unique de coffrer mes principaux lieutenants qui, une fois menottés, n'hésiteraient pas à me donner. À tout déverser sur la méchante *Black French Woman* qui dirigeait d'une main de fer la loterie sous le boisseau de Harlem. Le Nègre est traître ou devenu traître à cause des siècles d'esclavage. Pour sauver sa peau, il est capable de vendre père et mère. Sur ce plan, qu'il soit américain ou martiniquais, c'était pareil. Je ne me faisais aucune illusion sur la fidélité de mes subordonnés, même pas Bumpy, cet abruti qui voulait négocier le partage de nos gains avec la mafia blanche. Les coups redoublant à ma porte, je fus prise d'une soudaine inspiration. Je courus cacher les liasses de billets que m'avaient apportées mes collecteurs dans ma fameuse salle-coffre-fort masquée en W.-C. et intimai l'ordre à cette quinzaine de Nègres effrayés de s'agenouiller. J'allumai des bougies un peu partout dans la pièce et tirai les rideaux tout en gueulant : « *Please, give me five minutes ! I just woke up* » (Donnez-moi cinq minutes, s'il vous plaît ! Je viens de me réveiller.) Puis, je chuchotai à mes associés de chantonner des chants d'église. N'importe lesquels ! Et surtout qu'ils tendent leurs mains vers le ciel, les yeux fermés. J'eus tout juste le temps de tourner la clé dans la serrure car les flics commençaient à lui donner des coups de boutoir.

— *What's that bullshit ? What are you doing ?* (C'est quoi, ce merdier ? Vous faites quoi ?) s'écria, stupéfait, le chef du commissariat de la 147ᵉ Rue.

— Vous êtes en train de perturber une cérémonie religieuse, monsieur l'officier, lui lançai-je du ton le plus calme possible. Cela n'est pas acceptable.

Décontenancés, l'homme et ses sbires ne surent comment réagir, d'autant que mes banquiers et collecteurs en rajoutaient en se roulant sur le sol pour certains de manière fort crédible. Si moi, je n'avais pas su qu'il s'agissait d'une comédie, ou plus exactement d'une macaquerie, je me serais laissé abuser. Il n'y avait que la cacophonie de leurs chants, due au fait que chacun avait entonné le premier qui lui avait traversé l'esprit, pour ne pas faire très vrai, mais aux yeux de Blancs sans doute que non. Ça pouvait passer pour de la sauvagerie tout simplement. Mes hommes avaient revêtu leurs plus beaux habits sachant qu'ils venaient chez moi et que Madame Queen, réputée pour son élégance française, ne tolérait pas la vêture négligée. Ils avaient l'air d'être effectivement venus pour un office religieux, ce dernier se déroulât-il chez un particulier et non dans un temple ou une église. Le vaudou de Louisiane s'étant propagé dans certaines parties de Harlem, il n'y avait là rien de si extraordinaire.

— Stop ! Arrêtez-moi ça, finit par aboyer le commissaire, revenu de son étonnement. Tout le monde debout les mains sur la tête et arrêtez-moi ce chahut !

Deux de mes collecteurs de paris furent soudain pris de transe. Ils se mirent à rouler en tous sens sur le sol, la bouche bavant et les yeux exorbités. Les flics, hormis leur chef, semblaient en état de sidération et en tout cas peu pressés d'intervenir. Deux d'entre eux avaient même rouvert la porte d'entrée, comme prêts à se retirer. Aucun n'avait dégainé son arme comme chaque fois qu'ils s'apprêtaient à contrôler des Noirs.

— Je vais faire fouiller votre appartement, déclara d'un ton qui se voulait professionnel le commissaire. Autant me dire tout de suite où vous cachez l'argent sinon on sera obligés de tout bouleverser. À vous de choisir, chère dame !

— Vous avez un mandat de perquisition ?

— Non, mais vous vous foutez de ma gueule ! Un mandat de perquisition au moment où le pays est sens dessus dessous. Où les banques font faillite les unes après les autres ! Où les usines et les commerces ferment ! Vous vous imaginez que la justice a du temps à perdre avec cette paperasserie ?

Cette fois, le filet se refermait sur moi. Je n'étais pas bonne pour quelques jours de garde à vue comme à l'ordinaire, mais pour une condamnation à plusieurs années si ces chiens dénichaient l'endroit où je cachais mon trésor. Alors, du tréfonds de mon être, remontée des siècles d'esclavage qu'avaient vécu les miens dans les plantations de canne à sucre de la Martinique, une colère démentielle jaillit qui me transforma en furie. Je me mis à hurler, à trépigner, à débagouler tout un lot d'insanités toutes plus effroyables les unes que les autres, cela en créole, en français, en anglais, en gaélique, en italien, au point que, tétanisés, les flics battirent en retraite sur le palier. Leur chef demeura seul face à la sorcière que j'étais subitement devenue. Incapable de prononcer un seul mot. D'instinct, mes hommes reprirent leurs chants religieux de manière si lancinante que l'homme blanc finit par reculer. D'abord un pied après l'autre, avant de filer rejoindre ses collègues que huaient mes voisins attirés par le vacarme. La flicaille descendit l'escalier au pas de course.

— Tu es la plus forte, Mâ'me Queen, me lancèrent mes hommes qui n'en revenaient pas de ce que j'avais mis en œuvre pour nous tirer d'affaire.

Cet événement, grotesque j'en conviens, renforça bien évidemment mon pouvoir sur eux qui s'empressèrent de me forger une légende de prêtresse vaudou. Je remisai aux oubliettes le discours que je leur avais préparé et les invitai, chose inhabituelle, à s'asseoir au salon où, avec une infinie patience, je leur expliquai que cette grosse crise qui secouait le monde des Blancs ne nous concernerait pas ou sinon très peu. Nous avions l'habitude, contrairement à eux, de vivre avec le strict minimum et rien ne pouvait nous faire tomber plus bas que notre état actuel. Ce que longtemps après on en viendrait à dénommer la Grande Dépression ou bien la crise de 1929 ne perturba, en effet, que modérément les activités des Harlémites, et surtout pas le bon fonctionnement de la loterie clandestine. Le nombre de paris et le montant des sommes engagées baissa sans nul doute, mais pas au point de réduire drastiquement mon activité. Le pays étant entré de plain-pied dans cette fameuse crise, tout le monde, Blancs comme Noirs, fut contraint de diminuer son train de vie, mais pour une fois les premiers payèrent le prix fort.

En tout cas, Madame Queen traversa la Grande Dépression non point en toute tranquillité, mais dans une relative sérénité...

QUATRIÈME NOTE

MI VOTU E MI RIVOTU

Mi votu e mi rivotu suspirannu,
Passu la notti 'ntera senza sonnu
E li bidizzi toi jeu cuntimplannu
Mi passa di la notti sino a ghiornu

Pria tia non pozzu n'ura ripusari,
Paci non have chiù st'affritu cori.
Lo sai quannu jeu t'haju a lassari ?
Quannu la vita mia finisce… e mori…

Chanson d'amour sicilienne

(Je me tourne et me retourne en soupirant,
Je passe la nuit entière sans sommeil
Et tes beautés je contemple
La nuit passe jusqu'au jour.

À cause de toi je ne peux pas reposer une heure,
Paix n'a pas ce cœur affligé.
Sais-tu quand je dois te quitter ?
Quand ma vie se termine… et que je meurs…)

CHAPITRE 13

J'avoue n'avoir jamais imaginé que je vivrais si longtemps. Septuagénaire, telle suis-je devenue ! En quittant ma Martinique natale en 1912, à l'âge de vingt-six ans, pour un voyage que je savais (et espérais) sans retour, je m'étais mise dans l'idée que mon existence serait forcément brève. Une jeune femme noire, seule, sans ressources et ne parlant aucune langue étrangère avait peu de chances de réussir dans le vaste monde. Car si j'avais embarqué à bord d'un navire en partance pour la France et quoiqu'on m'ait, dès la prime enfance, inculqué l'amour de ce pays que tout le monde appelait la « mère-patrie », je savais obscurément que mon séjour y serait bref. J'avais, certes, été émerveillée par Paris et le ciel d'un bleu sans tache de Marseille m'avait subjuguée, de même que celui de la Méditerranée. Dans notre île, je ne t'apprends rien, mon cher neveu, le ciel est toujours parsemé de nuages de beau temps et sa couleur est plus pâle, comme délavée, ce qui forcément rejaillit sur celle de la mer. Par contre, le bleu méditerranéen, au cours de l'été que je passai dans un modeste hôtel à quelques rues du Vieux-Port, n'avait eu de cesse, chaque fois que j'ouvrais les volets de ma chambre, de me couper le souffle. Tant d'immobile beauté ! Le coup de foudre que j'avais eu pour ce beau Napolitain de Roberto avait relevé du même émerveillement, mais là encore, je ne m'étais pas laissé berner par de vaines illusions : cet amour n'en était pas un. Il ne durerait pas et, de fait, au bout de trois mois, je partis pour l'Amérique. Mais ce furent sept mois d'enchantement quotidien.

Tous les matins, j'arpentais le Vieux-Port, observant les navires du monde entier qui y mouillaient, tentant d'en deviner leur nationalité à leurs drapeaux (ceux-là aussi je les connaissais par cœur grâce à la bibliothèque des Verneuil), échangeant quelques mots avec des marins en goguette, mais pas davantage car je n'éprouvais nul appétit pour la bagatelle, quoique certains s'entêtassent à me proposer monts et merveilles. La somme que m'avait offerte mon amoureux de coiffeur à Fort-de-France fondait à vue d'œil et il me faudrait prendre une décision quant à mon avenir. Soit demeurer en France et y chercher du travail, soit partir à l'étranger. La première hypothèse ne m'enthousiasmait pas trop car elle ne me permettait pas de mettre suffisamment de distance entre la Martinique et moi ; la seconde m'effrayait tout bonnement. J'étais dans une expectative intenable lorsque je fis la connaissance de ce vieil homme dont je t'ai déjà parlé, cher neveu, qui n'avait jamais quitté la ville mais connaissait l'univers entier sur le bout des doigts. Il me conseilla vivement l'Amérique sans imaginer un seul instant qu'une banale photo d'une rue de New York, aperçue dans un livre, avait déjà, quelques années auparavant, enflammé mon imagination : celle où l'on voyait un homme noir rondouillard d'une cinquantaine d'années, devant une confiserie, coiffé d'un haut-de-forme, en train de faire de la réclame pour un cabinet dentaire situé juste à côté. Pourquoi avait-elle frappé autant mon imagination, cher Frédéric ? Sans doute ne le saurai-je jamais. Cela fait partie des mystères de l'esprit humain, je suppose.

Pour en revenir à Marseille, je m'étais donné jusqu'à la fin de l'année 1912 pour me décider. Entre-temps, je me fis engager comme serveuse dans un bar à marins plutôt miteux pour éviter de me retrouver trop tôt sans le sou. L'hôtel tout aussi miteux où je logeais se trouvait à quelques rues de là, dans le quartier du Panier, et chaque matin, je traversais une rue si étroite que deux passants avaient peine à s'y croiser. C'est ainsi que Roberto et moi tombâmes nez à nez. Ou plus exactement épaule contre épaule. Le colosse me fit chuter, pressé qu'il était ce jour-là, et prit la peine de me tendre la main pour m'aider à me relever. Nos regards se croisèrent furtivement. Il marmonna un « *Scusi, signorina !* » (Excusez-moi, mademoiselle !) avant de reprendre son chemin

tout aussi pressé. Il portait une guitare en ban-
doulière. Je ne le revis pas pendant plusieurs
jours et puis, un certain matin, je le découvris,
planté dans cette même rue tortueuse où le soleil
avait peine à pénétrer, dos appuyé contre le mur
d'une maison aux volets fermés, qui grattouillait
sa guitare. Je souris, arrivée à sa hauteur, tout en
continuant mon chemin.

— Petite fleur du Vésuve, tu t'appelles comment ? Allez, n'aie pas peur de Roberto ! On
n'est pas bien méchants, nous les Napolitains,
quoi qu'en disent ces foutus Marseillais...

Je ne me retournai pas, mais je l'entendis lancer des vocalises dans sa langue et faire vibrer
les cordes de son instrument. À compter de ce
jour-là, il se plaça sur mon trajet et, imperturbable, point du tout vexé de l'indifférence que
je m'appliquais à afficher, il tentait de m'aguicher avec des paroles sucrées ou des chansons
romantiques. Je ne lui faisais pas la mauvaise
tête, mais je lui montrais qu'il aurait beau continuer à s'escrimer, il perdait son temps avec Stéphanie Sainte-Claire. J'avais gardé très mauvais
souvenir de ces marins européens qui, dès leur
arrivée au port de Fort-de-France, se ruaient
dans les quartiers populaires à la recherche de
chair fraîche, La Cour Fruit-à-Pain où j'habitais
avec ma mère semblant être leur lieu de prédilec-
tion. Trop de jeunes Négresses avides de billets
flambant neufs leur ouvraient leurs cuisses en ne
prenant pas garde que neuf mois plus tard elles
mettraient au monde un bébé au teint trop clair

pour qu'on ne sût pas au premier coup d'œil qu'il avait pour père un marin qu'il ne connaîtrait jamais. L'amour entre une femme noire et un Blanc me semblait tout à fait irréaliste. Je me trompais. Sans se décourager, Roberto — il m'avait lancé son prénom à la volée — continuait à m'importuner. Son manège avait fini par m'agacer mais, un après-midi, moment où je rentrais me reposer à mon hôtel, il me saisit carrément par le bras pour me chuchoter, visage contre visage ou presque :

— Nous, les Corses, nous avons bien de la patience, mais là, trop, c'est trop, ma belle ! Je sais que je ne te laisse pas indifférente, donc où est le problème ?

Avait-il oublié qu'il s'était d'abord déclaré napolitain ? Cela faisait-il partie de son petit jeu de séduction ? Toujours est-il que cette fois, je mordis à l'hameçon et acceptai d'aller boire une anisette avec lui. Il avait d'autorité choisi pour moi ! Lui, par contre, avait commandé un pastis. Sans me laisser placer un mot, il se mit à me raconter son départ du pays (lequel pour de vrai ?), lassé qu'il était d'y faire le maçon pour un salaire de misère, sa venue en France parce qu'il ne voulait pas trop s'éloigner des siens, les échecs qu'il avait subis dans diverses professions dont celle plutôt amusante de montreur d'ours dans un cirque à Toulon. Pendant qu'il m'abreuvait de flatteries, il se mit subrepticement à me mignonner les doigts et il me fallut un certain temps pour m'en apercevoir. Ce geste singulier, inconnu de moi en tout cas, était finalement agréable et je ne me rétractai point. Le constatant, il me servit des « *amore mio* » à chaque bout de phrase, pour finir par me poser un baiser discret sur une oreille, ce qui, cette fois, me fit sursauter. Je n'étais pas, mon cher neveu, habituée à cette époque-là à ce que l'on nomme la cour ou, de nos jours, le flirt. Je n'avais connu que les assauts du fils aîné de mes patrons, les Verneuil, ce lycéen certainement brillant à l'école, mais très renfermé quoique sûr du rang qu'occupaient ses parents.

Roberto en profita, le salaud ! Il m'emmena dans un cabanon qu'il louait à quelques encablures d'une jolie plage à l'eau trop frisquette à mon gré où nous passâmes des journées de rêve et des nuits de fornication frénétique. Nous vivions d'amour et d'eau fraîche, selon l'expression ô combien idiote ou plutôt qui m'avait toujours paru telle. Sauf que lui avait cessé de chanter dans les bars et les restaurants et que moi, j'avais abandonné mon poste de serveuse sans prévenir mon employeur. Nous commençâmes à vivre sur ce qui me restait de la somme que m'avait baillée ce coiffeur de Fort-de-France, Philibert, qui était tombé fou amoureux de moi. Somme qui m'avait permis d'acheter le billet du voyage par bateau entre la Martinique et Le Havre, puis en train du Havre à Paris, et enfin par le même moyen de locomotion de la capitale du Nord à celle du Sud. Somme dans laquelle j'avais puisé pour louer une chambre d'hôtel et vivre jusqu'à ce que je déniche ce job de serveuse. Somme qui menaçait maintenant de fondre si jamais je continuais à filer le parfait amour avec Roberto dans notre cabanon isolé. Au début, j'ai été tellement subjuguée par ses vocalises napolitaines (ou corses) que j'en oubliais le reste du monde. J'évoluais dans une sorte de bulle d'heureuseté dont je n'envisageais pas qu'elle pouvait éclater un jour. La nuit, après l'amour, j'avais, en bonne insomniaque, des difficultés à trouver le sommeil et j'observais mon amoureux qui respirait la bouche à demi ouverte, son visage d'ange couvert d'une fine rousinée de sueur. Est-ce que je l'aimais ? Était-ce vraiment cela l'amour, cet oubli du quotidien, cette désinvolture à l'égard du lendemain, cette impression qu'on avait l'éternité devant soi ? À force de sonder mon cœur, je découvris, à mon grand dam, qu'il ne chamadait point, mais qu'il remerciait la personne qui se trouvait à mes côtés d'être là, simplement là. Cela aurait été une autre personne, belle d'une autre manière, serviable et dévouée à ma personne, mais d'une autre façon, que j'aurais éprouvé selon toute probabilité le même sentiment.

Tout cela me troubla beaucoup et me donna à réfléchir.

Certes, je n'ignorais pas que nul être sur terre n'est indispensable et que l'on se remet des plus grands chagrins avec le temps. Que tout mal a son remède. Que le remède ultime n'est autre que la mort. Je sus tout cela dès ma plus tendre enfance sans que personne me l'eût enseigné. D'y être moi-même confrontée s'agissant de l'amour charnel et cela pour la première fois de ma vie, me fit prendre une décision radicale. Un après-midi, je prétextai devoir me rendre en ville pour acheter des provisions, tâche que d'habitude nous accomplissions ensemble, notre coin de plage n'étant éloigné du Vieux-Port que de quatre ou cinq kilomètres. Sur le chemin, quelque propriétaire de carriole compatissant nous proposait de nous embarquer. Roberto ne se douta de rien. Il déclara qu'il profiterait de mon absence pour aller pêcher dans une calanque toute proche. Dans mon sac, j'avais rangé, à son insu, quelques vêtements ainsi que mon passeport. Je ne voulus pas l'embrasser une dernière fois, me contentant d'un simple « À tout à l'heure, chéri ! » auquel il répondit par un sourire. Je me précipitai sur le port et demandai le premier navire en partance pour n'importe où. On me rit au nez ! Il y avait des formalités à remplir quelle que soit la destination envisagée et je ne pourrais, au mieux, voyager que le surlendemain. Inquiète, je gagnai mon hôtel, où j'insistai auprès de la patronne pour qu'elle ne révèle à qui que ce soit ma présence, et m'enfermai deux jours durant dans ma chambre avec quelques vivres. Au jour dit, je courus au port, traversant la fameuse rue tortueuse et étroite où Roberto m'avait courtisée. Il s'y trouvait ! Adossé à un mur, jouant tranquillement de la guitare, son chapeau posé devant lui pour accueillir les pièces que les passants voulaient bien lui lancer. Impossible pour moi de rebrousser chemin ! Je fonçai droit devant moi, ne regardant ni à gauche ni à droite, effrayée à la seule idée que Roberto pourrait s'agripper à moi. Il n'en fit rien ! Au contraire, d'une voie barrée, il me lança :

— Bon voyage, ma belle ! *Le Virginie* est un excellent navire…

Ainsi, pour tenter une énième fois de renouer avec le droit fil de mon récit, dans ce pays d'Amérique, qui faisait rêver le monde entier, j'ai vécu les pires tragédies intimes, j'ai eu froid (l'hiver peut être terrible à New York où l'on n'est tout de même pas si loin du Canada), j'ai souffert de la faim, de la défiance des Noirs américains, du mépris des Blancs, j'ai été violée par des membres du Ku Klux Klan, j'ai émasculé et énucléé des hommes violents, j'ai décrété l'élimination de tous ceux qui s'opposaient à ma mainmise sur la loterie clandestine de Harlem, j'ai survécu à la Première Guerre mondiale, à la prohibition, à la Grande Dépression et à la Seconde Guerre mondiale, et puis un jour j'ai décidé de tourner le dos à toute cette agitation. De vendre mon bel appartement d'Edgecombe Avenue, de rassembler mes économies et, au début des années 1960, de me retirer en toute discrétion dans un nouveau quartier, celui du Queens, où pour la première fois Noirs et Blancs étaient mélangés. De m'évaporer, si tu préfères !

Je n'avais jamais imaginé qu'un jour pareille chose se produirait. J'admirais le combat de

W. E. B. Du Bois, de Countee Cullen et des autres artistes et intellectuels noirs, j'étais même fière qu'à compter des années 1950 on en vînt à appeler cette époque des années 1920-1930, la *Black Renaissance*, car j'avais le sentiment, quoique ni écrivain, ni musicienne, ni peintre, ni chanteuse, d'y avoir, moi aussi, apporté ma pierre. L'affirmation noire n'avait pas été uniquement le fait de salons feutrés et d'amphithéâtres universitaires, mais aussi de la rue. N'avais-je pas lutté de toutes mes forces contre les tentatives du Syndicat du crime de contrôler le business à Harlem ? Certes, j'avais été contrainte, final de compte, de signer un accord de partage du gâteau avec le chef de la mafia blanche de l'époque, Lucky Luciano, mais je ne lui avais pas pour autant cédé la place. J'étais persuadée, à l'époque, que jamais le Nègre ne parviendrait à s'imposer au-delà des quartiers où on l'avait parqué, mais j'avais tort. Tort sur toute la ligne. La NAACP, qui m'avait sauvée de la déchéance après l'épisode du Klan, avait grandi au fil des années, d'autres mouvements noirs étaient apparus qui firent preuve de davantage d'audace et réclamèrent l'impensable. L'inouï même, à savoir la pleine égalité avec les Blancs. J'aurais adoré me joindre à cette énorme vague qui semblait tout chambouler sur son passage, balayer les préjugés les plus ancrés, changer le regard que le Blanc avait sur le Nègre et celui que ce dernier avait sur lui-même, bref réinventer une Amérique complètement neuve, mais je me sentais désormais trop vieille. J'aurais tellement aimé avoir participé aux Marches de Selma et vouais une admiration sans bornes à Rosa Parks, qui avait refusé de s'asseoir au fond de ces autobus où l'on parquait les *Negroes*. J'avais également entendu à la radio le magnifique sermon du révérend Martin Luther King et ses mots désormais célébrissimes prononcés non loin du Capitole. Ils résonnent en moi comme une revanche sur le lynchage que Tim et moi avions subi à Washington. L'assassinat de sang-froid de mon bel officier m'avait métamorphosée à mon insu, faisant de moi quelqu'un qui était à la fois là et pas là. Présente et absente tout à la fois. Ce dont tu t'es probablement rendu compte, Frédéric. La soixantaine venue et dépassée, j'ai estimé devoir me retirer du monde et réfléchir sur le temps qu'il me restait à vivre.

Du jour au lendemain, enfin presque, j'avais déménagé de Sugar Hill et m'étais installée dans une jolie maison du Queens où mes plus proches voisins étaient des Blancs. Ni riches ni pauvres, ils firent montre d'une sympathie à mon endroit qui me mit d'abord mal à l'aise. C'est que dans le quartier noir, hormis les commerçants juifs toujours fourrés au fin fond de leurs échoppes, le Blanc est une créature invisible. On sait qu'il est aux commandes, qu'il domine, que le maire de New York tout comme le gouverneur de l'État et le président des États-Unis sont blancs, mais c'était à peu près tout. Pas de contact au quotidien qui eût pu permettre d'avoir une plus juste appréciation de leur comportement dont de toute façon on craignait, restes de l'esclavage sans doute, le caractère implacable. Quand je fais un retour sur ma vie en Amérique, je m'aperçois qu'en réalité la perception de la couleur y est largement liée au fait d'avoir des courants d'air dans les poches ou au contraire d'avoir un compte en banque bien fourni. Les toutes premières personnes avec lesquelles j'avais fait mes premiers pas ici, une fois Ellis Island franchie, ça avait été avec cette famille irlandaise désemparée dont il m'était arrivé de garder les enfants. Pourtant, à l'époque, je ne considérais pas les Mulryan comme des Blancs. Je ne les ressentais pas comme tels plus exactement. Ils avaient un épiderme semblable à un cachet d'aspirine, des taches de rousseur et des cheveux roux, mais à aucun moment je n'avais ressenti une vraie différence entre eux et moi. Ensuite, j'avais intégré le fameux gang des quarante voleurs, tous Irlandais eux aussi, et là, c'était plus la femme qui était moquée que la Négresse. Chaque fois que son chef, O'Reilly, ou l'un de ses lieutenants me confiaient une mission, il fallait toujours qu'ils ajoutent :

— Fais attention, Stéphanie ! Tu sais à quel point, vous les bonnes femmes, vous êtes étourdies.

À quel moment avais-je commencé à ressentir une différence entre les Blancs et moi ? Assez paradoxalement, lorsque j'avais posé mes bagages à Harlem et m'étais lancée dans le business des *numbers*. De ce jour, je perdis quasiment tout contact avec eux, leur monde, leur façon de parler, sauf les fois où des merdeux de flics m'embarquaient et me conduisaient au poste. Ils m'avaient visiblement prise en grippe, se doutant bien que je gagnais quatre ou cinq fois plus qu'eux, ce qui n'était pas faux. Ma voiture avec chauffeur, mes gardes du corps, mes investissements dans différentes affaires légales, l'assurance tranquille que j'affichais, tout cela leur était insupportable au plus haut point. Mais ces arrestations ne duraient guère et, une fois remise en liberté, je regagnais le monde des Noirs, mon univers à moi, mes habitudes, mes amies et mes amants. Quand je continue à passer ma vie en revue, cher Frédéric, je m'aperçois que, ni pendant la prohibition ni pendant la Grande Dépression, je n'avais eu de contacts prolongés avec les Blancs. Le Syndicat du crime contrôlait l'entièreté du trafic d'alcool avec le Canada et l'Europe, ne nous laissant, à Harlem, que le dérisoire commerce du *jamaican ginger*, qui m'avait tout de même permis d'amasser un pécule grâce auquel j'avais ouvert ma première banque de paris clandestins. Quant à la crise de 1929, elle n'avait pas frappé Harlem de plein fouet car on s'y était habitué à vivre de la débrouille. De trois fois rien. On s'était encore davantage recroquevillé pour laisser passer l'orage.

Bon, aujourd'hui, je suis fatiguée car je m'aperçois que mes propos sont plus décousus que d'habitude. Merci pour ta patience, cher neveu ! Je voudrais toutefois que tu saches à quel point notre chère Martinique me manque. Tu me diras qu'il est encore temps pour moi de la visiter une dernière fois. Je n'en disconviens pas, mais comment serais-je accueillie là-bas ? Je pourrais m'y rendre incognito, mais il suffirait qu'un journaliste un peu fouineur découvre qui je suis pour que ce séjour me devienne inconfortable. La bourgeoisie mulâtresse ne manquera pas de s'offusquer de la présence dans l'île d'une femme gangster, d'une criminelle, d'une trafiquante de ceci ou de cela, d'une aventurière à la moralité douteuse et que sais-je. N'essaie pas de me convaincre du contraire ! Je la connais sur le bout des doigts, cette mulâtraille méprisante que j'ai vue à l'œuvre quand j'étais servante chez les Verneuil. À moins qu'un miracle ne se soit produit, je doute qu'elle ait abandonné ses préjugés. Obséquieuse envers les Békés, méprisante envers les Nègres et les Indiens, telle l'ai-je connue ! Il m'est resté une image horrible qui n'a cessé de me hanter durant des années. À l'époque, tous les balayeurs de rue de Fort-de-France étaient des Indiens, enfin des Coolies disions-nous, qui vivaient dans une misère sans nom. Beaucoup attendaient d'être rapatriés en Inde comme le prévoyait leur contrat, mais l'administration s'en fichait. Ces pauvres bougres s'adonnaient donc aux métiers dont personne ne voulait : ramasseurs de tinettes, djobeurs, cantonniers ou encore balayeurs de rue. Ceux qui passaient, tôt le matin, dans la rue Victor-Hugo où se trouvait la villa des Verneuil, étaient presque aussi maigres que les balais qu'ils maniaient. Régulièrement, ma patronne, personne pourtant très digne et très fière de son rang social, se penchait à sa fenêtre et leur lançait :

— *Bann Kouli santi pisa, brennen kò-zot balié lari-a vitman-présé pou sa disparet douvan kay-mwen an !* (Espèces de Coolies qui puez la pisse, dépêchez-vous de balayer cette rue pour que je n'aie plus à voir vos têtes devant ma maison !)

Mon cher Frédéric, j'espère que cela a changé, en cette deuxième partie du xxe siècle. Mais je t'avoue n'avoir aucune envie de le vérifier...

CHAPITRE 14

La police de New York, c'est juste une bande de fils de pute en uniforme. Bon, je reviens en arrière, cher neveu, travers de vieille femme sans doute. Pas un jour sans qu'elle harcèle mes collecteurs et les conduise au poste, ce qui m'obligeait à intervenir et dérangeait le business puisque les fiches de paris sont saisies, puis détruites après que les noms de tous ceux qui y avaient misé, même quelques cents, étaient notés avec un soin maniaque. Comme si ces pauvres bougres qui rêvaient d'un avenir lumineux sur un coup du sort étaient des criminels en puissance. J'appelais au téléphone l'officier Brian (c'était pas son prénom, mais il exigeait que je l'appelle ainsi) pour savoir ce qui se passait, et ce petit Blanc de rien du tout avait le culot de me goguenarder :

— On a ramassé deux de vos gars, Mâ'me St-Clair. C'est cinq cents dollars chacun...

— Trois cents...

— Non, cinq cents ou bien vos gars restent en

cellule. Trois cents, c'était la semaine dernière, mais la vie a augmenté depuis, Queenie. C'est pas à vous que je vais l'apprendre. Le chauffeur de votre sublime Ford T ne vous a pas demandé une augmentation ? Comme c'est bizarre... Ha-ha-ha ! Et vos deux gardes du corps non plus ? Vraiment, vous êtes une veinarde !

Et ce connard de se foutre de ma poire en plus, lui à qui je faisais tenir chaque quinzaine une enveloppe contenant une liasse de billets de cent dollars pour qu'il me fiche la paix. Et il n'y avait pas que lui : l'officier Bobby aussi, ainsi qu'un agent de la 147ᵉ Rue dénommé Robertson. Et occasionnellement des tas d'autres du NYPD si fiers dans leur uniforme bleu marine. C'était ça ou bien les paris clandestins disparaissaient du jour au lendemain de Harlem. Ou alors la loterie serait reprise par la mafia blanche qui depuis la fin de la prohibition lorgnait sur ce qu'elle imaginait être une mine d'or. Bon, c'est vrai que je me faisais depuis 1921 environ deux cent mille dollars de bénéfices l'an, mais c'était au prix d'un travail de tous les instants. Les *numbers* ne vous laissent aucun répit ! Il faut ouvrir l'œil jour et nuit car à tout moment un enfoiré de Nègre qui se croit malin essaie de vous entourlouper dans l'idée de monter sa propre banque de paris. Surtout que moi, Négresse française, j'étais déjà mal vue des cinq banquiers qui contrôlaient Harlem. Mal vue en tant que femme parce que aucune Noire américaine n'aurait fait preuve d'autant de culot que moi. Commander à des crapules

au pistolet facile et pour qui la créature féminine est juste un cul à baiser entre deux portes
relevait carrément de l'exploit. Mal vu en tant
que *Frenchie* aussi parce que cette nationalité
ne disait rien à personne. On en avait une très
vague idée. On s'imaginait des marquis qui se
prélassaient dans des châteaux et menaient une
vie de conte de fées dans un pays lointain et
donc inimaginable dont on savait tout juste que
la capitale avait pour nom Paris. J'ai jamais d'ailleurs pu m'habituer tout à fait à sa prononciation anglaise : « Parisse ». Mais, bon, je ne serai
jamais, même après dix ans, vingt ans, et maintenant plus de quarante ans de résidence dans
ce pays, une Américaine bon teint, même si je
parviens à donner le change. Je soupçonne les
flics de m'avoir tolérée à cause de mon étrangeté. Quand je venais régler la caution de mes
collecteurs, Brian me faisait entrer avec empres-
sement dans le commissariat et me conduisait à
son bureau :

— Comment allez-vous, madame ? s'amusait-
il à me cajoler dans un français qui à chaque fois
me faisait sursauter.

En fait, c'était juste du cinéma. Il ne connaissait pas ma langue. Il avait appris cette phrase
par cœur, l'avait répétée trente-douze mille fois
très certainement, pour se donner l'air naturel
quand il la prononçait car, si je continuais en
français, il se cabrait dans sa langue à lui, exigeant que je passe à l'anglais avant d'aboyer :

— Mâ'me Queen, arrêtez de me casser les

oreilles avec vos « ze » !... Alors, ça marche fort pour vous ces temps-ci ? Il se dit que vous contrôlez maintenant la 124ᵉ Rue, c'est vrai ça ?

— « Contrôler », c'est un bien grand mot...

— Ha-ha-ha ! Toujours aussi cachottière, hein ? La police a des yeux et des oreilles partout et vous avez beau être habile, très habile même, on sait tout de vos embrouilles...

J'ouvrais mon sac, l'air très duchesse française, y prenais mon fume-cigarette et mon porte-cigarettes en or, et regardais le sergent Brian dans le mitan des yeux, chose qui avait le don de le mettre terriblement mal à l'aise. Asthmatique, il ne supportait pas la fumée et me suppliait presque de rengainer mon attirail. Je me penchais vers lui et murmurais pour que dans la pièce d'à côté on ne puisse capter mes propos :

— C'est combien cette fois ? Pour vous, je veux dire...

Il me présentait ses deux mains, écartait les dix doigts et les refermait autant de fois que nécessaire. Ni vu ni connu. Outre la caution de mes collecteurs de paris, je devais à nouveau soudoyer le sergent Brian alors même qu'il était rémunéré régulièrement pour fermer les yeux. Foutu police qui rackette l'honnête citoyen ! Car si on regardait les choses bien en face, je ne volais personne. Des gens étaient disposés à parier sur les chiffres du New York Stock Exchange et moi, je mettais des bulletins à leur disposition, c'était tout ! Ceux qui gagnaient

étaient payés rubis sur l'ongle. Ceux qui per-
daient — la majorité, c'est vrai, mais était-ce si
différent dans la loterie officielle, celle de la ville
de New York ? —, eh bien, il ne leur restait plus
qu'à retenter leur chance le lendemain ou le surlendemain. Ainsi allait la vie ! On m'objectera,
antienne de l'officier Robertson, que j'étais dans
l'illégalité car je ne payais rien comme taxes à
l'État de New York. Je n'en disconviens pas, sauf
que nous, les Nègres, on avait déjà souffert de
l'esclavage dans ce foutu pays appelé Amérique,
on avait sué toute l'eau de notre corps dans les
champs de coton de Virginie, de la Louisiane, de
l'Alabama et du Mississippi, on avait bourriqué
gratuitement pour l'homme blanc et voici que
ce dernier aurait encore le toupet de nous faire
payer des impôts ! *Fuck you, white man !* (Va te
faire foutre, Homme blanc !)

Cette police, qui paradait dans les rues avec
goguenarderie, c'était tout un lot de corrompus, de types pourris jusqu'à la moelle des os.
Elle n'avait aucune leçon de moralité à donner
à quiconque ! Tout un chacun savait qu'elle est
emmanchée avec la mafia et cela au plus haut
niveau. De même que la mairie de New York !
Les Siciliens, les Yiddish et ce qui restait des
Irlandais avaient gangrené la ville en distribuant
des tonnes d'argent à ceux qui pourraient leur
mettre des bâtons dans les roues. À côté de leurs
trafics d'héroïne, d'alcool et de cigarettes, avec
leurs innombrables bordels clandestins, mon
petit business à moi, la loterie marron, représen-

tait trois fois rien, même si, pour une Négresse échappée des îles, qui avait appris l'anglais sur le tas, c'était quand même beaucoup. Inutile de nier que je vivais bien, très bien même, et si j'étais restée comme une couillonne dans ma Martinique natale, j'aurais croupi dans une misère sans nom. Je serais devenue quoi ? Au pire, une femme de mauvaise vie au pont Démosthène à la merci de marins sud-américains et européens aux goûts bizarres ; au mieux, serveuse dans une case à rhum de la Croix-Mission. Alors que là, j'étais devenue Madame St-Clair, Stéphanie St-Clair, Queenie, c'est-à-dire, en cette fin des années 1930, la reine des paris de Harlem avec une bonne quarantaine de banquiers et une centaine de collecteurs de paris qui bossaient pour moi et m'obéissaient le doigt sur la couture du pantalon. Bon, je ne vantardise jamais en public car je sais que le Nègre est une race jalouse de naissance. Dans mon île, on l'apprend avant même d'entrer dans la vie. Au quartier La Cour Fruit-à-Pain où j'ai passé ma prime enfance, combien de gens ne chiquenaudaient-ils pas ma mère pour trois fois rien ? Parce qu'elle avait réussi à mettre deux francs quatre sous de côté pour s'offrir une robe fleurie dans un magasin de Syriens. Parce qu'un homme de bien venait lui faire des coulées d'amour dans un bel et grand français tout droit sorti du dictionnaire. Parce que ceci parce que cela. Le Nègre américain, lui, n'est guère différent de son cousin martiniquais. Sauf qu'ici c'est vaste et qu'on ne vit pas à portée de voix et de regard. On peut décider de disparaître pendant quelque temps, histoire de se faire oublier. Mais la jalousie, elle, impossible de lui faire prendre la discampette ! Oui, une foultitude de Nègres et de Négresses crevaient d'envie d'occuper la place de Mâ'me St-Clair et, pour ça, beaucoup auraient vendu leur âme au Diable.

C'est pourquoi aucun d'entre eux n'avait remué le petit doigt lorsqu'en décembre 1929 — cette date m'est restée à jamais gravée dans l'esprit — la police m'avait arrêtée un soir au sortir du Fulton Theatre où il m'arrivait d'aller écouter le merveilleux Duke Ellington et mon compatriote, le nom moins talentueux Maurice Chevalier que je rêvais de rencontrer. Parler en français me manquait et j'adorais son art de la scène, ses facéties, son ton gouailleur. Je n'eus pas le temps d'accomplir ce rêve et me retrouvai à la prison pour femme de Welfare Island, condamnée à huit mois d'incarcération pour corruption de policiers et de magistrats. Mon arrestation fut une vraie mascarade : on m'accusa d'avoir été en possession de centaines de bulletins de paris de la loterie clandestine au sortir du célèbre cabaret. C'était à la fois idiot et invraisemblable. Idiot parce que les paris étaient ouverts à six heures du matin et s'arrêtaient à dix heures, toujours du matin, cela jusqu'en fin d'après-midi, moment où tombaient les chiffres du New York Stock Exchange sur lesquels s'appuyait le système. Être en possession de bulletins de paris en début de soirée ne tenait pas la route. Invraisemblable parce que tout un chacun, à commencer par la police, savait que j'avais à ma disposition une armée de ramasseurs de paris et de banquiers, et que, hormis la brève période où il m'était arrivé d'exercer cette dernière fonction, je ne faisais que superviser les *numbers*. J'étais le haut de la pyramide ! Les espions du NYPD, les agents doubles qu'il infiltrait dans mon organisation et que régulièrement je faisais mettre hors d'état de nuire, les collecteurs et banquiers qu'il raflait sans relâche, voire les simples parieurs, pouvaient témoigner, main droite posée sur la Bible, n'avoir jamais vu Stéphanie St-Clair s'occuper de distribuer des bulletins de paris.

Rien n'y fit pourtant !

Le jour de mon procès, les juges reprirent la même accusation à leurs yeux accablante, ce qui eut pour effet de faire tellement rire dans la salle qu'ils durent la faire évacuer par deux fois. Mon avocat, Elridge McMurphy, tout blanc et expérimenté qu'il était, ne put rien pour moi. J'ignore si j'avais servi de victime expiatoire à quelque règlement de comptes au sein de la police ou la justice new-yorkaises, ou si des chevaliers blancs, des incorruptibles à la manière du célèbre Eliott Ness qui traquait Al Capone à Chicago, voulaient faire de moi un exemple. En tout cas, au premier jour du procès, le juge voulut mettre en doute ma nationalité, arguant du fait que sur le passeport périmé que je présentais, je n'avais pas l'air d'être celle que je prétendais. « Forcément, bâtard ! avais-je eu envie de beugler. Ce passeport, je l'ai obtenu en 1912 et là, on est en 1931. » Bon, c'est vrai que je ne m'étais pas du tout souciée de le faire renouveler au consulat de France pour la raison qu'à Harlem il était rarissime qu'on eût à exhiber ses papiers d'identité et, de plus, je n'avais aucune intention de voyager à l'étranger. Être la reine de la loterie rivale de celle de la ville de New York était certes une position enviable, mais elle comportait une contrainte terrible : ne jamais s'éloigner trop longtemps du quartier. Sinon le premier malfrat à la petite semaine venu s'imaginait pouvoir vous remplacer et se mettait à dézinguer vos hommes à tout va. Cette mésaventure m'était arrivée une fois, une seule, lorsque j'avais cru bon emmener Lewis, mon garde du corps, celui qui avait brièvement remplacé Bumpy, à La Nouvelle-Orléans. Déambuler dans le Carré français avait toujours été un rêve pour moi et de fait, ce rêve, neuf jours durant, se transforma en réalité. Sauf qu'à mon retour à Edgecombe Avenue la panique régnait chez mes collecteurs de paris et mes banquiers. Un abruti dénommé Boss Jimmy s'était mis dans l'idée de m'évincer et avait commencé à éliminer tous ceux qui osaient s'opposer à lui. N'ayant aucun sens de l'organisation, il se montra incapable de rémunérer les gagnants et un vent de révolte se leva vite contre sa personne. Si bien que je n'eus qu'à le convoquer chez moi et à lui faire comprendre qu'il n'était qu'un Négro inculte qui n'était bon qu'à jouer les hommes de main. Je lui avais, par charité chrétienne, offert d'intégrer mon organisation mais, entêté comme une mule, il avait refusé. Je n'eus d'autre choix que de lui faire brûler la cervelle alors qu'il sortait à moitié saoul d'un bordel clandestin de la 157ᵉ Rue.

— Vous seriez donc française ? avait ironisé le juge.

— Je suis française, monsieur !

— Cela se remarque à votre accent, certes, mais j'ai comme un doute. Française d'où ?

— De la Martinique.

— Où cela se situe-t-il, je vous prie ?

— Dans l'archipel des Caraïbes...

— Fort bien ! Et quelle est votre activité, s'il vous plaît ? On vous a arrêtée avec tout un lot de bulletins de paris à la loterie clandestine dans votre sac à main ? Qu'avez-vous à dire à ce sujet ?

— Rien, monsieur le juge. Ces bulletins ont été placés là par la police.

Mon avocat avait éloquemment appuyé mes dires et je sentis un instant d'énervement, puis de panique, chez la gent policière présente à l'audience.

— Et pourquoi auraient-ils fait pareille chose ? s'enquit le juge sur un ton qui indiquait qu'il connaissait parfaitement la réponse.

À cet instant, je compris que ma peau était en jeu : soit je dénonçais ces putains de galonnés, soit je croupirais le reste de mes jours dans une prison sans doute infecte. Je livrai sans aucun état d'âme la liste de tous les agents et officiers de police à qui il m'arrivait de graisser la patte afin qu'ils ferment les yeux sur mon business ou qu'ils libèrent un de mes hommes. Et cette liste n'était pas courte ! Comme j'avais une mémoire d'éléphant, je pus détailler les montants que j'avais alloués à chacun d'eux au cours de l'année écoulée, et au silence qui se fit dans la salle je sus que j'avais fait mouche. Je m'étais montrée convaincante. Je n'étais pas une Négresse étrangère un peu dérangée du cerveau qui déblatérait sur d'honnêtes fonctionnaires juste pour se rendre intéressante. J'étais Mâ'me Queen, la reine de la loterie clandestine de Harlem qui tenait bon nombre de *cops* du NYPD par les génitoires, et même certains magistrats puisqu'il m'arrivait de soudoyer certains d'entre eux pour qu'ils infligent une peine moins lourde que celle prévue par la loi à mes hommes lorsqu'ils avaient été pris la main dans le sac ou avaient commis quelque infraction n'ayant rien à voir avec mon business.

Ce fut même le cas de mon excellente amie, Shortie. Créature qui, si elle n'avait pas eu l'épiderme coloré, aurait pu rivaliser avec la célèbre actrice de cinéma Louise Brooks dont nous adorions le film au beau titre de *The Street of Forgotten Men* (*L'École des mendiants*). Le cinéma, muet en ce temps-là, mon cher neveu, était sans doute l'une des rares inventions modernes à laquelle je ne tournais pas le dos. Shortie et moi nous rendions au moins deux fois par mois dans une salle de projection privée qui se trouvait à l'étage d'un night-club aujourd'hui disparu. Salle privée pour éviter que le vulgum pecus ne vienne s'y livrer à des beuveries et n'y déverse son flot de cochoncetés habituel comme dans celle, publique, qu'accueillait une annexe de l'Apollo Theater. Dès que le visage, pourtant peu souriant, de Louise Brooks apparaissait à l'écran, les chuchotements s'arrêtaient. Les hommes étaient hypnotisés par sa beauté si singulière tandis que nous, les femmes, nous nous pâmions devant sa coiffure à la garçonne : une sorte de casque avec deux boucles en pointe de chaque côté du visage. Shortie et moi n'appréciions pas ce style pour la même raison. Elle y voyait une mode qu'il fallait à tout prix adopter si l'on ne voulait pas passer pour une ringarde ; moi, je me sentais presque sœur de cette *flapper*, cet être mi-femme mi-homme qu'était, ou peut-être simplement représentait, la sublime actrice. Autant les hommes blancs suscitaient en moi de la défiance, autant leurs femmes, du moins celles de la bourgeoisie, me stupéfiaient à cause de leur audace, et Louise Brooks en était à mes yeux la quintessence. Femme libre ! Femme qui ne baisse jamais les yeux ! Femme qui affronte sans détour les écueils de l'existence ! Femme qui n'attend pas le destin mais s'emploie à le forger à sa guise ! Seulement, je n'avais plus depuis longtemps, depuis en fait la lointaine époque où j'avais habité avec les Mulryan et secondais Daireen dans les tâches ménagères, eu un seul contact avec la gent féminine de l'autre race. À Harlem, seuls les hommes blancs avaient droit de cité. D'abord, les policiers, des brutes qui avaient été sans doute mutées dans le ghetto noir pour avoir commis quelque bourde et qui, furieux de ce qu'ils considéraient comme une dégradation, adoptaient un comportement encore plus scélérat. À force d'arrêter des voyous nègres, de frayer avec eux, de se laisser soudoyer par eux (et moi, j'en connaissais un rayon sur le sujet !), ils finissaient pour la plupart par leur ressembler, hormis le port de l'uniforme. L'autre catégorie d'hommes blancs qui fréquentait Harlem était nettement plus agréable et c'est en son sein que Shortie était parvenue à dénicher un amant dont elle affirmait qu'il était fou d'elle, chose tout à fait vraisemblable si l'on en jugeait par le manteau de vison qu'elle se mettait sur les épaules dès le début de l'hiver et par la quantité incroyable de cadeaux que celui qu'elle qualifiait de *Sweetheart* lui offrait quasiment chaque semaine. Ces hommes-là étaient aussi bien des hommes d'affaires honnêtes que des mafieux, des écrivains que de riches héritiers alcooliques et incultes, des peintres de talent que des musiciens ratés, d'authentiques amateurs de ballet que des obsédés de la chair, de simples flâneurs pour qui Harlem était le bout du monde. Ils ne venaient que rarement accompagnés. Seuls les richissimes *capi* du Syndicat du crime arrivaient au bras de blondes tout droit sorties de quelque roman-photo tellement elles semblaient irréelles dans leurs vêtements de tulle, avec leurs yeux cernés de noir profond et leurs bouches pulpeuses violemment fardées. J'avais eu maintes fois l'occasion de les admirer lorsque je travaillais au *Vesuvio Club* comme femme de ménage, à l'époque où je n'étais qu'une petite main du gang des quarante voleurs. Ah, cet O'Reilly de merde ! Je me demande, au final, s'il n'a pas survécu et s'il ne s'est pas fait greffer des couilles par la suite, mon cher neveu. Ha-ha-ha ! Ben oui, quoi ! La médecine a accompli tellement de progrès que je risque de finir centenaire si ça continue.

Shortie, ma chère et tendre amie, se la jouait par conséquent Louise Brooks et s'était mise à se shooter à l'héroïne. Certes de manière modérée car elle le faisait davantage pour se donner un air que par pur plaisir, et cela ne semblait pas incommoder son protecteur. Je soupçonnais d'ailleurs son *Sweetheart* de lui procurer cette substance du Diable. Moi, je n'y ai jamais touché, pas plus qu'à aucune autre substance similaire, car croiser des épaves humaines sur les trottoirs de Central Harlem provoquait en moi un haut-le-cœur. Cambrioler, racketter les commerçants, dealer à petite échelle du *jamaican ginger,* envoyer des importuns ou des traîtres ad patres, ça je l'avais fait dans la première époque de ma vie sur cette terre d'Amérique et ne le regrettais pas. Sans ça, je n'aurais pas été là devant toi, cher Frédéric, à te raconter ma vie. Dans la deuxième époque, celle dont tu as eu vent par la presse, je me suis jetée à corps perdu dans le business des *numbers* et j'en ai longtemps vécu, j'en ai très bien vécu même, jusqu'à ce que je décide de disparaître. De me retirer et de Harlem et de ce business sans en avertir quiconque. Sans crier gare. Comme si Madame Stéphanie St-Clair n'avait jamais existé. Mais l'héroïne, ça, jamais ! Je n'y ai non seulement jamais touché, mais en plus je me suis refusée à en faire commerce. Je suppose que Shortie n'était dans le fond pas très heureuse ou très fière de ce qu'elle était devenue : la poule, noire, d'un mafieux, blanc. L'héro l'aidait, je l'imagine, à supporter cette situation équivoque et assez dangereuse car il arrivait que le bonhomme vous largue pour une autre créature aux jambes mieux galbées et à la cambrure plus excitante, ou simplement plus docile, et là vous tombiez de votre piédestal jusqu'à en perdre la raison. C'était arrivé à une de nos amies, Bessie, une sorte de liane tropicale aux jambes interminables qui s'exprimait avec un accent espagnol et qui, quoiqu'elle se refusât à l'admettre, était native de l'île de Cuba et dont le vrai nom devait être Maria ou Yolanda, quelque chose dans le genre. Elle faisait rêver tous les chefs mafieux qui fréquentaient le Savoy, le Cotton Club et l'Apollo Theater. Malheureusement, Bessie était la propriété privée du redoutable *capo* Umberto Della Torre, un Rital beau comme un dieu et plus riche que Crésus. L'animal dépensait des sommes folles chaque soir dans l'un ou l'autre de ces cabarets et des nuées de putes essayaient de lui mettre le grappin dessus quand, vers les neuf heures du soir, il demandait à son chauffeur de ramener sa blonde au bercail et que, lui, il se mettait à s'encanailler avec des Négresses et des Mulâtresses jusqu'à une heure avancée de la nuit. Comment cette Bessie avait-elle réussi à charmer celui que toutes convoitaient ? Comment surtout était-elle parvenue à en faire son exclusivité ? C'était là son secret à elle, clamait-elle à qui voulait l'entendre, pas vantarde pour deux sous. Elle mena ainsi la grande vie pendant pratiquement deux ans, jusqu'à ce qu'une jeune fille au visage délicat et aux yeux marron clair fasse son apparition. Des échappées ou des rescapées du Sud, Harlem en recevait sans discontinuer, comme qui dirait La Mecque des descendants d'esclaves. Cette créature, dont le nom m'échappe là, sur le moment, ne payait pas de mine avec son air de jouvencelle, mais elle savait y faire, la salope, car du jour où elle réussit à faire une gâterie buccale à Umberto Della Torre — enfin, c'est le bruit qui avait couru —, le *capo* n'avait plus voulu jurer que par elle et avait, sans aucun égard pour Bessie, relégué cette dernière aux oubliettes, laquelle, incapable de mener une existence sans éclat, se suicida en avalant une boîte de cachets contre les maux de ventre.

Je te disais donc, Frédéric, que Shortie, ma très chère et tendre amie Shortie, vivait dans la crainte que son mentor, son protecteur, son fornicateur, son père adoptif, ce chef mafieux qui la noyait sous les cadeaux, n'imite un beau jour son collègue Della Torre. Elle ne s'en était jamais ouverte à moi, mais je la connaissais sur le bout des ongles et je dois avouer que je partageais sa crainte. Il lui fallait régulièrement sa dose d'héroïne, sa modeste dose fort heureusement, ce qui fait qu'elle était rarement *high*, dans les vapes, si tu préfères. Or, le gouvernement américain avait entrepris de lutter contre cette drogue que l'on pouvait trouver à n'importe quel coin de rue, sans doute parce qu'elle avait fini par essaimer jusqu'aux pelouses parfaitement taillées des campus d'universités blanches. La fine fleur de la jeunesse du pays était menacée et les plus hautes autorités se devaient de réagir. Tant qu'elle ne faisait ses ravages que chez les intellectuels et les artistes blancs et chez les Négros, le problème se trouvait circonscrit et donc contrôlable, mais là, il fallait réagir vite et fort. Des brigades furent créées à cet effet, même à Harlem. Non pas par souci de la santé des habitants de notre quartier, mais parce que la police soupçonnait qu'il était le centre névralgique du trafic d'héroïne. Ce n'était pas totalement faux car il fallait bien survivre dans la Vallée, autre nom, par trop bucolique, de Central Harlem où l'homme noir était, hélas, un loup pour l'homme noir. Ça s'entre-tuait pour un rien, se beurrait la gueule du matin au soir, tapait sur femme et enfants, volait à la tire ou organisait des braquages, refusait de venir en aide à la veuve et l'orphelin, et bien sûr se shootait à l'héro !

— Stéphanie, j'aurais besoin de ta voiture, ma belle. Est-ce qu'en début de soirée, vers sept heures, ça te dérangerait ?

Chaque fois que Shortie me faisait parvenir ce message codé, je savais bien qu'à cette heure-là elle n'irait pas faire les magasins, mais qu'elle presserait Andrew, mon chauffeur, de la conduire quelque part, sur les docks de l'East River, dans un terrain vague situé entre des entrepôts où se déroulait, plus ou moins ouvertement, un commerce d'héroïne. En homme discret, il évitait de trahir mon amie, et il avait fallu que je lui arrache les vers du nez, cela des mois durant, pour comprendre de quoi il en retournait. J'avais d'abord été persuadée qu'elle encornaillait son chef mafieux avec un amant nègre sans doute plus jeune que ce dernier. Shortie, en effet, affirmait vivre sa vie et profiter de son corps, selon sa propre expression. Avant de mettre le grappin sur l'homme en question, elle était connue pour en changer d'un mois à l'autre. J'avais eu la tentation de lui parler franchement et de lui faire saisir qu'il était trop dangereux pour moi de mettre mon véhicule au service de ce douteux manège, mais je n'en avais pas eu le courage. Shortie était la toute première vraie amie que j'avais et c'était elle qui m'avait présentée à Annabelle et Mysti. Avec ces trois joyeuses luronnes, j'avais le sentiment d'entrer de plain-pied dans la vie américaine, du moins dans sa version nègre. D'y être moins en marge. Je ne fus pas surprise lorsque je reçus un soir un appel téléphonique du commissariat de la 153ᵉ Rue m'enjoignant de m'y rendre sans délai. J'avais pesté contre Andrew, m'imaginant quelque accident, lui à qui je recommandais sans cesse de conduire moins vite. Il ne s'agissait aucunement de cela. Le NYPD avait tendu une embuscade aux dealers d'héroïne de l'East River et avait raflé une bonne vingtaine d'entre eux ainsi que quelques clients parmi lesquels ma chère Shortie. J'avais dû débourser les yeux de la tête pour payer sa caution, somme qu'elle me remboursa avec des intérêts en me suppliant de ne jamais relater l'incident à quiconque. Si *Sweetheart* venait à apprendre sa mésaventure, nul doute qu'il n'hésiterait pas à la jeter comme une vieille chaussette. Sauf qu'il fallut bien que, quelques semaines plus tard, elle passe devant le tribunal où elle risquait gros. Très gros. J'avais également mis à sa disposition mon avocat, Elridge McMurphy, un as du barreau qui avait eu maintes fois l'occasion de me sortir des griffes de la justice. Cette fois, cet incorrigible optimiste se montra soucieux. La police voulait faire un exemple pour donner satisfaction au maire, lequel cherchait à donner satisfaction au gouverneur de l'État de New York, qui lui voulait en faire de même avec le président des États-Unis, qui avait solennellement déclaré la guerre au trafic d'héroïne. Ma Shortie était bonne pour la geôle et pas pour de brèves vacances, tenta-t-il de plaisanter. De quels moyens disposais-je pour sauver mon amie, moi, Madame Queen, dont tout un chacun vantait l'omnipotence, voire la grandipotence, à travers Harlem ? Dans un tel cas, mes grands amis intellectuels, les Du Bois, Hughes, Cullen et autres ne me seraient d'aucun secours car s'ils contestaient les lois du monde blanc, ils n'approuvaient pas non plus les actes de ce qu'ils nommaient « la délinquance nègre ». S'ils considéraient que cette dernière résultait de l'oppression que l'on subissait, ils y voyaient un obstacle à notre lutte pour l'émancipation.

— Trafiquants d'alcool et de drogue, proxénètes, truqueurs de courses de chevaux, gangsters et tout ça, toute cette lie de l'humanité sert en fait le système d'oppression, m'avait lancé un jour Countee Cullen, avant de se reprendre, réalisant qu'il avait oublié qu'il parlait à une personne qui avait créé un système de loterie parallèle à celle, officielle, de la ville de New York.

Je n'en avais pas pris la mouche. Dans le fond, il disait vrai. Mais tous ces diplômés d'université aux mains propres et à la moralité intacte, qu'avaient-ils d'autre à nous proposer ? Si nous disposions d'usines, de banques, des commerces importants à l'instar des Blancs, sans doute ne nous trouverions-nous pas contraints de violer la loi. Encore que l'existence du Syndicat du crime prouvât que mon raisonnement était faux. Bref, j'avais le cœur désarroyé à l'idée que je ne verrais plus ma chère Shortie quand un flic de la 137e Rue, à qui je graissais bien la patte et qui m'avait prise en bonne passion, me fit comprendre à mots couverts que le juge Samuelson était, lui aussi, sensible aux espèces sonnantes et trébuchantes. C'était l'homme qui dans les prochaines semaines enverrait Shortie en cellule. Ce qui la détruirait à jamais car, si belle qu'elle fût, à sa sortie, il serait douteux que *Sweetheart* l'attende. Elle serait très vite remplacée.

Le juge Samuelson habitait une vaste demeure patricienne au cœur de Manhattan, demeure que hélas des gratte-ciel commençaient à encercler. Il était veuf et habitait avec deux employés noirs : un majordome et une servante, tous deux d'un certain âge. L'approcher semblait très difficile et lui parler presque impossible. De beau matin, un chauffeur venait le chercher pour l'emmener au tribunal et le ramenait chez lui tard le soir sans que le véhicule fît la moindre halte. En tout cas pas à Harlem. Comment un tel homme qui vivait en ascète pouvait-il être sensible à des dessous-de-table ? À quoi auraient-ils bien pu lui servir ? Le temps filait et il me fallait trouver le moyen de sortir Shortie du pétrin dans lequel elle s'était fourrée. J'avais réussi à échanger quelques mots avec elle au parloir de la prison. Ma meilleure amie était dans les trente-sixièmes dessous. Elle avait par je ne sais quel moyen fait croire à *Sweetheart* qu'elle s'était rendue au chevet de sa mère mourante à Atlanta, mais le jour de son procès cet alibi volerait en éclats. C'en serait fini de son existence quasi princière et, à sa sortie, ceux et celles qui lui faisaient des ronds de jambe s'empresseraient de lui cracher au visage. À Harlem, la pitié était une notion complètement inconnue. Une idée me vint : mon voisin, Du Bois, le grand intellectuel noir si respecté de l'intelligentsia blanche, ne pourrait-il pas m'introduire auprès du juge Samuelson ? Il s'était mal remis du divorce de sa fille Yolanda avec Countee Cullen et ses visites matinales à mon appartement se faisaient de plus en plus fréquentes. Il avait besoin de compagnie, mais pas d'une compagnie intellectuelle. De quelqu'un de pratique, de terre à terre même, comme c'était mon cas. Il voulait savoir de quelle façon son ex-gendre avait pu suivre la voie de la pédérastie, si c'était un choix ou bien une disposition naturelle, et quelle que fût la raison, le pourquoi de son mariage. Mille questions l'assaillaient auxquelles je m'efforçais de fournir des réponses de bon sens qui avaient le don de le réconforter.

— Votre juge Samuelson, je l'ai connu à Harvard où nous étions étudiants à la même époque. Il a deux ou trois ans de plus que moi et ne doit pas être très loin de la retraite. Nous avions des relations cordiales, très cordiales même, me déclara Du Bois quand je m'étais ouvert à lui.

— J'aimerais entrer en contact avec lui. Cela vous semble possible ?

— Ah là là ! Il ne changera donc jamais, ce cher Samuelson ! sourit Du Bois. Dans notre jeune temps, il était déjà dépensier et vivait audessus de ses moyens. Sans compter qu'il courait la gueuse. Il s'est marié trois ou quatre fois d'après ce que j'ai cru comprendre…

Je tenais là mon explication : ce bon juge

ployait sous les pensions alimentaires et son salaire ne suffisait à y faire face. Du Bois l'appela et me prit un rendez-vous dans un restaurant de West Harlem que fréquentait la bohème blanche. Nous y passerions inaperçus car il disposait d'une salle au premier étage réservée aux gens importants. Aussitôt dit aussitôt fait ! Lorsque je me trouvai face au représentant de la justice, je compris que cette dernière, malgré ses principes pompeux, ne reposait pas sur grand-chose. Il accepta sans broncher la grosse enveloppe que je déposai à ses côtés et discuta de tout et de rien avec moi comme si nous étions deux vieux amis. Le repas fut succulent. Personne ne fit attention à nous. Cinq jours plus tard, Shortie était condamnée à un an de prison avec sursis.

Mon enveloppe contenait quinze mille dollars…

CHAPITRE 15

Je savais qu'un jour où l'autre je les aurais au tournant, tous ces fumiers qui m'avaient fait condamner à cette satanée prison de Welfare Island au nom peu prédestiné pour possession de bulletins de la loterie clandestine. Ah, tous ces grands messieurs se croyaient définitivement débarrassés de cette satanée Négresse française de Stéphanie St-Clair qui s'entêtait à leur tenir la dragée haute au lieu de faire profil bas à l'instar des autres gangsters de couleur. Eh bien, ils allaient voir ce qu'ils allaient voir ! Dans ma cellule mal éclairée de jour comme de nuit, j'avais mijoté ma revanche dans les moindres détails et, dès que j'eus regagné mes pénates (mon appartement était resté fermé pendant les huit mois de mon incarcération), dès le tout premier jour où j'avais pu revoir le ciel et respirer à l'air libre, ne plus supporter les odeurs d'urine et les discussions niaises de mes codétenues, je m'étais sentie revivre, mon cher neveu. Le plus éprouvant avait été ces quelques jours de chaque mois au cours desquels j'avais mes périodes. Jusqu'à mon emprisonnement, je n'avais jamais eu de problème de ce côté-là et les écoulements de sang duraient à peine deux jours. Je n'avais guère de maux de ventre ni ne me sentais affaiblie comme la plupart des femmes. Quand Shortie, Mysti ou Annabelle pestaient contre ce qu'elles considéraient comme une injuste punition divine et qu'elles redoutaient leur arrivée, moi, Stéphanie, j'avais grand mal à imaginer ce qu'elles ressentaient. Mon business des *numbers* n'avait jamais été troublé par mes règles. Or, du jour où je fus mise à l'ombre, les choses changèrent du tout au tout. Je devins une femme normale en quelque sorte, puisque je ne me sentais pas dans mon assiette. D'horribles douleurs se mirent à me secouer le corps et je saignais abondamment alors que j'approchais l'âge de la ménopause. Mon seul baume au cœur était que mes codétenues blanches souffraient davantage. L'administration de la prison ne prévoyait de visite de médecin qu'en cas d'extrême urgence. Cet épisode de ma vie me rendit, toutefois, plus indulgente envers la gent féminine car je comprenais à présent pourquoi elles ne pouvaient pas tenir tête à son alter ego masculin. Les périodes vous plongent dans un état de vulnérabilité exaspérant. À mon sens en tout cas.

Une fois libre, j'avais immédiatement acheté un exemplaire de l'*Amsterdam News,* le journal le plus respecté de Harlem, et en avais cherché l'adresse. Dès le lendemain, après une nuit réparatrice, je m'y étais rendue avec un texte que je voulais publier sous forme d'annonce payante. Le rédacteur en chef m'y accueillit, à mon vif étonnement, comme une véritable héroïne. J'ignorais que les colonnes de son journal avaient suivi mon procès au jour le jour avec un luxe de détails qui plus tard me paraîtrait inouï. Comme la couleur des différentes robes que j'y avais arborées ! Ou telle ou telle phrase que j'y avais prononcée, phrase dont l'arrogance avait provoqué un tonnerre d'applaudissements dans le public exclusivement noir. Ces articles me furent précieux car j'avais vécu ledit procès dans une espèce d'état second. Presque indifférente à ma propre personne et au cirque qui se déroulait dans la salle du tribunal. Dès le premier moment de mon incarcération, je m'étais employée à tout oublier et m'étais uniquement préoccupée de savoir ce que je ferais après ma libération. C'est à cet instant que l'idée de décrocher, qui m'avait travaillée tout au long des dernières années mais toujours très brièvement, en était venue à prendre une forme concrète. Ayant mis suffisamment d'argent de côté pour pouvoir vivre sans avoir à me serrer la ceinture le reste de mes jours, j'envisageais pour la première fois sérieusement un retour dans mon île natale à laquelle j'avais tourné le dos depuis près d'une trentaine d'années. Même si je n'y avais plus aucune attache, l'envie d'y sentir certaines odeurs, de réentendre le phrasé tantôt rauque, tantôt chantant du créole, de me laisser bercer par le chant des lessiveuses au bord de la rivière Madame, voire simplement d'observer le pas cadencé des colonnes de charbonnières transportant leurs paniers remplis à ras bord sur la tête, tout cela en était venu à me manquer. Il ne s'agissait pas vraiment d'une nostalgie au sens habituel du terme, mais d'un manque presque physique. Une sorte de faim ou de soif. Ta lettre, mon cher neveu, a ravivé ce sentiment.

Cependant, dès qu'on m'avait ouvert les portes de ma cellule, puis celles de Welfare Island, ce besoin s'était dissipé comme par enchantement et j'avais retrouvé non pas une nouvelle joie de vivre, mais une rage de me battre, de combattre. D'abattre ces fils de pute qui m'avaient fait tomber. À mon arrivée chez moi, j'avais emprunté l'ascenseur, et cela pour la première fois de ma vie. Même quand je me sentais souffrante, je préférais monter l'escalier jusqu'au neuvième étage, épaulée par Duke, puis par Bumpy, ensuite par Lewis et à nouveau par Bumpy, mes gardes du corps et amants. Mais là, j'étais habitée par une fièvre qui avait chassé la peur que j'avais toujours éprouvée envers cette invention à mes yeux diabolique. Le grincement de la porte métallique m'avait tout de même effrayée, mais un habitant du troisième étage de l'immeuble était monté, me saluant le plus normalement du monde. Un de ces médecins ou avocats nègres qui vivaient à l'aise, et cela en toute discrétion, à Sugar Hill, loin du bruit et de la fureur de Central Harlem.

Je suppose qu'il savait qui j'étais puisqu'il me jeta un regard de biais en marmonnant :

— *Good afternoon, lady !* (Bon après-midi, chère dame !)

J'avais cherché frénétiquement dans mon sac les clés de mon appartement, ne les trouvant d'abord pas et pestant contre cet emmerdement. On aurait juré qu'une force supérieure prenait plaisir à contrarier le seul désir qui m'habitait, le seul qui m'avait permis de survivre durant ces longs mois de prison : celui de démolir l'un après l'autre ceux qui avaient osé chiquenauder Madame Queen, la *Digit Queen*, la reine de la loterie clandestine de Harlem. J'ouvris d'un geste énervé les rideaux du salon, cherchai une feuille de papier et un crayon, avant de me mettre à écrire, cela sans aucunement me relire. Ce qui suit fut rédigé d'une traite :

CORRUPTION AU NEW YORK POLICE DEPARTMENT

Nombre de citoyens de cette bonne ville de New York, pour ne pas dire la plupart d'entre eux, se gonflent la poitrine parce qu'ils posséderaient la meilleure police de tous les États-Unis, voire même du monde entier. Ceci est faux. Complètement faux. Il s'agit d'une légende colportée par des journalistes eux-mêmes achetés et par des politiciens sans scrupule.

Le NYPD est largement corrompu, et cela nos concitoyens, à quelque race qu'ils appartiennent, gagneraient à le savoir. Corrompu jusqu'à la moelle pour dire la vérité vraie. Moi, Stéphanie St-Clair, je peux témoigner, par exemple, avoir remis des sommes variant entre trois cents et cinq cents dollars à l'officier Brian du commissariat de la 142ᵉ Rue pour qu'il accepte de libérer un Noir qu'il avait arrêté dans la journée. Pour un policier blanc, tout Noir, comme chacun sait, est automatiquement suspect de quelque chose et, pour empêcher celui-ci de commettre un délit, le premier se doit de procéder à son arrestation préventive.

Jusqu'à quand accepterons-nous une telle situation qui ne grandit ni la police ni la municipalité de New York ? Je suis prête pour ma part à venir témoigner devant les tribunaux de la vénalité de l'officier Brian et de ses nombreuses violations du code de bonne conduite du corps, autrefois prestigieux, auquel il appartient.

Stéphanie St-Clair

Quelle ne fut pas ma surprise de recevoir un appel téléphonique le lendemain en milieu de matinée, appel émanant du rédacteur en chef du journal, qui m'informait que non seulement il publierait avec plaisir mon texte, mais qu'en outre il m'offrait une tribune permanente. Je pourrais disposer de ma *column* à moi dans laquelle j'écrirais tout ce que je voudrais sans qu'aucune censure ne s'avise de me brider. Si j'étais une lectrice frénétique, si je l'avais toujours été, j'étais moins habile pour rédiger. Je m'étais délestée de mon courrier sur ma secrétaire, Charleyne, des années durant jusqu'à ce que cette nigaude, que j'avais pourtant prévenue, se fasse engrosser par l'un de mes hommes, que j'avais renvoyé sur-le-champ. J'avais repris le flambeau sans enthousiasme aucun, mais peu à peu, j'avais fini par maîtriser les arcanes de l'anglais écrit.

— La communauté a besoin de vous, Mâ'me Queen, avait ajouté le rédacteur en chef pour achever de me convaincre.

Première nouvelle ! J'ignorais que les Nègres de Harlem eussent le moins du monde souffert de mon absence. Bumpy, qui en était à sa trentième ou quarantième arrestation pour trafic de drogue, ce qui était un sujet de perpétuelle dispute entre nous, avait tenu le gouvernail de mon négoce tant bien que mal, négoce qui était déjà mal en point suite à l'accord que j'avais été contrainte de passer avec Lucky Luciano. Mon garde du corps et amant devant d'ailleurs payer très cher ce que moi, j'avais considéré comme rien de moins qu'une trahison, puisqu'il se ferait buter alors qu'il déjeunerait dans un restaurant select par ceux-là mêmes auprès desquels il s'imaginait être bien en cour. N'ayant jamais eu une once de confiance en ces Ritals, je n'ai pas versé une larme sur son cadavre. Bumpy avait crevé seul, comme un chien, à l'hôpital où on l'avait conduit, espérant sans doute qu'à la dernière minute je serais venue l'assister dans son voyage en direction de l'enfer. Le sentimentalisme n'a jamais été mon fort, cher neveu, sinon je n'aurais pas atteint les sommets de la gloire. Même la presse blanche s'était, en effet, mise à relater mes

327

exploits et je me délectais de lire les articles fielleux qui m'étaient consacrés dans la rubrique des faits divers du *New York Times*. Comme je te l'ai déjà dit, j'étais rarement nommée par mon nom, mais le premier béotien venu pouvait deviner qu'il s'agissait de la prétendument mystérieuse Stéphanie St-Clair, cette Française au teint entre ébène et cuivre qui était parvenue à régner sur les paris illégaux de Harlem.

Je devins, moi qui n'avais accompli en tout et pour tout que cinq années d'école, la détentrice d'une rubrique à moi toute seule dans le journal noir le plus respecté des États-Unis. Mieux : aucun droit de regard du directeur n'était exercé sur mes textes contrairement, comme je l'appris par la suite, à ceux des journalistes professionnels. Cette faveur sans précédent, je la devais à mon tempérament et surtout à ma réputation de personne qui ne s'en laissait pas compter. D'hebdomadaire, ma chronique devint bi, puis trihebdomadaire à la suite des demandes pressantes des lecteurs. Certains d'entre ces derniers m'abordaient dans les restaurants ou les magasins afin de m'exposer les avanies qu'ils avaient subies et j'en faisais mon miel, y ajoutant ma touche personnelle, sinon Stéphanie St-Clair n'aurait pas mérité son surnom de Queenie, de petite reine de Harlem. Je me souviens que la chronique qui avait connu le plus de succès et que le journal s'évertua à republier tous les trimestres s'intitulait « Se comporter en cellule ». Elle était à peu près rédigée comme suit :

Il faut savoir qu'une personne incarcérée demeure un citoyen comme les autres, c'est-à-dire avec tous les droits afférents à cette qualité. Ce qui signifie en premier lieu que les gardiens lui doivent un minimum de respect et ne doivent pas aboyer au lieu de lui parler comme cela se fait trop souvent. Au cas où vous seriez victime de ce qui n'est qu'une forme d'intimidation, cela en vue de vous dresser comme si vous étiez un animal sauvage, je vous conseille de garder votre sang-froid et d'attendre que le gardien se calme. S'il y parvient, il faut lui demander sur le ton le plus neutre possible :

« J'apprécierais que vous vous adressiez à moi d'une autre manière et vous en remercie par avance. »

Si, au contraire, le gardien continue à abuser de son uniforme et donc de son autorité, il faut surtout éviter de lui répondre car il attend que vous haussiez le ton pour vous filer quelques coups de matraque bien sentis. Un gardien blanc brûle d'envie de casser du Négro, comme si cela lui donnait un regain de virilité. Obéissez à son ordre mais en exagérant ce dernier : s'il vous demande d'ôter votre chemise, mettez-vous tout nu ; s'il exige que vous brossiez le sol de votre cellule, faites-le, puis attaquez les murs ! Trois fois sur quatre, cela met votre tortionnaire mal à l'aise et il ne recommencera plus. Il y en a qui s'amènent l'air jovial, lancent une plaisanterie à votre intention et espèrent que vous sourirez. Ne faites surtout pas ça ! Prenez l'air le plus bovin qui soit et ânonnez un « Oui, mister » ou « Oui, madame » en évitant de croiser leur regard. Ces conseils pratiques amélioreront considérablement votre séjour en prison.

Ce n'était pas tant le contenu de mes chroniques qui importait, mais le fait qu'elles soient publiées dans le plus grand journal noir de Harlem. Quoique banales dans le fond, elles irritaient police et justice au seul motif qu'elles étaient rédigées par moi comme si j'étais l'ennemi public n° 2 juste après Al Capone. Leurs harcèlements contre mes associés reprenaient de plus belle avec cette fois la volonté affichée de détruire définitivement la loterie clandestine. Quand, un peu lassée, je voulus laisser tomber, le rédacteur en chef de l'*Amsterdam News* se rua à mon domicile sur l'heure et m'implora presque de conserver ma rubrique.

— Vos textes éclairent les nôtres, Madame St-Clair. Surtout ceux dont les droits sont régulièrement bafoués par la police ou devant les tribunaux. Je peux vous l'assurer !

— Je serais par conséquent, moi, utile, moi ? Ha-ha-ha !...

— Je ne plaisante pas, Madame St-Clair. Nous aurions pu nous contenter de faire appel à un juriste pour rédiger cette chronique, mais votre touche personnelle, les exemples concrets sur lesquels vous appuyez votre argumentation, sont beaucoup plus instructifs que le simple déroulé des règlements et des lois. Sachez que la plupart des lettres de lecteurs concernent votre chronique.

— Vous devriez me rémunérer !

— Oh oui, je suis d'accord ! Dites-moi un chiffre et je m'en vais de ce pas négocier avec le patron.

— Ha-ha-ha ! Je plaisantais, cher ami. Le fait d'avoir séjourné en prison a considérablement ralenti mon business, mais depuis j'ai réussi à reprendre du poil de la bête. Stéphanie St-Clair ne quémande la charité à personne !

Je fanfaronnais car ma chronique dérangeait apparemment beaucoup la flicaille dont je dénonçais sans relâche les abus de pouvoir et autres violations de la loi dès l'instant où elle avait affaire à des *colored people*. Ainsi, j'avais reçu un soir la visite d'un personnage énigmatique, un homme blanc dans la cinquantaine, fort élégamment vêtu, qui m'avait carrément menacée après m'avoir agonie de questions. Cela dans une parlure fort châtiée.

— Je travaille pour le gouvernement. Une enquête sur vous a été ouverte. Rassurez-vous, elle ne concerne pas votre petit jeu un peu ridicule, ces *numbers*, dont vous avez fait une véritable entreprise à ce que chacun dit. C'est... comment l'exprimer ?... beaucoup plus grave que ça.

— Je ne vois pas où vous voulez en venir...

— Eh bien, allons droit au but dans ce cas ! Madame St-Clair, seriez-vous bolchevique ?

— Bol... quoi ?

— Communiste, si vous préférez. Ne tournons pas autour du pot, s'il vous plaît ! Le gouvernement sait parfaitement que des activistes blancs se sont infiltrés à Harlem pour monter les Noirs contre ce qu'ils appellent le système capitaliste exploiteur. Seriez-vous l'une de leurs adeptes ?

Stupéfaite, je ne sus quoi rétorquer à cet agent probablement du FBI. Il était le premier Blanc avec qui je parlais depuis mon procès, quand mon avocat irlandais, que j'avais convaincu de me défendre — j'ai complètement oublié de te le signaler, cher neveu — grâce à mes bribes de gaélique qui l'avaient fait sourire, s'était battu bec et ongles pour tenter d'obtenir un non-lieu en ma faveur. En prison, j'avais eu deux codétenues blanches, mais c'étaient des *white trash*, de la racaille que rejetait sa propre race. Quasiment illettrées, l'une avait enfoncé un couteau de cuisine dans le ventre de son mari, l'autre avait empoisonné sa belle-mère à l'arsenic. Elles ponctuaient chacune de leurs phrases de « *fuck !* » (putain !) retentissants, s'étonnant de mon langage qu'elles jugeaient maniéré, ce qui était archifaux. Était-ce la raison qui les avait poussées à me tomber dessus au cours de ma deuxième semaine d'incarcération ? Allez savoir ! À moins qu'elles n'aient été vexées d'avoir à cohabiter avec une Négresse car elles faisaient preuve d'une haine raciste frisant la démence :

— Oh là là, gardienne, donnez-nous un seau d'eau qu'on nettoie cette foutue cellule ! L'odeur de cette guenon nous donne envie de vomir... *What's the fuck ? Why don't you answer me ?* (Putain, c'est quoi ce truc ? Pourquoi vous me répondez pas ?) se mettait à glapir la première.

— Elle rote et pète la nuit, changez-nous de cellule, merde ! renchérissait l'autre.

La reine de Harlem était tombée de son trône.

Son bel appartement avait été mis sous scellés, mais fort heureusement la flicaille avait été trop fainéante pour feuilleter un à un tous les livres et vieux journaux entassés dans les W.-C. et son magot était demeuré intact. Cependant, Annah, sa fidèle servante, et son non moins fidèle chauffeur, Andrew, de même que sa secrétaire, Charleyne, s'étaient retrouvés à la rue du jour au lendemain. Voici ce que c'était d'être une souveraine étrangère et par conséquent sans famille ! Vous vous retrouviez abandonnée de votre cour, de vos soldats, de vos obligés, de vos amies. De votre peuple même ! Car Harlem ne se souleva point comme mon tempérament un brin forfantier m'avait laissée l'imaginer. Bien au contraire : les quelques banquiers dont je tolérais qu'ils opèrent pour leur propre compte s'étaient senti pousser des ailes. Le plus empressé d'entre eux, empressé de piquer ma place, je veux dire, un dénommé Murphy, s'était permis de convoquer mes associés dans son repaire minable de la 167e Rue et les avait, comme je l'apprendrais à ma sortie de prison, sommés de se placer désormais sous son commandement. Le malotru devait payer très cher pareille offense à Madame Queen ! Mais il y eut un temps, je dois le reconnaître, au cours duquel mon nom fut comme effacé de Harlem. Comme si mon règne n'avait jamais existé. Cela me donna beaucoup à méditer sur la condition humaine et sur mon propre avenir. Qu'étais-je en réalité dans ce ghetto noir au sein duquel j'en imposais, certes, mais où je me trouvais à la merci d'un simple raid policier ou d'une décision de justice ? Est-ce qu'au fond je ne me haussais pas du col et que je n'aurais pas été mieux inspirée, ma fortune étant faite, d'abdiquer ? Toutes ces cogitations occupèrent mon esprit, insomnie oblige, durant les huit mois que je passai à la prison pour femmes de Welfare Island et ne disparurent point à ma libération. Elles s'estompèrent un temps parce qu'il fallait bien que Stéphanie St-Clair reprenne le collier de son business. Beaucoup de gens, ingrats se fussent-ils montrés, comptaient sur elle, dépendaient même d'elle. La reine, un temps déchue, se devait de reprendre son sceptre et de remonter de gré ou de force sur son trône, mais la vérité était que le cœur n'y était plus.

Quant à cette antienne de bolcheviques, ça ne datait pas d'aujourd'hui. À l'époque où je m'astreignais à lire entièrement le *New York Times* et le *Wall Street Journal* afin d'améliorer mon anglais, j'étais tombée sur une phrase d'un article publié dans ce dernier qui s'était incrustée dans mon esprit tellement elle m'avait choquée : « *Race riots seem to have for their genesis a bolchevist, a Negro and a gun.* » (Les émeutes raciales semblent avoir pour déclencheurs un bolchevique, un Nègre et un fusil.)

Une fois installée à Edgecombe Avenue, à côté de voisins prestigieux de l'intelligentsia noire, il m'était arrivé de discuter du communisme avec W. E. B. Du Bois, notamment lorsqu'un éditorial de son journal, *The Crisis*, avait provoqué quelque tollé dans l'establishment blanc et lui avait valu une convocation par la CIA. Le *New York Times* avait carrément qualifié l'auteur de *The Souls of Black Folk*, livre admirable que je t'offrirai, de bolchevique parce qu'il avait osé écrire ce qui à mes yeux relevait d'une évidence : « *Today we raise the terrible weapon of self-defense. When the armed lynchers gather, we must too gather armed.* » (Aujourd'hui, nous brandissons cette arme formidable qu'est l'autodéfense. Quand les lyncheurs armés se révoltent, nous devons nous rassembler armés nous aussi.)

Mon air de quelqu'un qui tombe des nues, tout à fait sincère, convainquit l'envoyé du FBI que Mâ'me St-Clair n'avait jamais fricoté ni de près ni de loin avec ces activistes blancs qu'il lui arrivait d'apercevoir distribuant des tracts parsemés de citations de Lénine et de Staline lorsqu'elle passait, souvent à vive allure, dans les avenues principales de Harlem. Elle demandait à son chauffeur de ralentir pour en récupérer un, non par curiosité, mais parce que dans son business il était indispensable, vital même, de s'informer de tout ce qui se déroulait dans le ghetto noir. Rien ne devait lui échapper. Même le plus obscur prêcheur baptiste fraîchement arrivé de son Sud profond qui prétendait sauver l'espèce humaine en récitant des extraits de la Bible sur les trottoirs.

Or, pour recoudre le fil de mon récit, Lucky Luciano avait profité de mon absence pour faire avancer ses pions, la vermine ! La guerre avec la mafia blanche roulait de plus belle. Des deux côtés, nous comptions nos morts et ceux-ci étaient plus nombreux que les doigts des deux mains. À ce compte-là, les Ritals, autrement plus nombreux que nous, n'auraient qu'à attendre que je demeure seule, abandonnée de tous, terrée dans mon bel appartement d'Edgecombe Avenue. J'avais, pardon si je me répète, été contrainte de fumer le calumet de la paix. J'avais conservé des revenus somme toute raisonnables et, l'âge avançant, peut-être était-ce la meilleure solution pour que je continue à être en vie. Vois-tu, Frédéric, je te le dis seulement maintenant : un gangster vit dans l'incertitude de tous les instants. Il se réveille le matin en ne sachant pas s'il verra la fin de la journée. Et chaque jour c'est pareil ! Une balle perdue, une attaque de la police, ou plus banalement un coup de couteau planté entre les omoplates dans la cohue des rues de Harlem pouvaient abréger votre existence terrestre. L'important est de ne jamais montrer qu'on est habité par cette peur, sinon on signe son arrêt de mort, et cela d'abord aux yeux de ses propres troupes. Un gangster ne doit faire confiance à personne, même pas à celle qui dort à ses côtés la nuit. Dans mon cas, cela ne risquait pas d'arriver car je ne supportais pas la présence d'un mâle contre moi dans mon sommeil, lequel n'était d'ailleurs qu'un demi-sommeil. Je finis par accepter de négocier. Bumpy exulta, ce gros naze ! J'étais furieuse contre lui, contre moi, contre les gangsters blancs, contre l'univers entier, mais je n'avais aucun autre choix. J'étais seule face à mon destin, car je ne serais tout de même pas allée chercher de l'aide auprès de la NAACP ou du Mouvement des droits civiques, qui en était à ses balbutiements. Ce dernier promettait d'être très efficace si l'on en jugeait par les quelques actions qu'il avait menées. Défendre la race, c'est une chose, défendre les hors-la-loi de la race en est une autre. Je ne leur en voulais pas du tout. Je n'avais jamais caché que mes activités s'exerçaient en dehors des règles établies, le fait que celles-ci avaient été établies par les Blancs m'empêchant toutefois d'être assaillie par la mauvaise conscience. Je n'avais pas honte de concurrencer la loterie officielle de la ville de New York. Je me flattais même de ne rien verser au fisc et je n'en avais que faire du maire ni même du gouverneur de l'État, pas plus que du président des États-Unis. La ségrégation raciale instaurée par eux ne nous laissait, à nous, les *colored people*, que des voies étroites, et pour parvenir à nous en sortir nous devions fréquemment nous en écarter. Et puis, le Syndicat du crime, lui, n'affichant aucun remords, je ne voyais pas pourquoi moi, avec mon modeste business, j'aurais fait acte de contrition envers les autorités ou même la société.

— Je suis bienheureux de vous rencontrer, *signora*, me lança Lucky Luciano lors de notre tout premier entretien dans un entrepôt désaffecté sur les docks de West Harlem.

Sa voix n'était teintée d'aucune sorte d'ironie, ce qui me surprit. Je crus même y déceler un brin d'insolite déférence. Son appartement, où il accepta de me recevoir, était situé dans un quartier huppé du Queens où aucune personne de couleur, hormis des femmes de ménage ou des chauffeurs, n'aurait osé pénétrer. Tout autour de son immeuble, des types à la mine patibulaire, vraisemblablement armés jusqu'aux dents, faisaient les cent pas tandis que d'autres attendaient dans des véhicules automobiles aux vitres protégées par des rideaux. Lorsque ma Fort T s'arrêta devant l'escalier monumental qui permettait d'y accéder, quatre mafieux se précipitèrent en dégainant leur arme. Mon pauvre Andrew, terrorisé, balbutia en levant les mains au ciel :

— *My boss has a rendez-vous with yours...* (Ma patronne a un rendez-vous avec le vôtre...)

En me voyant descendre, les sicaires se figèrent sur place. Une femme ! Une Négresse de surcroît ! Ils baissèrent cependant leurs armes et m'escortèrent jusqu'au hall d'entrée où un majordome en tenue chamarrée m'accueillit avec force courbettes. Il avait un accent italien à couper au couteau. Lucky Luciano aussi, ce qui me surprit pour quelqu'un qui vivait en Amérique depuis bien plus longtemps que moi. Il me fit asseoir dans son luxueux salon, mais ignora Bumpy. Le chef de la mafia blanche de New York était plus râblé et moins intimidant que je ne l'avais imaginé. Il me fit moins d'effet que sur les photos des journaux en tout cas. Son œil gauche, dont la paupière tombait à cause d'une balle qui l'avait frôlée, dans son jeune temps assurait sa légende, lui donnant même un air de clown triste. Mais il était un homme plutôt guilleret.

— Vous prendrez bien un cognac, Madame St-Clair ? Et pourquoi pas un rhum ?... Mon cher ami Meyer Lansky m'en envoie régulièrement du très bon depuis Cuba où il est installé. Vous connaissez cette île, j'imagine. Elle est proche de la vôtre, non ?

— Je la connais de nom, oui…

— Très beau pays ! Du soleil toute l'année, des plages de rêve, des filles sublimes. Ah, désolé, vous êtes une femme, ma dernière remarque ne vaut pas pour vous. Ha-ha-ha !... Soyez sincère, la chaleur ne vous manque pas ? Les hivers new-yorkais ne sont pas tendres avec nous depuis quelques années, n'est-ce pas ?

« Connard de Rital ! » avais-je eu envie de lui balancer au visage. Et ton soleil de Sicile, il ne te manque pas des fois ? Lucky Luciano semblait bien renseigné sur ma personne et surtout sur mon business. Il donnait l'impression non pas de vouloir m'imposer quoi que ce soit, mais de trouver un accord qui nous serait profitable à tous les deux. Mais avant d'en venir au fait, il s'abîma en circonlocutions, me montrant ses tableaux dont l'un avait été acheté à mon voisin d'Edgecombe Avenue, le très renommé peintre Aaron Douglas, ce qui me surprit fort. Me fai-

sant admirer sa collection d'objets en verre souf-
flé de je ne sais plus quel village de son pays.
L'homme était intarissable, presque affectueux.
Le plus comique était que nos gardes du corps
respectifs, sans doute fatigués d'être debout, se
regardaient en chiens de faïence. Comme prêts
à dégainer au moindre geste suspect de la part
de l'un ou de l'autre.

— Bon, eh bien, venons-en, chère dame, à ce
pourquoi j'ai sollicité une rencontre avec vous…
J'ai une proposition très claire à vous faire : vous
me laissez la loterie de Harlem et, en contrepar-
tie, mon ami Meyer Lansky vous prend dans
son équipe à La Havane… Là-bas, vous jouirez
non seulement un climat idéal, mais aussi d'une
paix royale avec les flics, contrairement à ici. Le
président de là-bas, le général Batista, marche
avec nous…

— Et je serai affectée à quel secteur ?
demandai-je d'un ton égal, faisant mine d'être
intéressée.

— Ben, vous vous occuperez d'un tas de
choses. Des courses de chevaux d'abord, car
Meyer possède une écurie et, là-bas, il y a des
courses toute l'année grâce au beau temps.
D'un casino aussi, qui ressemble beaucoup à
votre Cotton Club, mais surtout d'une… maison de tolérance pour hauts gradés cubains et
riches expatriés américains. Meyer est convaincu
qu'une femme saura mieux diriger cet endroit
que lui, surtout une femme de couleur vu que
la plupart de ces dames sont des Cubaines…

Mon sang ne fit qu'un tour. J'eus beau tenter de me contrôler. J'eus beau savoir que j'étais face au plus redoutable mafieux de New York, et même des États-Unis après Al Capone, qui régnait de son côté sur Chicago, un type qui avait commandité des centaines de meurtres, quelqu'un que la police redoutait, que les politiciens craignaient, un capo qui pouvait mettre à genoux n'importe qui, j'explosai.

— Une maison de tolérance ! Non, mais vous vous foutez de ma gueule, Luciano ? Dites franchement un bordel et qu'on en finisse !

J'étais tellement enragée que je tapais le parquet du pied sans même m'en rendre compte et j'avais une légère trace de bave aux lèvres. Mes yeux marron-gris lançaient des étincelles. Bref, j'étais à n'en point douter effrayante ! C'est Bumpy, une fois que nous étions repartis, qui me fit cette description terrible de ma personne. Lucky Luciano ne se démonta point. Il se leva de son fauteuil et s'accroupit tout à côté de moi pour me susurrer :

— *Bella signora, non hai capito... Non voglio che tu perda la vita...* (Belle dame, vous n'avez pas compris... Je ne voudrais pas que vous perdiez la vie...) Soyez raisonnable ! Harlem est en train de vous échapper et je vous offre une porte de sortie.

Sa voix était faussement suppliante. Lourde de menaces cachées pour tout dire. J'adorais la langue italienne qui me rappelait Roberto, mon amoureux napolitain de Marseille, mais aussi mes premiers pas dans le monde des gangsters, à l'époque où, membre du gang irlandais des quarante voleurs, nous nous affrontions à ceux que nous ne désignions jamais autrement que comme « ces Ritals de merde ». Il m'était arrivé de sympathiser avec des Siciliens ou des Napolitains que j'avais pour mission d'espionner pour le compte de notre chef, O'Reilly. J'avais grâce à ma mémoire réussi à grappiller des mots, puis des phrases, de leur langue, et même appris à chanter certaines de leurs chansons. Le début de l'une d'elles, en sicilien, me revint à l'esprit et sans trop savoir pourquoi je me mis à la fredonner :

Mi votu e mi rivotu suspirannu,
Passu la notti 'ntera senza sonnu
E li biddizzi toi jeu cuntimplannu
Mi passa di la notti sino a ghiornu...

Une sorte de miracle se produisit. Lucky Luciano, le grandissime chef de la mafia de New York ferma les yeux, s'agrippant au bord de mon fauteuil, et des larmes se mirent à couler sur ses joues. Des larmes douces et claires. Des gouttes de rosée dans la pénombre de l'après-midi finissant dans ce salon aux lourds rideaux toujours à moitié tirés. Cette scène me sembla durer une éternité. Son garde du corps, embarrassé, vint l'aider à relever.

— Je... je vous fais une nouvelle offre, Madame St-Clair. Vous restez à Harlem, mais on se partage le marché ?

— Accepte ! me chuchota à l'oreille Bumpy qui s'était précipité vers moi. On n'a pas le choix...

Je regardai Luciano dans le blanc des yeux tout en cherchant mon fume-cigarette dans mon sac à main. J'allumai une Chesterfield et en tirai deux bouffées d'un air détaché. Mon homme avait raison : nous avions affaire à trop forte partie. Tant qu'il s'était agi de gangs nègres, Queenie avait pu conserver son trône et régner sans partage sur les *numbers*, à la barbe en plus de la police et la justice blanches. Mais face au Syndicat du crime, je me trouvais démunie. Tout ce que je pouvais désormais espérer, c'est que celui-ci acceptât généreusement de me laisser un titre de marquise, au mieux de comtesse. Je méditais sur mon sort que j'estimais humiliant. N'étais-je pas, moi, Queenie, la petite reine du quartier noir de New York, en passe de devenir la subordonnée de Lucky Luciano ? Ce Rital sans scrupule qui, son trafic d'alcool menacé de faillite, avait jeté son dévolu sur mon territoire à moi et surtout les *numbers*, sans aucunement tenir compte du fait que mettre ces derniers sur pied avait exigé des années et des années de travail, d'abnégation, de lutte acharnée contre les concurrents, de résistance contre les tracasseries policières. Oui, des années ! Et lui de se ramener et de claquer des doigts pour s'emparer de mon organisation ! Alors que, comme je te l'ai déjà dit, mon cher Frédéric, je tournais jusque-là autour de deux cent mille dollars de bénéfices nets bon an, mal an, mes revenus fondirent de moitié une fois que je fus placée sous la coupe de l'alter ego new-yorkais d'Al Capone. Certes, j'avais désormais moins de travail et logiquement moins de soucis, mais j'étais tombée de haut et il y avait fort peu de chances que je parvienne un jour à me refaire car le temps passait et l'âge commençait à peser sur mes épaules, même si j'avais joui jusque-là d'une excellente santé. Mâ'me Queen, subrécargue en son royaume ! La honte...

Le cœur brisé, je balbutiai :

— Combien ?

— Soixante-dix pour cent pour nous, Madame St-Clair. Le reste pour vous...

— Quarante pour moi !

— Non ! C'est à prendre ou à laisser.

Je pris. Je fus obligée de prendre...

CHAPITRE 16

Tu me diras, cher neveu, toi qui ressembles tant à ma défunte mère, mon bon Frédéric qui t'es déplacé de la Martinique jusqu'à moi, que j'exagère à nouveau. Que soixante-seize ans ce n'est pas si vieux pour quelqu'un qui a bon pied bon œil comme moi. Mais j'y crois dur comme fer : voici venir la fin de mes jours ! J'aime beaucoup cette expression qui, bien qu'elle soit utilisée depuis, j'imagine, des siècles et des siècles, n'a rien perdu de son côté poétique. Encore que dans mon cas elle présente une énorme lacune, car j'ai vécu autant le jour que la nuit et parfois plus la nuit que le jour. Harlem ne bouillonnait vraiment qu'à l'allumée des lampadaires, quand la faune des rues les plus malfamées sort de sa tanière : shootés à l'héroïne, alcooliques incurables, catins à quelques dollars la passe et marmiteux, tout simplement, c'est-à-dire tous ces pauvres bougres qui survivent de menus trafics et ces bougresses au corps défraîchi dont la bouche n'est qu'un rictus permanent. La vraie Harlem, je veux dire, celle des années 1910-1930 ! Il y avait aussi, un cran au-dessus, les petits malfrats qui travaillaient pour un boss et qui avaient la gâchette frénétique. L'air comiquement avantageux, ils se pavanaient en costumes de lin et feutres mous, un cigare au bec. Ajoutons-y mes collecteurs, ceux qui passaient de maison en maison pour ramasser les paris qu'ils rapportaient à ma douzaine de banquiers, ces derniers personnages hautement respectables, croyaient-ils dur comme fer, qui se calfeutraient chez eux à la nuit tombée pour éviter de mauvaises rencontres. Mais Harlem, c'était surtout les cabarets — le Lafayette, le Savoy Ballroom, l'Apollo Theater et bien sûr le Cotton Club — où le monde blanc venait s'encanailler au son de la musique nègre, franchissant allègrement, grâce aux espèces sonnantes et trébuchantes, les barrières de la race pour peu qu'une jeune Négresse pulpeuse leur eût tapé dans l'œil.

J'appréciais, pour ma part, ces deux univers : celui dangereux et pour tout dire dégoûtant de la rue et celui, plus feutré, quoique non moins dangereux, de ces temples de la luxure qu'enchantaient des géants de la musique. Louis Armstrong ! Duke Ellington ! Le trop méconnu, hélas, Cootie Williams ! Tant d'autres qui ont bercé mon séjour sur cette terre où le Nègre semble en procès avec l'univers entier. Je m'en vais t'avouer certaines choses un peu gênantes à présent, Frédéric. Je suis désormais une vieille dame et j'estime avoir le droit de ne plus me voiler la face, de ne plus tenir cachées au fond de moi mes pensées, si dérangeantes soient-elles. Et toi, je te fais confiance pour ne pas les déformer ni même les embellir. Je n'ai pas été une sainte au cours de ma vie, sans pour autant être une scélérate. J'ai soutenu la veuve et l'orphelin, comme on dit, chaque fois que cela était dans mes moyens. Ah, je sais, ou plutôt je suppose, que depuis ton arrivée dans cette ville tu as dû entendre pis que pendre à propos de Mâ'me Queen. Une femme sans cœur, dure en affaires, incapable de sentiments, fière de son origine française, méprisante parfois, et j'en passe. À cela je n'ai rien à opposer, car si j'ai accepté ton offre de te livrer ma vie par le menu pour ce livre que tu souhaites tant écrire, ce n'est pas pour farder ladite vie. Je n'ai rien à cacher et ne veux rien cacher de cette dernière, et tu t'en es bien rendu compte. Allez, ne fais pas l'innocent ! J'ai bien remarqué que tu étais horrifié lorsque j'ai évoqué l'émasculation d'O'Reilly, cet énergumène d'Irlandais qui dirigeait le gang des quarante voleurs. Peut-être as-tu cru que j'affabulais. Comment une frêle créature telle que Stéphanie St-Clair, ta tante dont, prétends-tu, le souvenir n'a jamais quitté notre famille à la Martinique, a-t-elle pu en arriver à de telles extrémités ? Mon cher neveu, New York et singulièrement le quartier de Five Points, puis East Harlem où j'ai habité au départ, étaient, ne souris pas !, de véritables coupe-gorge quand j'y suis arrivée. Note bien l'année, s'il te plaît ! 1912, et je n'avais que vingt-six ans. J'étais folle à lier. Sans argent et ne parlant pas anglais, Négresse étrangère de surcroît, qu'est-ce qui m'était passé par la tête pour croire une seule seconde que j'aurais pu non seulement survivre dans un tel monde, mais en plus m'y affirmer ? Je t'avoue, cher Frédéric, qu'au départ je n'en savais fichtre rien. J'étais partie à l'aventure parce que dès mon enfance j'avais rêvé de l'ailleurs, mais je n'avais aucun plan précis en tête. Je n'avais envisagé de me lancer dans aucun business en particulier et n'étais point habitée, comme tous les immigrants, par l'idée qu'en travaillant d'arrache-pied je finirais forcément par devenir millionnaire.

Permets-moi de lire sur tes lèvres : qu'y a-t-il d'inavouable dans ton existence, ma tante ? Désolée de faire souvent les questions et les réponses, mais tu es si avare de paroles que je me demande si tu réussiras à rédiger ce livre. Ou plutôt à le faire rédiger, puisque tu prétends être davantage versé dans les chiffres. Je te vois noter-noter-noter, tu noircis des pages et des pages sans piper mot. Ah, je dois te dire que je suis fière de toi, fière de savoir que tu enseignes au lycée Schoelcher. À mon époque, personne de la campagne n'avait accès à ces établissements bourgeois, surtout pas quelqu'un originaire de cette lointaine commune du Vauclin comme toi. « Lointaine » n'était pas le mot utilisé. On préférait dire : « se trouver derrière le dos du Bondieu ». Ha-ha-ha ! Les choses ont donc dian-trement changé à la Martinique depuis mon départ, ça fait quand même cinquante ans, toute une vie, quoi ! Ne souris pas de mon français suranné ! Longtemps, je n'ai eu personne à qui parler dans notre langue et je l'ai maintenue en moi grâce à la lecture. Je suis une dévoreuse de livres. Ha-ha-ha ! Bon, qu'avouer à mon neveu spécialement venu à mon chevet pour écrire ma vie ? D'abord... hum !... d'abord quelque chose d'étrange que je t'ai déjà sans doute dit, pardon de me répéter, mais qui permet de me comprendre : je ne me suis sentie noire que face aux Blancs américains, jamais face aux *colored people*. Attention, soyons clairs ! Je n'ai jamais eu honte de ma couleur et d'ailleurs, contrairement aux Négresses d'ici, je me refusais à me défriser les cheveux. À ce propos, le pire, le plus hideux, c'étaient tous ces musiciens et chanteurs de jazz qui s'appliquaient à métamorphoser leur crépelure, comme on dit en Martinique, sous des couches de gomina, laquelle se mettait à puer à cause de la sueur dès l'instant où leur orchestre jouait plus de deux heures. Non, Stéphanie St-Clair n'a jamais renié sa race ! Mais face aux Nègres américains, je me suis toujours sentie... comment dire ?... française. Pas martiniquaise, mais française. Je sais que c'est bizarre, mais personne n'invente ses sensations ou ses sentiments. Ils vous envahissent, s'imposent à vous et vous maintiennent sous leur joug que vous le vouliez ou non. Et puis, il faut aussi dire qu'à l'époque les Américains, qu'ils fussent blancs ou noirs, nourrissaient une admiration

sans bornes pour la France. Paris — « Parisse »,
comme ils prononcent, chose qui me hérissait le
poil —, était pour eux le summum du raffine-
ment, voire de la civilisation. Ma foi, être perçue
comme une Française de couleur m'a été fort
utile chaque fois que je me suis retrouvée dans
le pétrin, et si j'ai pu louer ce bel appartement
où nous sommes aujourd'hui, c'est grâce à cela.
Edgecombe Avenue, c'est presque les Champs-
Élysées de Harlem. N'habite pas ici qui veut !
Mon argent, le pouvoir que j'avais construit à
Central Harlem, qu'on appelle d'ailleurs la Vallée, cher neveu, tout ça ne pesait rien aux yeux
des promoteurs immobiliers. Sugar Hill était
certes un ghetto au milieu d'un autre ghetto
plus vaste, mais c'était le centre de l'élégance
noire, de la distinction noire, de la bienséance,
de la vraie culture, c'est-à-dire celle des livres.
Ici, j'ai côtoyé et parfois fréquenté d'assez près
W. E. B. Du Bois, Countee Cullen, Langston
Hughes, Aaron Douglas, ces grands intellectuels, poètes et artistes à côté desquels je n'étais
qu'une mafieuse inculte qui n'avait, on y revient,
cher neveu, qu'une seule et unique circonstance
atténuante : le fait qu'elle fût d'origine française.

J'aime à imaginer que mon célébrissime
alter ego, Joséphine Baker, a éprouvé la même
chose. Qu'elle a dû, face aux Blancs français, si
accueillants se fussent-ils montrés envers elle,
se sentir Américaine avant tout. Non pas une
Noire américaine, mais une Américaine tout
court. J'aime à penser que nos destinées paral-

lèles ont été tracées par un Être supérieur, non point quelque divinité à visage humain, mais une sorte d'entité impalpable qui règne sur le monde et dont, toute athée que j'ai toujours été, j'ai maintes fois éprouvé la présence à mes côtés. Combien tout cela est énigmatique, mon cher neveu ! Tu as pu penser qu'un gangster, fût-il une *Lady gangster*, ne vit que dans le présent. Qu'aucune préoccupation sur le sens de la vie ne l'habite, trop occupé qu'il est à lutter pour ne pas perdre la vie d'une part, et pour faire prospérer son business de l'autre. Ce n'est pas faux, sauf qu'à certains moments cruciaux ces préoccupations terre à terre s'évanouissent, et qu'il doit en une fraction de seconde récapituler son passé et se décider face à differentes possibilités. Si ladite décision a un sens par rapport à ce à quoi il aspirait, à savoir le bonheur terrestre. Eh oui, cher Frédéric, un gangster a parfois des préoccupations métaphysiques, même si ce dernier terme lui est inconnu. En tout cas, moi, elles m'ont habitée tout au long de ma carrière d'organisatrice des *numbers*.

Sinon, je peux aussi t'avouer quelque chose que j'ai tenu secret à mes amis, mes amants ou mes employés, même à mon fidèle chauffeur, Andrew, la seule personne à qui je pouvais me fier : chaque nuit, je rêvais de la Martinique. Curieusement, cela s'est estompé à la fin des années 1950, lorsque des Français et quelques Antillais français ont commencé à s'installer à New York et que, désormais, je pouvais recom-

mencer à pratiquer la langue de Molière. Longtemps, je n'ai entendu autour de moi que de
l'anglais, du gaélique, du yiddish, du polonais,
de l'italien surtout, et toutes ces langues avaient
fini par n'en faire qu'une seule dans ma tête
sans que je les mélange pour autant. Il y avait
d'un côté elles, et de l'autre ma langue à moi, la
chair de ma chair, le français. N'écarquille pas
les sourcils, Frédéric ! Nous savons bien tous
les deux qu'il n'était pas très parlé dans notre
île au début du siècle et dans le quartier où j'ai
grandi, La Cour Fruit-à-Pain, il était quasiment
inconnu quoique révéré. Oui, révéré ! Feu ma
mère, qui le maîtrisait tant bien que mal, était
très fière d'en remontrer dans notre quartier
quand l'un ou l'autre, pour une raison quelconque, osait l'utiliser et commettait une faute.
Ha-ha-ha ! Mais ça ne l'empêchait pas de chantonner à toute heure du jour de vieilles biguines
du Saint-Pierre d'avant l'éruption de la montagne Pelée, dont celle-ci, moitié en français,
moitié en créole, qui me revient par moments
tel un leitmotiv :

Maladie d'amour… maladie de la jeunesse,
Chacha, si ou enmen mwen, ou a maché dèyè mwen

(Chacha, si tu m'aimes, tu marcheras après moi)

En fait, j'ai eu la chance incommensurable à
l'époque d'avoir pu suivre cinq années d'école
et ensuite d'avoir été embauchée comme ser-

vante dans une famille mulâtresse lettrée. Ils en
avaient, des livres, les Verneuil !... Tu m'apprends qu'Eugène est devenu un homme politique important en plus d'être enseignant. Cela
ne m'étonne pas du tout ! Il était déjà sournois
à l'époque quand il venait nuitamment dans ma
chambrette pour se repaître de ma chair. Au
matin, il fallait voir sa gueule d'ange lorsqu'il
s'asseyait pour prendre le petit déjeuner avec le
reste de la famille. On lui aurait donné le Bon
Dieu sans confession. Mais, vois-tu, je ne lui en
veux pas. C'était la tradition à l'époque et on ne
pouvait pas s'y soustraire. Si toi, tu as entendu
parler de moi, je suppose que c'est aussi son cas.
Mais je doute qu'il ait pu faire le rapprochement
entre la jeune fille qu'il forçait quand il avait
seize ans et la redoutable cheftaine de gang que
Stéphanie St-Clair est devenue trois décennies
plus tard. Veille à lui poser la question quand tu
reviendras à la Martinique ! Ha-ha-ha !...

[TRAHISON

Après le mariage de Sufi Abdul Hamid et de
Stéphanie St-Clair, célébré sans faste aucun par
la volonté du « premier musulman d'Amérique »,
comme il se qualifiait, il n'y eut aucune période
d'accalmie dans la guerre contre les commerçants
juifs, malgré les espoirs de la seconde. Au contraire,
le fait d'avoir pris femme semblait avoir insufflé à Sufi
Abdul Hamid un regain d'énergie ! Devenu résident
du quartier huppé de Sugar Hill, il étendit son ire

aux riches de l'endroit, c'est-à-dire pour la plupart à des gens de complexion peu foncée. Des Mulâtres, comme l'on dit à la Martinique. Il se mit à fulminer contre ces « *light-skinned bastards* », ces bâtards à peau claire, qui, à l'entendre, trahissaient la race en sourdine. Elle ne comprenait pas ce qui le poussait à affirmer pareille chose car ses voisins, à commencer par le grand intellectuel Du Bois, quoiqu'ils fussent des métis, s'employaient à défendre sans relâche la cause des Noirs. Le couple eut ses premières prises de bec à ce sujet.

— Une bonne épouse musulmane n'a pas le droit de tenir tête à son mari, s'exaspérait l'imam de l'Universal Holy Temple of Tranquility. Samia, écoute-moi bien, c'est la dernière fois que je te le répète !

Mais le zélateur d'Allah avait bien d'autres soucis : son syndicat était désormais concurrencé par d'autres et ça le mettait dans tous ses états. Jusqu'à ce qu'un jour, sous le coup de l'exaspération — car Sufi, en dehors des moments où il prêchait, était quelqu'un de calme —, il en vint à poignarder un rival. Un certain Hammie Snipes qui, après avoir été un adepte de Marcus Garvey et du Grand Retour des Noirs des Amériques sur le continent africain, était devenu communiste. Il avait fondé un syndicat qui s'appuyait sur, proclamait-il, les idéaux de la révolution russe de 1917. S'il y avait un point commun, un seul, entre Sufi et le monde blanc, c'était celui-ci : la détestation de ce que la grande presse appelait le bolchevisme. La moindre marche de protestation, la plus banale grève, le plus modeste article critique contre l'ordre régnant vous valaient, que vous fussiez noir ou blanc, mais surtout noir, le qualificatif de « communiste » ou de « bolchevique ». Les gens comme Hammie Snipes étaient confrontés à trois adversaires de taille pour une fois d'accord : les églises protestantes parmi lesquelles les pentecôtistes étaient les plus excités, le gouvernement des États-Unis (et le monde blanc en général), ainsi que le mari de Stéphanie, promoteur de cette religion, l'islam, qui petit à petit commençait à recruter des adeptes à travers Harlem. Cela n'empêcha pas la police d'arrêter Black Mufti et la justice de l'incarcérer pendant plusieurs mois. Stéphanie avait déjà connu pareille situation et cela à maintes reprises avec son ex-garde du corps et amant, Duke, à qui elle avait planté une fourchette dans l'œil, et y était habituée. Idem avec le suivant, Bumpy Johnson. À ces époques, elle se démenait comme un beau diable, d'abord pour tenter de soudoyer les flics afin qu'ils les libèrent et, quand ceux-ci ne cédaient pas, de se débrouiller pour faire parvenir une enveloppe importante au juge chargé de l'affaire. C'était devenu presque une routine, quoique cela l'énervât fort. Or là, elle n'avait pas bronché. Elle avait laissé le cours des choses se dérouler et si elle venait visiter Sufi à la prison, elle n'essaya pas d'y abréger sa détention. Une voix intérieure lui soufflait que le bougre avait besoin d'une bonne leçon et qu'à sa sortie il se montrerait moins rigide avec son épouse qu'il disait adorer.

Elle se trompait. Sufi Abdul Hamid profita au contraire de son séjour à la prison de Rikers Island pour approfondir ses connaissances en théologie musulmane et convertir nombre de ses codétenus. Le jour de sa libération, il était gonflé à bloc et, avant même d'avoir baisé le front de Stéphanie, alias Samia, déclara :

— Je vais foutre le feu à Harlem ! Ils verront de quoi je suis capable, ces diables blancs.

Il n'avait pas parlé en l'air puisqu'il fut l'instigateur de la toute première émeute raciale de Harlem. En 1935 très précisément. C'est l'expression dont on se sert de nos jours depuis le mouvement des droits civiques, Martin Luther King, Malcolm X et tous ces leaders noirs qui font reculer le pouvoir des Blancs, car à l'époque c'était plus une émeute de la misère. De la faim même. Pour de vrai, il y avait des gens qui ne mangeaient pas tous les jours ou qui disposaient juste de quoi ne pas tomber d'inanition. Ce soulèvement avait provoqué la destruction de pas moins de deux cents commerces. Stéphanie s'était cloîtrée ce temps durant dans son appartement. Sugar Hill n'avait pas été atteint mais son business en avait été perturbé pendant des jours. La police, secondée par la Garde nationale, patrouillait nuit et jour car des escarmouches se produisaient quasiment à chaque coin de rue. Une épaisse fumée, émanant des bâtiments incendiés, couvrit Harlem et Queenie crut que c'en était fini des *Negroes*. Qu'on les déporterait tous dans le Sud ou les transporterait en Afrique comme le souhaitait Marcus Garvey. Du moins était-ce le bruit qui courait dans l'intelligentsia nègre, même dans son immeuble d'Edgecombe Avenue. Elle était cependant bien plus sereine que tout ce monde-là et sa principale préoccupation était de savoir comment se débrouiller pour reconstituer son réseau de collecteurs de paris et de banquiers une fois que toute cette ébullition serait retombée. Elle avait vu juste ! Sauf que la presse évoqua deux millions de dollars de dégâts et que désormais le Harlémite aurait d'autres chats à fouetter que de miser ses maigres revenus dans quelque jeu de hasard que ce soit.

Sufi Abdul Hamid, pour sa part, était très satisfait de sa petite personne. Ses exploits, si on peut appeler ça comme ça, durant les échauffourées lui avaient apparemment attiré l'admiration de bon nombre de gens et sa mosquée, l'Universal Holy Temple of Tranquility, ne désemplissait pas. Trop occupé à gérer cet afflux de fidèles, il avait cessé d'essayer de transformer Stéphanie-Samia en épouse musulmane parfaite et ils commencèrent à se croiser dans l'appartement. Une distance s'établit peu à peu au sein de leur couple sans pour autant le moindre éclat de voix ni dispute. Sauf que le cher imam cachait son jeu ! Un des espions de Stéphanie l'informa que tous les après-midi, monsieur se rendait dans une maison d'apparence déglinguée de la 162e Rue et qu'il y restait jusqu'en début de soirée. Elle avait cru au début qu'il s'agissait d'une de ses réunions politiques secrètes au cours desquelles il cherchait à fomenter elle ne savait quel complot contre « le gouvernement des infidèles » comme il disait, mais un sixième sens l'avertit qu'il y avait anguille sous roche. Voulant en avoir le cœur net, elle demanda à Andrew, son chauffeur, de la conduire à l'entrée de ladite rue qu'elle emprunta à pied par discrétion. La porte de l'immeuble ne résista pas très longtemps à ses poussades énergiques. Impossible que ça soit un lieu de réunion de dangereux comploteurs ! Un silence total régnait à l'intérieur où il semblait ne pas y avoir âme qui vive. Elle emprunta un escalier en bois un peu branlant lorsqu'elle perçut un gémissement. Cela provenait d'une des pièces du premier étage. Une pièce du fond. Elle s'y précipita. La porte résista davantage que celle de l'entrée, mais finit par céder. Et là, quel spectacle ! Sufi Abdul Hamid, son premier vrai amour, celui qui avait chamboulé son cœur, qui l'avait parfois transportée dans des régions de l'âme dont elle ne soupçonnait même pas l'existence, à cheval sur une jeune femme aux traits déformés par le plaisir ! Cette créature, Stéphanie-Samia la connaissait, mais de loin. C'était celle qu'elle avait aperçue, en tenue musulmane, quand elle avait commencé à fréquenter Sufi Abdul Hamid. Stupéfait, le

couple s'était séparé, mais aucun des deux ne bougea
ni ne prononça la moindre parole.

Mâ'me St-Clair sortit le petit pistolet qu'elle
conservait dans son sac à main et fit feu par deux fois
sur le premier musulman d'Amérique. Il en réchappa,
le salaud ! Cela valut néanmoins à la reine des paris
illégaux la deuxième longue incarcération de sa vie.
Quatre ans et demi sans voir la lumière du jour !]

Continuons, mon cher neveu... Et là, tu vas
rire, ah oui, je le sais ! Ce que je vais te révéler est à la fois étrange et risible. Voilà : les
Blancs américains, je ne les voyais comme tels
que lorsqu'ils s'en prenaient à ma personne,
m'insultaient ou m'agressaient. Autrement, je
ne voyais pas leur couleur, ou plutôt elle m'était
indifférente. Ça enrageait mes amants et laissait
perplexes mes amies. Avec eux et elles, peu de
conversations sans qu'au bout de cinq minutes
ce que la presse appelle la « question raciale » ne
vienne sur le tapis ! À mes yeux, cela relevait de
l'obsession, même si j'étais consciente de l'oppression que subissait notre communauté. Donc,
tant qu'un Blanc se comportait normalement
avec moi, j'étais comme aveugle à sa couleur
et les seuls Blancs... comment dire ?... perma-
nents à mes yeux étaient ces pourris de flics du
New York Police Department, et aussi ces juges
chauves et à moitié séniles pour la plupart qui
vous envoyaient en taule pour trois fois rien.
Mais pendant que j'y repense, là devant toi, cher
Frédéric, il me semble soudain en comprendre la

raison. J'avais été habituée vingt-six ans durant à la Martinique à n'avoir affaire qu'à des Noirs, des Chabins, des Mulâtres ou des Indiens, ah oui, des Syriens et quelques Chinois aussi. Les Blancs créoles étaient, pour nous qui habitions Fort-de-France, des créatures impalpables, invisibles même. Quant aux Blancs-France, à moins de travailler au gouvernorat ou à l'amirauté, on pouvait passer sa vie sans jamais échanger deux mots et quatre paroles avec eux. Et puis, nous étions considérablement plus nombreux que Blancs-pays et Blancs-France réunis, alors qu'ici le Nègre est minoritaire. Et non seulement minoritaire mais confronté sans arrêt au monde des Blancs, même ici, à Harlem où, par exemple, la police est blanche, les épiceries tenues par des Yiddish, le trafic de cigarettes, d'alcool et de drogues par les Italiens, et jusqu'à la loterie clandestine qu'il m'a bien fallu accepter de partager avec cette crevure de Lucky Luciano. Ici, en Amérique, l'homme blanc est partout. On ne peut pas l'oublier comme vous, en Martinique. Cela permet, final de compte, de mieux comprendre le Noir américain, ou plutôt de comprendre pourquoi il est si différent de nous autres, Antillais. Mais, une fois de plus, la vieillarde que je suis à présent ressasse les mêmes choses. Je viens, inarrêtable bavarde, de m'en rendre compte. Mille excuses, mon cher neveu !

Ton séjour à New York s'achève, jeune homme. Tu m'as laissée soliloquer comme une vieille folle, ce que je suis sans doute devenue, mais j'ai pris plaisir à te narrer ma vie pleine d'aventures tantôt tragiques, tantôt burlesques, parfois heureuses, même si, par pudeur, j'ai dissimulé ici et là des péripéties particulièrement horribles. La presse m'a longtemps portée aux nues, mais peu de gens savent vraiment quels obstacles la petite Martiniquaise a dû enjamber avant d'accéder au trône de ce royaume invisible que sont les *numbers*. Les gratte-papier, enfin les journalistes, je veux dire, n'ont mis en exergue que le côté lumineux, phosphorescent même, de mon existence, sans doute parce que évoquer mes diverses incarcérations, brèves ou longues, n'avait guère d'intérêt. Tout *Nigger* qui s'adonnait à des activités illégales faisait tôt ou tard un tour à la prison de Rikers Island ou à celle de Welfare Island s'il était de sexe féminin. Rien que de très banal ! Comme je te l'ai annoncé lors de notre toute première rencontre, j'ai été reine et je ne le suis plus. Je ne suis qu'une très vieille dame, ridée et à la démarche courbée, qui a eu la chance inouïe, cinquante ans durant, de passer à travers les balles des gangsters, à travers les mailles du filet de la police et de la justice, sauf en deux ou trois occasions. Qui a affronté avec succès les pires trahisons de ses amants, notamment de Bumpy Johnson et Sufi Abdul Hamid. Bref, tout ça pour te dire que je me considère comme une miraculée. La plupart de ceux que j'ai fréquentés ou avec qui j'ai eu à travailler sont décédés depuis longtemps, et souvent de mort violente. On dépassait rarement la quarantaine quand on était un Harlémite en ce début du siècle vingtième du nom. Ajoute dix ans pour une femme ! Mais moi, j'approche les quatre-vingts ans. Si ce n'est pas un miracle, je ne sais pas ce que c'est !

À l'orée du grand voyage — j'y pense sans arrêt, mais sans effroi —, je ne sais plus vraiment qui je suis. J'ai habité des personnages différents à des périodes différentes de ma très longue existence. Négrillonne pauvre à la Martinique, fille supposée de quelque roitelet africain à Marseille, gangster celtique au quartier Five Points au sein des quarante voleurs, petite main de la mafia sicilienne, collecteur de paris de la loterie de Harlem, puis banquière et enfin reine de Harlem (sans oublier épouse du premier musulman d'Amérique). Cela en fait, des vies, mon cher neveu !

Je n'en renie aucune. Je suis même fière de chacune d'elles. Si tu tiens à garder le souvenir de moi qui à mon avis est le plus exact, sache que j'ai été et suis encore martiniquaise, française, irlandaise, italienne, noire américaine, harlémite, mais surtout, cher neveu, surtout-surtout, une femme.

Une femme-debout, comme l'on dit en créole...

Décembre 2013-mars 2015

DU MÊME AUTEUR

Aux Éditions Gallimard

ÉLOGE DE LA CRÉOLITÉ, avec Patrick Chamoiseau et Jean Bernabé, *essai*, 1989.

ÉLOGE DE LA CRÉOLITÉ/*IN PRAISE OF CREOLENESS*. Édition bilingue, *essai*, 1993.

RAVINES DU DEVANT-JOUR, *récit*, 1993. Prix Casa de las Americas, 1993 (Folio n° 2706).

LES MAÎTRES DE LA PAROLE CRÉOLE, *contes*, 1995. Textes recueillis par Marcel Lebielle. Photographies de David Damoison.

LETTRES CRÉOLES. Tracées antillaises et continentales de la littérature. Haïti, Guadeloupe, Martinique, Guyane 1635-1975, *essai*, avec Patrick Chamoiseau. Nouvelle édition, 1999 (Folio Essais n° 352).

LE CAHIER DE ROMANCES, *mémoire*, 2000 (Folio n° 4342).

Voir aussi Ouvrage collectif : ÉCRIRE « LA PAROLE DE NUIT ». La nouvelle littérature antillaise, *nouvelles, poèmes, réflexions poétiques, édition de Ralph Ludwig*, 1994 (Folio Essais n° 239).

Aux Éditions du Mercure de France

LE MEURTRE DU SAMEDI-GLORIA, *roman*, 1997. Prix RFO (Folio n° 3269).

L'ARCHET DU COLONEL, *roman*, 1998 (Folio n° 3597).

BRIN D'AMOUR, *roman*, 2001 (Folio n° 3812).

NUÉE ARDENTE, *roman*, 2002 (Folio n° 4065).

LA PANSE DU CHACAL, *roman*, 2004 (Folio n° 4210).

ADÈLE ET LA PACOTILLEUSE, *roman*, 2005 (Folio n° 4492).

CASE À CHINE, *roman*, 2007 (Folio n° 4882).

L'HÔTEL DU BON PLAISIR, *roman*, 2009 (Folio n° 5132).

LA JARRE D'OR, *roman*, 2010 (Folio n° 5441).

RUE DES SYRIENS, *roman*, 2012 (Folio n° 5659).

LE BATAILLON CRÉOLE, *roman*, 2013 (Folio n° 5924).

MADAME ST-CLAIR, REINE DE HARLEM, *roman*, 2015
(Folio n° 6338).

Chez d'autres éditeurs

En langue créole

JIK DÈYÈ BONDYÉ, *nouvelles*, Grif An Tè, 1979, traduit en français par l'auteur, « La lessive du Diable », Écriture, 2000 ; Le Serpent
à Plumes, 2003.

JOU BARÉ, *poèmes*, Grif An Tè, 1981.

BITAKO-A, *roman*, GEREC, 1985 ; traduit en français par
J.-P. Arsaye, « Chimères d'En-Ville », Ramsay, 1977.

KÔD YAMM, *roman*, K.D.P., 1986 ; traduit en français par G.
L'Étang, « Le Gouverneur des dés », Stock, 1995.

MARISOSÉ, *roman*, Presses Universitaires Créoles, 1987 ; traduit en
français par l'auteur, « Mamzelle Libellule », Le Serpent à Plumes,
1995.

DICTIONNAIRE DES TITIM ET SIRANDANES, *ethnographie*, Ibis Rouge, 1998.

LA VERSION CRÉOLE, *didactique*, Ibis Rouge, 2001.

DICTIONNAIRE DES NÉOLOGISMES CRÉOLES, *lexicographie*, Ibis Rouge, 2001.

MÉMWÈ AN FONSÉYÉ. LES QUATRE-VINGT-DIX POU-
VOIRS D'UN MORT, *ethnographie*, Ibis Rouge, 2002.

LE GRAND LIVRE DES PROVERBES CRÉOLES, *ethnolinguistique*, Presses du Châtelet, 2004.

DICTIONNAIRE CRÉOLE-MARTINIQUAIS-FRANÇAIS,
lexicographie, Ibis Rouge, 2007.

BLOGODO, LEXIQUE DES ONOMATOPÉES DU CRÉOLE
MARTINIQUAIS, *lexicographie*, Caraïbéditions, 2013.

En langue française

LE NÈGRE ET L'AMIRAL, *roman*, Grasset, 1988. Prix Antigone.

EAU DE CAFÉ, *roman*, Grasset, 1991. Prix Novembre.

LETTRES CRÉOLES. TRACÉES ANTILLAISES ET

CONTINENTALES DE LA LITTÉRATURE, avec Patrick Chamoiseau, *essai*, Grasset, 1991.

AIMÉ CÉSAIRE. Une traversée paradoxale du siècle, *essai*, Stock, 1993, Écriture, 2006.

L'ALLÉE DES SOUPIRS, *roman*, Grasset, 1994 (Folio n° 5103), prix Carbet de la Caraïbe.

COMMANDEUR DU SUCRE, *récit*, Écriture, 1994.

BASSIN DES OURAGANS, *récit*, Les Mille et Une Nuits, 1994.

LA SAVANE DES PÉTRIFICATIONS, *récit*, Les Mille et Une Nuits, 1994.

CONTES CRÉOLES DES AMÉRIQUES, Stock, 1995.

LA VIERGE DU GRAND RETOUR, *roman*, Grasset, 1996 (Folio n° 4602).

LA BAIGNOIRE DE JOSÉPHINE, *récit*, Les Mille et Une Nuits, 1997.

RÉGISSEUR DU RHUM, *récit*, Écriture, 1999.

LA DERNIÈRE JAVA DE MAMA JOSEPHA, *récit*, Les Mille et Une Nuits, 1999.

LE GALION. CANNE, DOULEUR SÉCULAIRE, Ô TENDRESSE, *roman*, Ibis Rouge, 2000.

LA VERSION CRÉOLE, Ibis Rouge, 2001.

MORNE-PICHEVIN, *roman*, Bibliophane, 2002.

LA DISSIDENCE, *roman*, Écriture, 2002.

LE BARBARE ENCHANTÉ, *roman*, Écriture, 2003.

LA LESSIVE DU DIABLE, *roman*, Le Serpent à Plumes, 2003.

LE GRAND LIVRE DES PROVERBES CRÉOLES : TI PAWOL, Presses du Châtelet, 2004.

NÈGRE MARRON, *roman*, Écriture, 2006.

DICTIONNAIRE CRÉOLE MARTINIQUAIS-FRANÇAIS, Ibis Rouge, 2007.

CHRONIQUE D'UN EMPOISONNEMENT ANNONCÉ. LE SCANDALE DU CHLORDÉCONE AUX ANTILLES FRANÇAISES, *essai*, L'Harmattan, 2007.

CHLORDÉCONE. 12 MESURES POUR SORTIR DE LA CRISE, *essai*, L'Harmattan, 2007.

LE CHIEN FOU ET LE FROMAGER, *roman*, HC Éditions, 2008.

BLACK IS BLACK, *roman*, Alphée, 2008.

LES TÉNÈBRES EXTÉRIEURES, *roman*, Écriture, 2008.

L'ÉMERVEILLABLE CHUTE DE LOUIS AUGUSTIN ET AUTRES NOUVELLES, *nouvelles*, Écriture, 2010.

CITOYENS AU-DESSUS DE TOUT SOUPÇON…, *roman*, Caraïbéditions, 2010.

DU RIFIFI CHEZ LES FILS DE LA VEUVE, *roman*, Caraïb-éditions, 2012.

L'EN-ALLÉE DU SIÈCLE (Les Saint-Aubert, tome 1), *roman*, Écriture, 2012.

BAL MASQUÉ À BÉKÉLAND, *roman policier*, Caraïbéditions, 2013.

ALFRED MARIE-JEANNE, UNE TRAVERSÉE VERTI-CALE DU SIÈCLE, *essai*, en collaboration avec Louis Boutrin, Caraïbéditions, 2015.

LA DISSIDENCE, *récit*, Écriture, 2016.

DÉCEMBRE 2015. UNE NOUVELLE PAGE DE L'HIS-TOIRE DE LA MARTINIQUE, *essai*, en collaboration avec Louis Boutrin, Caraïbéditions, 2016.

Traductions

UN VOLEUR DANS LE VILLAGE, de James Berry, *récit traduit de l'anglais*, Gallimard Jeunesse, coll. « Page Blanche », 1993. Prix de l'International Books for Young People 1993.

AVENTURES SUR LA PLANÈTE KNOS, d'Evans Jones, *récit traduit de l'anglais*, Éditions Dapper, 1997.

LES VOIX DU TAMBOUR, d'Earl Long, *roman traduit de l'anglais* (Sainte-Lucie), en collaboration avec Carine Gendrey, Dapper, 1999.

MOUN-ANDÉWÒ A, d'Albert Camus, *roman traduit en créole à partir du français*, Caraïbéditions, 2012.

Travaux universitaires

DICTIONNAIRE DES TITIM ET SIRANDANES. Devinettes et jeux de mots du monde créole, *ethnolinguistique*, Ibis Rouge, 1998.

KRÉYÔL PALÉ, KRÉYÔL MATJÉ… Analyse des significations attachées aux aspects littéraires, linguistiques et socio-historiques de l'écrit créolophone de 1750 à 1995 aux Petites Antilles, en Guyane et en Haïti, *thèse de doctorat ès lettres*, Éditions du Septentrion, 1998.

Composition Nord compo
Impression Maury Imprimeur
45330 Malesherbes
le 15 avril 2021
Dépôt légal : avril 2021
1er dépôt légal dans la collection : octobre 2017
Numéro d'imprimeur : 253530

ISBN 978-2-07-271097-1. / Imprimé en France.

394525